E-Z DICKENS SUPERHRDINA KNIHA PRVNÍ A DRUHÁ

TETOVACÍ ANDĚL: TŘI

Cathy McGough

Stratford Living Publishing

Obsah

Dedikace

Pro Dorothy, která uvěřila.

KNIHA JEDNA:

TETOVACÍ ANDĚL

PROLOG

Rvní tvor vyletěl na E-Zovu hruď a přistál s bradou vystrčenou dopředu a s rukama v bok. Jednou se otočil ve směru hodinových ručiček. Točil se rychleji a z třepotání jeho křídel se linula píseň. Píseň byla tichým sténáním. Smutná píseň z minulosti na oslavu života, který už nebyl. Tvor se zaklonil, hlavu opřel o E-Zovu hruď. Točení se zastavilo, ale píseň hrála dál.

Druhý tvor se přidal a provedl stejný rituál, přičemž se otáčel proti směru hodinových ručiček. Vytvořili novou píseň, bez pípání a přibližování. Když totiž zpívali, onomatopoie nebyla potřeba. Zatímco v každodenní konverzaci s lidmi ano. Tato píseň překryla tu druhou a stala se radostnou, vysoko posazenou oslavou. Óda na věci budoucí, na život, který ještě nebyl prožit. Píseň pro budoucnost.

Z jejich zlatých očních důlků se vysypal diamantový prach, když se dokonale synchronizovaně otočili. Diamantový prach vystříkl z jejich očí na spící tělo E-Z. Výměna pokračovala, až ho pokryla diamantovým prachem od hlavy až k patě.

Teenager dál tvrdě spal. Dokud mu diamantový prach nepronikl do těla - pak otevřel ústa, aby vykřikl, ale žádný zvuk z nich nevyšel.

"Už se probouzí, píp píp."

"Zvedni ho, zoom-zoom."

Společně ho zvedli, když otevřel zasklené oči.

"Spi dál, píp-píp."

"Necítím bolest, zoom-zoom."

Kolébajíce jeho tělo, přijaly obě bytosti jeho bolest do sebe.

"Vstaň, píp-píp," přikázal.

A vozík se zvedl. Umístilo se pod E-Zovo tělo a čekalo. Když se snesla kapka krve, křeslo ji zachytilo. Pohltilo ji. Pohltilo ji - jako by to byla živá bytost.

Jak rostla síla křesla, rostla i jeho síla. Brzy dokázalo křeslo udržet svého pána ve vzduchu. To oběma bytostem umožnilo dokončit jejich úkol. Jejich úkol spojit křeslo a člověka. Spoutat je na věky silou diamantového prachu, krve a bolesti.

Jak se tělo teenagera třáslo, rány na jeho kůži se zacelily. Úkol byl splněn. Diamantový prach byl součástí jeho podstaty. Tím se hudba zastavila.

"Je hotovo. Nyní je neprůstřelný. A má super sílu, píp píp."

"Ano, a je to dobré, zoom-zoom."

Vozík se vrátil na podlahu a teenager na postel.

"Nebude si to pamatovat, ale jeho skutečná křídla začnou fungovat velmi brzy, píp-píp."

"A co další vedlejší účinky? Kdy začnou a budou znatelné zoom-zoom?"

"To nevím. Může mít fyzické změny... je to riziko, které stojí za to podstoupit, aby se snížila bolest, píp-píp."

"Souhlasím, zoom-zoom."

PŘÍČINA

V ŠECHNY RODINY MAJÍ NESHODY. Některé se hádají kvůli každé maličkosti. Dickensova rodina se shodla na většině věcí. Hudba mezi ně nepatřila.

"No tak, tati," řekl dvanáctiletý E-Z. "Nudím se a na satelitu právě hrají víkend plný hudby od Muse."

"To sis nevzal sluchátka?" zeptala se ho matka Laurel.

"Mám je v batohu v kufru." Povzdechl si.

"Vždycky se můžeme zastavit a vzít si je..."

Martin, chlapcův otec, který řídil, zkontroloval čas. "Rád bych se dostal na chatu v horách, než se setmí. Musela bych se vrátit. Kromě toho tam za chvíli budeme."

Laurel otočila číselníkem na satelitním systému v jejich zbrusu novém červeném kabrioletu. Na chvíli zaváhala na Classic Rock. Hlasatel řekl: "Další na řadě je hymna Kiss I Wanna Rock N Roll All Night. Nedotýkejte se toho číselníku."

"Počkej, to je dobrá písnička!" vykřikl chlapec.

"Cože, už žádné Muse?" Laurel se zeptala a držela ruku na ciferníku.

"Po Kiss, jo?"

"Tak tedy Kiss," řekl Martin a zapnul stěrače. Zatím nepršelo, ale hřmělo. Větvičky a další úlomky šlehaly do jejich vozu a zase z něj vylétávaly, jak se dostávali do kopce.

Laurel kýchla a přiložila si záložku na stránku. Zkřížila ruce a roztřásla se. "Ten vítr určitě vyje. Nevadí, když si dáme střechu nahoru?"

"Hlasuju pro," řekl E-Z a odstraňoval si větvičky ze svých světlých vlasů.

THWACK.

Nebyl čas křičet - když hudba utichla.

Chlapci ještě stále zvonilo v uších z toho zvuku spojeného s výbuchem čtyř airbagů. Po čele mu stékala krev, když se dotkl věci na nohou: stromu. Krev se hromadila v dřevěném vetřelci a kolem něj. Přejel prstem po kmeni stromu. Cítil se jako kůže; on byl strom a strom byl on.

"Mami? Tati?" vzlykl a hruď se mu zvedla. "Mami? Tati? Prosím, odpověz!"

Potřeboval zavolat o pomoc. Kde měl telefon? Náraz ho odhodil. Viděl ho, ale byl příliš daleko, aby na něj dosáhl. Nebo snad ano? Byl chytač a někteří říkali, že jeho házecí ruka je jako z gumy. Soustředil se, natahoval a natahoval, dokud ho nezískal.

Signál byl silný, když jeho zakrvácené prsty stiskly 9-1-1, pak se odpojil. Aby ho našli, musel použít novou rozšířenou službu. Vyťukal E9-1-1. Tím dal úřadům povolení k přístupu k jeho poloze, telefonnímu číslu a adrese.

"Tísňová služba. Jaký je váš stav nouze?"

"Pomoc! Potřebujeme pomoc! Prosím. Moji rodiče!"

"Nejdřív mi řekni, kolik ti je let? Jak se jmenuješ?"

"Je mi dvanáct. Říkají mi E-Z."

"Ověřte si prosím svou adresu a telefonní číslo."

Udělal to.

"Ahoj E-Z. Pověz mi o svých rodičích. Můžeš je vidět? Jsou při vědomí?"

"Já, já je nevidím. Na auto, na ně a na moje nohy spadl strom. Pomozte mi. Prosím."

"Právě zjišťujeme vaši polohu."

E-Z zavřel oči.

"E-Z?" Hlasitěji: "E-Z!"

Chlapec se probral. "Já, promiň, já."

"Posíláme vrtulník. Zkus zůstat vzhůru. Pomoc je na cestě."

"Děkuji." Oči se mu zavřely, přinutil se je otevřít. "Musím zůstat vzhůru. Říkala, že mám zůstat vzhůru." Chtěl jen spát, spát, aby skoncoval s tou bolestí.

Nad ním se mu před očima mihla dvě světla, jedno zelené a druhé žluté. Na vteřinu se mu zdálo, že vidí mávat malá křídla, jak se ty dva objekty vznášejí.

"Je na tom špatně," řekl ten zelený a přiblížil se, aby se na něj podíval zblízka.

"Pomůžeme mu," řekl ten žlutý a vznesl se výš.

E-Z zvedl ruku, aby mrskl blikajícími světly. Z vysokého zvuku ho zabolely uši.

"Souhlasíš s tím, že nám pomůžeš?" zazpívala světýlka.

"Souhlasím. Pomozte mi."

Pak všechno zčernalo.

EFEKT

SAM, STRÝC E-Z, BYL v nemocnici, když se probudil. Chlapec se na otázku - kde jsou jeho rodiče - nezeptal, protože nechtěl slyšet odpověď. Kdyby to nevěděl, mohl by předstírat, že jsou v pořádku. Že každou chvíli vejdou do jeho pokoje a vrhnou se mu kolem krku. Ale v koutku duše věděl, vlastně věřil, že jsou mrtví. V duchu si představoval, jak odhodí peřinu a běží k nim a oni se sejdou ve skupinovém objetí a budou plakat, jaké mají štěstí. Ale počkat, proč nemohl pohnout prsty u nohou? Zkusil to znovu, usilovně se soustředil, ale nic se nedělo.

Sam, která ho pozorovala, řekla: "Tohle se nedá říct nijak nekomplikovaně." Celou dobu bojoval se vzlyky.

"Moje nohy," řekl E-Z, "já, já je necítím." "A co ty?" zeptal se.

Strýček Sam stiskl synovci ruku. "Tvoje nohy..."

"Ale ne. Neříkej mi to. Prostě to neříkej."

Vytrhl strýci ruku. Zakryl si obličej a vytvořil bariéru mezi sebou a světem, zatímco se mu po tvářích kutálely slzy.

Strýček Sam zaváhal. Jeho synovec už byl v slzách, už truchlil, a přesto mu musel říct o svých rodičích. Nebylo snadné to říct, a tak to vyhrkl: "Tvoji rodiče. Můj bratr a tvoje máma... nepřežili to."

Vědět a slyšet ta slova byly dvě různé věci. Jedno z nich z toho dělalo fakt. E-Z zaklonil hlavu a zavyl jako raněné zvíře, třásl se a chtěl utéct pryč, kamkoli. Prostě pryč.

"E-Z, jsem tu pro tebe."

"Ne, to není pravda. Lžeš. Proč mi lžeš?" Mlátil sebou, zatínal pěsti a bušil jimi do matrace, jak zuřil a zuřil bez známky toho, že by chtěl přestat.

Sam stiskl tlačítko vedle postele. Snažil se ho uklidnit, ale E-Z se neovládal, mlátil sebou a nadával. Přišly dvě sestry; jedna mu zavedla jehlu, zatímco druhá se ho se Samem snažila udržet v klidu a tiše mu šeptala, že všechno bude v pořádku.

Sam se díval, jak jeho synovec v říši snů nebo kde to právě byl - sebral úsměv. Vážil si toho úsměvu a myslel si, že bude chvíli trvat, než ho na synovcově tváři znovu uvidí. Čekala ho dlouhá a náročná cesta. Jeho synovec se bude muset postavit čelem ke dni, kdy se mu rozpadne život. Jakmile to udělá, bude moci bojovat a společně mu vybudují zcela nový život. Nový - jiný - ne stejný. Nic by už nikdy nebylo jako dřív.

A to všechno jen proto, že byli ve špatný čas na špatném místě. Oběti přírody: strom. Strom, který se kvůli lidské nedbalosti stal zbraní přírody. Dřevěná konstrukce byla mrtvá, kořeny nad zemí se už léta ucházely o pozornost. A když mu řekli, že byl označen křížkem, aby ho na jaře pokáceli - chtělo se mu křičet.

Místo toho zavolal nejlepšímu právníkovi, kterého znal. Chtěl, aby někdo zaplatil - aby zvedl účet za dva příliš brzy zkrácené životy a za zničené nohy a život jeho synovce.

Ale jaký to mělo smysl? Minulost už nic nezmění - ale v budoucnosti pomůže synovci najít cestu. V tu chvíli Sam zformuloval plán.

Sam se podobal dospělé verzi Harryho Pottera (bez jizvy.) Jako jediný žijící příbuzný E-Z převezme péči o svého synovce. Úlohu, kterou v minulosti zanedbával. Snažil by se být jako jeho starší bratr Martin - ne ho nahradit.

Setřásl výmluvy, které v něm bublaly. Snažil se ho přimět, aby využil práci k tomu, aby se zbavil odpovědnosti. Odešel by, smazal by všechny závazky. Pak by se mohl přestat obviňovat. Nenávidět se za všechen ztracený čas.

Zatímco synovec spal dál, zavolal generálnímu řediteli své softwarové společnosti. Jako zkušený vrcholový programátor ve svém oboru - doufal, že se dohodnou na kompromisu. Řekl jim, co chce udělat.

"Jistě, Same. Můžeš pracovat na dálku. Nic se nezmění. Uděláš, co musíš. Jsme s tebou. Rodina je vždycky na prvním místě."

Když se odpojil, vrátil se k lůžku svého synovce. Prozatím se přestěhoval do rodinného domu, aby E-Z mohl zůstat poblíž svých přátel a školy. Společně by znovu poskládali kousky dohromady a znovu vybudovali jeho život. Tedy pokud se z toho úplně nezblázní. Jako starý mládenec neměl s dětmi - natož s teenagery - téměř žádné zkušenosti.

$$* * *$$

PO ODCHODU Z NEMOCNICE jim nezbývalo nic jiného než navázat pouto, které přesahovalo hranice krve.

E-Z se tomu bránil, popíral a myslel si, že to všechno zvládne sám. Nakonec neměl jinou možnost než přijmout nabízenou pomoc.

Sam mu vyšel vstříc - byl tu pro něj - jako by věděl, co jeho synovec potřebuje, dřív než se zeptal.

A byl tu pro E-Z v druhý nejhorší den jeho života - když mu řekli, že už nikdy nebude chodit.

"Pojďte dál," řekl doktor Hammersmith, jeden z nejlepších ortopedických neurochirurgů.

E-Z na svém invalidním vozíku vstoupil dovnitř a za ním Sam.

Hammersmith byl proslulý tím, že opravuje neopravitelné, a chystal se opravit i jeho. Při předchozích konzultacích mladíkovi slíbil, že bude znovu hrát baseball.

"Je mi to líto," řekl Hammersmith. Po několika vteřinách nepříjemného ticha ho vyplnil zamícháním nějakých papírů.

"Za co přesně se omlouváte?" "Za co?" zeptal se. E-Z se zeptal a vší silou se snažil posunout dopředu na svém místě. Neschopen toho úkolu, zůstal stát na místě.

"To, na co se ptal," řekl Sam a bez námahy se posunul na svém místě dopředu.

Hammersmith si odkašlal. "Doufali jsme, že vzhledem k tomu, že všechno funguje normálně, by ochrnutí mohlo být dočasné. Proto jsem tě poslal na další testy a navrhl ti fyzikální terapii. Teď už není pochyb, je mi líto, že vám to musím říct, E-Z, ale už nikdy nebudete chodit."

"Jak jste mu to mohl udělat?" Sam se zeptal.

Konečnost jeho slov do něj zapadla. "Odveď mě odsud, strýčku Same!"

"Počkejte," řekl Hammersmith a nedokázal se jim podívat do očí. "Požádal jsem o pomoc, kolegy z celého světa. Jejich závěr byl stejný."

"Díky moc."

"E-Z, je čas, abys šel dál. Nechci ti dávat další falešné naděje. "

Sam vstal a položil ruce na madla vozíku.

"Zajdeme si pro druhý názor a pro třetí a čtvrtý!"

"To můžete udělat," řekl Hammersmith, "ale my už jsme to udělali. Kdyby bylo něco nového, tam venku - cokoli, čeho bychom mohli využít -, tak bychom to udělali. Za tvého života se mohou věci změnit E-Z. Oblast výzkumu kmenových buněk dělá pokroky. Do té doby nechci, abys žil svůj život pro "kdyby" a "možná"."

Pak zamířil na Sama,

"Nedovol, aby tvůj synovec promarnil svůj život. Pomoz mu obnovit se a vrátit se do země živých. Jo, a nerad to vytahuju, ale brzy budeme potřebovat zpátky vozík - zdá se, že ho máme trochu nedostatek. Jestli by vám nevadilo, kdybychom se domluvili jinak."

"Fajn," řekla Sam a beze slova opustili Hammersmithovu kancelář. Vložil vozík do kufru, zapnul jim bezpečnostní pásy a nastartoval auto.

"To bude v pořádku."

E-Z, kterému se po tvářích kutálely slzy, si je otřel. "Je mi to líto."

"Nikdy se mi nemusíš omlouvat, chlapče, za to, že jsi projevil své city."

Sam praštil pěstmi do volantu a pak se s kvílením pneumatik rozjel z parkovacího místa.

Chvíli jeli beze slova, pak se natáhl a zapnul rádio. Přerušil tím ticho mezi nimi a dal E-Zovi příležitost vyřvat se, aniž by si připadal vědomý sám sebe.

Než zabočili na příjezdovou cestu k domu, byli už klidní a hladoví. Měli v plánu zhlédnout několik programů a objednat si pizzu.

O několik dní později dorazil zbrusu nový invalidní vozík.

✳ ✳ ✳

Dvě světla: jedno žluté a jedno zelené blikalo poblíž E-Zova nového invalidního vozíku.

"Tenhle nebude stačit, píp-píp."

"Souhlasím, vůbec to nepůjde. Potřebuje něco lehčího, pevnějšího, ohnivzdorného, neprůstřelného a absorpčního, zoom-zoom."

"Vy-víte-kdo říkal, že nemáme ztrácet čas - takže to uděláme, než se člověk probudí, píp-píp."

Světla se roztančila kolem vozíku. Jedno nahradilo kov a druhé pneumatiky. Když proces dokončili, vypadalo křeslo stejně jako předtím, ale nebylo.

E-Z zašeptal ze spaní.

"Pojďme odsud pryč! Píp píp!"

"Hned za tebou! Zoom zoom zoom!"

A tak to udělali, zatímco mladík spal dál.

✳✳✳

O ROK POZDĚJI SE E-Z zdálo, že strýček Sam tu byl odjakživa. Ne že by mu nahradil rodiče. Ne, to by nikdy nedokázal, vlastně by se o to ani nepokoušel - ale rozuměli si. Byli kamarádi. Byli víc než to, byli rodina. Jediná rodina, která třináctiletému chlapci na světě zbyla.

"Chtěl bych ti poděkovat," řekl a snažil se, aby se nerozplakal.

"Nemusíš mi děkovat, chlapče."

"Ale musím, strýčku Same, bez tebe bych hodil ručník do ringu."

"Jsi z pevnějšího těsta."

"Nejsem. Od té nehody se bojím, myslím tím opravdu bojím. Mám noční můry."

"Všichni se bojíme, pomáhá, když o tom mluvíš. Myslím tím, jestli o tom chceš mluvit se mnou."

"Někdy se to stává v noci - když spíš. Nechci tě budit."

"Jsem vedle a zdi nejsou tak tlusté. Jen na mě zakřič a já tam budu. Nevadí mi to."

"Díky, doufám, že to nebudu potřebovat, ale je dobré to vědět."

Vrátili se ke sledování televize a už se o tom nebavili.

Až do jedné noci, kdy se E-Z probudil s křikem a Sam, jak slíbil, byl u něj.

Rozsvítil světlo. "Jsem tady. Jsi v pořádku?"

E-Z se držel okraje postele jako někdo, kdo se chystá sjet z útesu. Pomohl mu zpátky na matraci.

"Už je to lepší?"

"Ano, díky."

"Máš chuť si o tom promluvit? Můžu udělat kakao."

"S marshmallow?"

"To je samozřejmé. Hned jsem zpátky."

"Dobře." E-Z na chvíli zavřel oči a vysoké zvuky se ozvaly znovu. Zakryl si uši a sledoval žlutá a zelená světla, která mu tančila před očima. Sundal ruce a slyšel strýčkovy bosé nohy, jak plácají po chodbě.

"Tady máš," řekl Sam a vložil synovci do ruky hrnek horkého kakaa. Zaparkoval na kolečkovém křesle, kde se napil a povzdechl si.

Levou rukou E-Z švihl do vzduchu a málem si vylil nápoj.

"Co to děláš?"

"Copak to neslyšíš? Ten zvuk, co trhá uši?"

Sam pozorně naslouchal, nic. Zavrtěl hlavou. "Jestli slyšíš něco divného, proč se to snažíš od sebe odehnat?"

E-Z se soustředil na svůj horký nápoj a pak spolkl miniaturní marshmallow. "Takže asi nevidíš světla?" "Ne," řekl.

"Světla? Jaká světla?"

"Dvě světla: jedno zelené a jedno žluté. Asi jako konec tvého prstu. Tady se zapínají a vypínají - od té nehody. Propichují mi uši a blikají mi před očima. Otravují mě."

Sam přistoupil k čelu postele a podíval se na ně z perspektivy svého synovce. Nečekal, že něco uvidí - a samozřejmě to nečekal - snaha byla o uklidnění. "Ne, ale řekni mi víc, abych lépe pochopil, jak to začalo."

"Při té nehodě jsem viděl dvě světla, žluté a zelené, a, nesměj se, ale myslím, že ke mně promlouvaly. Proto se mi zdají noční můry."

"Jaká světla? Myslíš jako vánoční světýlka?"

"Ehm, ne, ne jako vánoční světýlka. To nic není. Už jsou pryč. Nejspíš posttraumatická stresová porucha nebo vzpomínka na minulost."

"Posttraumatická stresová porucha nebo flashback jsou dvě naprosto odlišné věci. Přemýšlím, jestli by sis neměl s někým promluvit. Myslím tím s někým jiným než se mnou."

"Myslíš jako s mými přáteli?"

"Ne, myslím profesionála."

POP.

POP.

Byli zase zpátky. Mrkaly mu před nosem a dělaly mu křížky. Zarazil se. Snažil se je neodhánět. Když Sam jednou rukou uchopil šálek a druhou si sáhl na čelo, plácl sebou do vzduchu. "Jdi ode mě pryč!"

Sam se díval, jak jeho synovec ztuhl jako ledová socha na zimním festivalu. Sam mu luskl prsty před očima, ale žádná reakce se nedostavila. E-Z si povzdechl, opřel se, zhluboka se nadechl a během několika vteřin už chrápal jako voják. Sam si přitáhl peřinu. Políbil synovce na čelo a vrátil se do svého pokoje. Nakonec usnul.

Druhý den Sam navrhl, aby si E-Z své pocity zapsal, třeba do deníku. Mezitím se zeptal, jestli by se mohl objednat k odborníkovi.

"Myslíš psychiatra?"

"Nebo psychologa. A mezitím si to zapisuj. Když je uvidíš, jak vypadají - zaznamenávej si ta pozorování." "To je v pořádku.

"Deník, myslím tím, komu se podobám, Oprah Winfreyové?"

"Ne," řekl Sam. "Dítě, máš noční můry, slyšíš vysoké zvuky a vidíš světla. Mohou být příznakem, jak jsi říkal, posttraumatické stresové poruchy nebo něčeho zdravotního. Musím to vyšetřit a promluvit si s tvým doktorem, aby ti poradil. Mezitím by vám mohlo pomoci zapisovat si myšlenky, vést si deník. Spousta mužů si psala deník nebo si vedla deník."

"Jmenuj mi nějakého, jehož jméno bych poznal?"

"Tak třeba Leonardo da Vinci, Marco Polo, Charles Darwin." "A co třeba?

"Myslím někoho z tohoto století."

"Už jsi zmínil Oprah."

$$* * *$$

P O NĚKOLIKA SEZENÍCH S terapeutem/poradcem se E-Zův duševní stav zlepšil. Byla milá a neodsuzovala teenagera, jak se obával. Místo toho mu nabídla návrhy a konkrétní strategie, jak ho uklidnit a pomoci mu. Stejně jako jeho strýc Sam mu také navrhla, aby si vše zapisoval - do deníku nebo zápisníku.

Místo toho napsal krátký příběh pro školní úkol inspirovaný matčiným oblíbeným ptákem: holubicí. Poté, co za svou práci dostal jedničku s hvězdičkou, přihlásil učitel jeho povídku do celoplošné krajské literární soutěže. Nejprve byl naštvaný, že jeho povídku zařadila do soutěže, aniž by se ho zeptala. Ale když vyhrál, byl neuvěřitelně šťastný. Od té doby jeho učitelka přihlásila jeho povídku do celostátní soutěže.

Zatímco se synovec nořil do umění psát, Sam se věnoval novému koníčku: genealogii. Jednou, když spolu večeřeli, vyhrkl:

"Teď, když jsi napsal povídku a měl jsi úspěch, možná bys měl zkusit napsat román".

"Já? Román? V žádném případě."

"Máš spisovatelskou krev," prozradil strýček Sam. "Díky pátrání v naší historii jsem zjistil, že jsme s tebou příbuzní s jediným Charlesem Dickensem."

"Možná bys tedy měl napsat román ty." Zasmál se.

"Já nejsem ten, kdo má oceněnou povídku."

Nad jeho talířem zablikala zelená a žlutá světla. Alespoň neslyšel ten vysoký zvuk, do kterého hučí strýček Sam.

".... Koneckonců my dva jsme s Charlesem Dickensem bratranci napříč časem. Podívej se, co všechno jsi překonal. Jsi úžasný kluk - co můžeš ztratit?" "Ne," odpověděl jsem.

Jmenuje se Ezekiel Dickens a tohle je jeho příběh.

KAPITOLA 1

V PRVNÍCH TŘINÁCTI LETECH svého života byl znám pod několika jmény. Ezechiel, jeho rodné jméno. E-Z, jeho přezdívka. Chytač v jeho baseballovém týmu. Autor povídek. Syn svých rodičů. Synovec svého strýce. Nejlepší přítel. Teď pro něj měli nové jméno.

Ne že by mu to slovo na "c" vadilo. Ve skutečnosti měl některé alternativy raději méně. Stejně jako komentáře, které někteří lidé říkali, protože si mysleli, že jsou politicky korektní. "Aha, to je ten kluk, co je upoutaný na vozík." Říkali to a přitom na něj ukazovali - jako by si mysleli, že je také sluchově postižený. Nebo říkali: "Teď mě mrzelo, že jsi na vozíku." A taky říkali: "To je mi líto, že jsi na vozíku." A taky říkali: "To je mi líto. Z toho se mu dělalo nevolno. Ale to, co ho poslalo do kolen, bylo: "Aha, ty jsi ten kluk, co teď používá vozík." To bylo něco, co ho vyvedlo z míry. Vidět kohokoli, zejména mladšího člověka na vozíku, vyvolávalo u některých lidí nepříjemné pocity. Pokud se tak cítili, proč museli něco říkat?

To ve mně vyvolalo dávnou vzpomínku. Vzpomínku na rodiče, jak se v deštivém sobotním odpoledni dívali v televizi na film Bambi. Maminka dělala své slavné popcornové kuličky. Měli limonádu, M&Ms, marshmallows a tátovy oblíbené Twizzlers. Králík Thumper říkal: "Když nemůžeš říct něco hezkého, neříkej vůbec nic." A tak se stalo. Když Bambimu zemřela maminka, bylo to poprvé, co viděl maminku a tatínka plakat u filmu. Protože byl jejich chováním tak šokován, sám neuronil ani slzu.

Někteří hlupáci ve škole mu říkali "stromový kluk". Několik z nich byli spolužáci sportovci, kteří k němu kdysi vzhlíželi, když byl králem za metou. Nenáviděl ty narážky na stromového kluka. Nelitoval se (většinou ne) a nechtěl ani, aby ho někdo litoval.

Když nastal čas, aby se hned první den vrátil do školy, udělal to s pomocí svých kamarádů. PJ (zkratka pro Paula Jonese) a Arden ho podle potřeby podporovali a postrkovali. Brzy se jim začalo říkat Tornádo Trio. Hlavně proto, že kamkoliv přišli, tam vznikl chaos. Tehdy se E-Z naučil očekávat nečekané.

Takže když se u něj kamarádi o pár měsíců později jednoho rána zastavili, aby ho vyzvedli do školy - a pak řekli, že tam nepůjdou -, příliš ho to nepřekvapilo. Když mu řekli, že mu musí zavázat oči - to nečekal.

Na zadním sedadle se zeptal. "Kam jedeme?" Žádná odpověď. "Bude se mi to líbit?"

"Ano," řekli jeho přátelé.

"Tak proč ten plášť a dýka?"

"Protože je to překvapení," řekl PJ.

"A oceníš to ještě víc, až tam budeme."

"No, já nemůžu utéct." Posmíval se.

Ardenova matka zaparkovala. "Díky, mami," řekl.

"Zavolej mi, až budeš potřebovat, abych tě vyzvedla," řekla.

Oba kamarádi pomohli E-Zovi do vozíku a odjeli.

"Zdá se mi to, nebo je ten vozík pokaždé, když ho vyndáme, lehčí?" Arden se zeptal.

"To jsi ty!" PJ odpověděl.

Když se vydali po nerovném terénu, E-Z ucítil vůni čerstvě posekané trávy. Když mu kamarádi sundali pásku z očí - byl na baseballovém hřišti. Když uviděl své bývalé spoluhráče, protihráče a trenéra Ludlowa, vhrkly mu do očí slzy. Byli v kompletních dresech, seřazeni podél čerstvě křídou nakreslené základní čáry.

"Vítejte zpátky!" jásali.

E-Z si rukávem setřel slzy, když se židle posunula blíž k hrací ploše. Od té doby, co ho nehoda připravila o sen hrát profesionálně baseball, se hře vyhýbal. S knedlíkem v krku byl tak plný emocí, že nemohl popadnout dech.

"Ztratil řeč," řekl PJ a šťouchl Ardena loktem.

"To je poprvé."

"Díky, kluci. Nemýlili jste se v tom, že to bylo překvapení."

"Počkejte tady," nařídili mu přátelé.

E-Z zůstal sám a kochal se pohledem na baseballové hřiště. Na místo, které bylo kdysi jeho nejoblíbenějším místem na světě. Znovu se rozplakal a sledoval, jak se zelená tráva třpytí ve slunečním světle. Setřel je, když se jeho přátelé vrátili a nesli tašku s vybavením.

Arden se k němu naklonil: "Překvapení, kamaráde, dneska chytáš!" "To je překvapení," řekl.

"Jak to myslíš? V tomhle nemůžu hrát!" řekl a praštil rukama do ramen vozíku.

"Tady máš, podívej se na to, než tě vybavíme," řekl PJ, podal mu telefon a stiskl tlačítko play.

E-Z užasle sledoval, jak se hráči, jako byl on, dostávají na baseballové hřiště. Pozorněji si prohlédl jejich židle, které měly upravená kolečka. Hráč se dokutálel k metě, spojil se s míčkem a přiblížil se k metám.

"Páni, to je úžasné!"

"Když to dokážou oni, tak ty taky!" Arden nasadil svému kamarádovi na nohy chrániče kolen, zatímco PJ si upevnil chránič hrudníku. Cestou na hřiště mu kamarádi hodili chytačskou masku a rukavici.

"Odpal!" Trenér Ludlow zavolal.

Nadhazovač hodil první rychlý míč přímo do zóny a on ho chytil.

Druhý nadhoz byl pop-up. E-Z po něm šel, přiblížil se a zvedl se. Natáhl se. Překvapil i sám sebe, když ho chytil. Nevšimli si toho, ale on se zvedl. Zadek opustil sedadlo židle a on neměl tušení, jak to dokázal.

"Páni," řekl PJ, "to byl skvělý úlovek."

"Jo, asi bys to přehlédl, nebýt té židle."

E-Z se usmál a pokračoval ve hře. Když hra skončila, cítil se dobře. Normální. Poděkoval klukům, že ho dostali zpátky do hry.

"Příště se trefíš ty," řekl PJ.

E-Z se ušklíbl, když je Ardenova máma vezla přes průjezd a pak zpátky do školy. Kdyby si pospíšili, stihli by to před začátkem další hodiny. Studenti se na chodbách zasekli, zatímco on se kutálel ke své skříňce. Jeho spolužáci zaslechli pleskání pneumatik o linoleovou podlahu - a rozestoupili se.

E-Z byl prvním dítětem, které na své škole potřebovalo bezbariérový přístup, ale už předtím, než přišel o nohu, byl legendou. Dalo mu hodně práce požádat o pomoc, ale jakmile to udělal, dostal ji. Jako sportovec už měl jejich respekt, sám i jako člen týmu vyhrál spoustu trofejí. Potřeboval si znovu získat jejich respekt jako jeho nové já.

Po zápase se vrátili do školy a dokončili den. Protože to byl jen půlden, byl E-Z docela unavený, když ho Ardenova máma a jeho kamarádi po škole vysadili.

Poté, co jim poděkoval, šel dovnitř.

"Jsem doma, strýčku Same."

"To vidím, měl jsi dobrý den," řekl Sam.

"Ano, byl to dobrý den." Protáhl se a zívl.

"Tak pojď. Musím ti něco ukázat. Překvapení."

"Další už ne," řekl E-Z a následoval strýce chodbou. Nejdřív minul napravo pokoj svých rodičů - určený k tomu, aby se jednou stal pokojem pro hosty. Do té doby byl přesně takový, jaký ho zanechali - a takový zůstane, dokud se E-Z nerozhodne jinak.

Každou chvíli mu strýček Sam nabízel, že mu pomůže pokoj projít, ale synovec vždycky říkal to samé.

"Udělám to, až budu připravený."

Sam neochotně souhlasil. Byl rozhodnutý, že jeho synovec by měl jít dál. Tohle byl první krok k tomuto cíli. Od té doby mluvil se svým poradcem, který řekl, že by Sam měl E-Z povzbudit, aby o svých rodičích více mluvil. Řekla, že když je učiní součástí svého každodenního života, pomůže mu to rychleji se uzdravit. Pokračovali chodbou kolem koupelny a zastavili se u boxu nebo skladu.

"Ta-dah!" Strýček Sam ho strčil dovnitř.

E-Z oněměl, když si prohlížel nově proměněnou kancelář. Uprostřed umístěný před oknem, které hledělo do zahrady, stál psací stůl. Na něm byl rozestavěný zbrusu nový herní počítač a zvukový systém. Zasunul židli pod stůl - perfektně se tam vešla - a prsty přejížděl po klávesnici.

Vedle byla tiskárna, naskládané papíry a odpadkový koš - vše naplánované na dosah ruky.

Nalevo od něj byla police s knihami. Přitočil se blíž. Na první polici byly knihy o psaní a klasikové. Poznal několik oblíbených knih svých rodičů. Druhá obsahovala trofeje včetně ocenění za jeho psaní. Třetí a čtvrtá obsahovala všechny jeho oblíbené knihy z dětství. Spodní dvě police byly prázdné. Očima přeběhl až k horní polici, musel si přisunout židli, aby viděl, co je tam nahoře.

Do místnosti vedle něj vešel Sam. Položil synovci ruku na rameno.

"Těch, nebyl jsem si jistý, jestli to není příliš brzy. I..."

Péefka: rodinná fotografie. Po tváři se mu skutálela slza, když si vzpomněl na den focení. Bylo to v malém fotografickém studiu v centru města. Všichni byli vyparádění. Táta ve svém modrém obleku. Máma v nových modrých šatech s červeným šátkem uvázaným kolem krku. On ve svém šedém obleku - stejném, jaký měl na sobě na jejich pohřbu.

Bojoval se vzlykem, když si vzpomněl na uspořádání ve fotografickém ateliéru. V ateliéru bylo všechno vánoční - i když byl teprve červenec. Usmál se při vzpomínce na lacinou vánoční výzdobu a falešný krb. O několik týdnů později přišlo poštou přání, ale pro jeho rodiče ty Vánoce nikdy nepřišly. Otočil židli k východu a zamířil do haly se strýcem v patách.

"Já vím, že to bude chvíli trvat. Omlouvám se, jestli jsem zašel příliš brzy, ale už je to víc než rok a my, já i tvůj poradce, jsme si mysleli, že je čas."

E-Z pokračoval v cestě. Chtěl se dostat pryč. Utéct do svého pokoje a uzavřít se před světem, pak ho něco napadlo. Něco zásadního. Jeho strýc nemohl znát historii té fotografie. Kdyby to věděl, nedal by ji tam. Po tom všem, co pro něj udělal, mu dlužil vysvětlení. Zastavil se.

"Nikdy jsme ji nepoužili, měla být na vánoční přání, ale do Vánoc se nedostaly." "To je pravda," řekl.

"Je mi to moc líto. Nevěděl jsem to."

"Já vím, že jsi to nevěděl, ale to neznamená, že to bolí míň."

Vyčerpaný fyzicky i psychicky se přesunul blíž ke svému pokoji. Jeho vnitřní dialog pokračoval pozitivním posilováním. Připomínal mu, že ráno bude všechno vypadat lépe. Protože to tak bylo skoro vždycky.

"Mělo to být místo, kde budeš psát. Nezapomeň, že jsi teď oceňovaný autor a máš spisovatelskou krev." "To je pravda.

Už byl skoro u svého pokoje - proč ho strýc nenechal odejít? Jeho nálada vzplanula.

"Napsal jsem jednu povídku, ale to neznamená, že můžu nebo chci psát další. Říkáš, že mi v žilách koluje krev Charlese Dickense, ale já chci být chytačem v L. A. Dodgers. To, že mi říkají "stromový kluk" - neznamená, že se musím spokojit. Proč bych se měl spokojit?"

"Kéž by sis je nenechal vnutit do hlavy."

"Já jsem stromový kluk! Kdyby nebylo toho podělanýho stromu!" vykřikl, udělal prudkou otočku a udeřil loktem do zdi. Jeho ne zrovna legrační, směšná kost bolela jako blázen.

"Jsi v pořádku?"

E-Z zavrčel odpověď a pokračoval do svého pokoje. Měl v plánu za sebou zabouchnout dveře. Místo toho se zaklínil napůl dovnitř a napůl ven ze dveří. Pak se kolečka jeho židle zablokovala.

"PRDEL!"

Sam beze slova pustil židli. Cestou ven zavřel dveře.

E-Z popadl několik nerozbitných předmětů a hodil je ke zdi. Aby se uklidnil, představil si rodiče, jak mu říkají, jak jsou na něj pyšní. To mu chybělo. Ale kdyby tu teď byl jeho táta, vynadal by mu, že je takový spratek. Matka by mu vynadala taky, ale laskavěji a mírněji. Utřel si slzy. Ucítil osten hanby a jeho tělo se samým vyčerpáním sesunulo na vozík.

"Jsi v pořádku?" zeptal se strýček Sam přes zavřené dveře.

"Nechte mě být!" E-Z odpověděl. I když potřeboval jeho pomoc. Bez něj se nedokázal dostat do pyžama ani do postele. Musel by spát v křesle, ve svém oblečení. Hluboko uvnitř vždycky věděl, jaká je pravda. Kdyby se přestal starat, přestali by se starat i všichni ostatní. Pak by byl opravdu úplně sám.

Odjel s křeslem k oknu a zadíval se na noční oblohu. Hudba. Byla to jediná věc, která je skutečně spojovala jako rodinu. Jistě, měli své rozdíly v hudebních žánrech, ale když se v rádiu objevila dobrá písnička, šli s ní stranou.

Po trávníku se procházela prašivá černá kočka. Jeho matka vždycky chtěla, aby jeli do New Yorku a viděli Kočky na Broadwayi. Přál si, aby jeli spolu. Vytvořili si vzpomínku. Teď už to nikdy neudělají. Ta píseň, něco o vzpomínkách ho přimělo sáhnout po telefonu. Zvolil tvrdou rockovou hymnu a zesílil zvuk. Pěstmi bubnoval do rytmu na područky židle, zatímco řádil a vykřikoval text.

Až to rozjel tak silně, že se zvedl ze židle a praštil sebou o podlahu. Když viděl svůj pokoj od podlahy, chtělo se mu nejprve brečet. Místo toho se začal smát a nemohl přestat.

"Jsi tam v pořádku?" Sam se zeptal.

"Hm, hodila by se mi tvoje pomoc." Bolelo ho břicho z toho, jak se smál.

Samova první reakce byla poplašná - když viděl, jak se jeho synovec na podlaze drží za břicho. Když si uvědomil, že se drží od smíchu, sesunul se na podlahu vedle něj.

Později, když Sam odcházel, řekl: "Budeš v pořádku, chlapče." "To je v pořádku," řekl.

"Budeme v pořádku."

Tehdy se domluvili, že se nechají potetovat.

KAPITOLA 2

"JE MI LÍTO, ALE dneska s vámi nemůžu hrát baseball."

"No tak," řekl Arden. "Minule jsi nebyl tak špatný."

"Vypadni," odpověděl E-Z. Nabral rychlost, aby vyšel strejdovi vstříc, a srazil se s Mary Garnerovou, hlavní roztleskávačkou.

"Promiň, Mary."

Bylo to poprvé, co ji od té nehody viděl. Zvedl oči, když mu její vlasy spadly jako závěs přes oči: voněly po skořici a medu.

"Blbec," řekla. "Dávej pozor, kam jdeš."

Couvla a odkráčela pryč. Její doprovod ji následoval.

Usmál se a natáhl krk, aby ji mohl sledovat. Jeho přátelé šli vedle něj a udělali totéž. Arden hvízdl.

Ohlédla se přes rameno a mrskla ptákem jejich směrem.

"Bože, ta je fantastická," řekl PJ.

"Je sexy," řekl Arden.

"Velmi."

Teď, když opouštěli školu, se PJ zeptala: "Tak nám řekni, proč dneska nechceš hrát."

"Jo, pomozte nám, rozumíte," řekl Arden, zatvářil se a přejel očima. "Bez tebe jsme k ničemu."

"Hele, se strejdou Samem jsme uzavřeli dohodu. Že dneska po škole spolu něco podnikneme - něco důležitého."

Jeho kamarádi zkřížili ruce a zablokovali mu cestu k židli.

"Pořád máš v úmyslu nás vyloučit - a ani nám neřekneš proč?" řekl zrzavý PJ.

"Jsi úplný blbec."

"To bychom ti nikdy neudělali."

Odcházeli a přidávali do kroku.

E-Z zrychlil, ale nestačilo to. "Počkejte, my se necháme tetovat!"

Jeho přátelé se zastavili.

"Nechávám si vytetovat na památku mámy a táty - holubičí křídla, na každé rameno jedno."

"Jdeme s tebou!"

"Myslel jsem, že si budete myslet, že jsem soptík."

Chvíli pokračovali v chůzi beze slova.

"Strýček Sam se se mnou sejde na místě tetování."

KAPITOLA 3

K DYŽ SAM UVIDĚL SVÉHO synovce s kamarády, byl překvapený.

"Myslel jsem, že tenhle pakt je jen mezi námi, tedy tajemství?"

"Kluci mě chtěli vzít na zápas - musel jsem jim to říct."

"Dobře, to je fér. Ale já nemám ve zvyku zastupovat jejich rodiče nebo dávat svolení jménem jejich rodičů." Pak k PJ a Ardenovi: "Nevadí mi, že jste tady vy dva, ale vaše tetování mohou schválit jen vaši rodiče."

"Počkej!" PJ řekl. "Nikdy mě ani nenapadlo, že bychom se nechali tetovat."

"Moji určitě řeknou ne," řekl Arden. Jeho rodiče měli problémy, čehož plně využil. Většinu času dělal, jako by ho jejich neustálé hádky netrápily. Čas od času, když už to nemohl vydržet, hledal útočiště u kamaráda.

"U mě taky." PJ byl nejstarší a měl dvě sestry ve věku pět a sedm let. Rodiče ho povzbuzovali, aby jim šel dobrým příkladem, a většinou se mu to dařilo. Tím, že se soustředil na sportovní budoucnost, se udržoval na správné cestě.

Při sdílení světelného okamžiku si teenageři plácli.

"Cože?" Sam se zeptal.

"Řekneme jim, proč to E-Z dělá a že chceme tetování, abychom ho podpořili," řekl PJ.

Arden přikývl.

"Počkej chvíli. Takže vy dva kreténi chcete využít smrt mých rodičů jako záminku k tomu, abychom se nechali potetovat?"

Sam otevřel ústa, ale slova mu unikla.

PJ a Arden byli rudí a zírali na chodník.

E-Z je pustil z řetězu. "Mně to nevadí."

Sam zavřel ústa, když s oběma kluky vytvořili půlkruh kolem vozíku.

"Ale slibte mi jednu věc - žádní motýli nejsou povoleni."

"Hele, co máte proti motýlům?" Zeptal se Sam.

KAPITOLA 4

STRUČNĚ ŘEČENO, PJ A Arden přesvědčili své rodiče, aby jim dovolili nechat se tetovat.

"Hned se vám budu věnovat," řekl tatér a podíval se na všechny čtyři. Proti zrcadlu stál urostlý mužský zákazník, který si do své početné sbírky tetování přidával další. Tohle nové měl mezi palcem a ukazováčkem. "Ty jsi Sam?" zeptal se muž, který tetování dělal.

Samovi se trochu zvedl žaludek, protože se dočetl, že ruka je jedno z nejbolestivějších míst, kam se tetuje. "Ano, mluvil jsem s vámi po telefonu. Tohle je můj synovec E-Z a jeho kamarádi PJ a Arden." "Ahoj," řekl.

"Všichni čtyři chcete tetování, dneska? Protože jsem čekal, že budete jen dva."

"Za to se omlouvám. Můžeme to případně přehodit, nebo si to svoje nechat udělat v jiný den," řekl Sam přání.

"Naštěstí mi brzy přijde pomoct dcera. Takže vítejte v Tattoos-R-Us. Můžeš počkat támhle. Dejte si sklenici vody. Jsou tu také nějaké brožury, které byste si mohla chtít prohlédnout. Mohly by vám pomoci při rozhodování, kde chcete tetování mít. Každá oblast na těle má svůj práh bolesti." Statný chlapík, který se nechal tetovat, se ušklíbl.

"Díky," odpověděl Sam, když se přesunuli k čekárně. Jakmile se posadil na pohovku, jeho poskakující koleno způsobilo PJovi a Ardenovi husí kůži. Přešli místnost a podívali se na nástěnku. Aby si uklidnil nervy, Sam se rozpovídal. "Prověřil jsem si je na internetu, fungují už pětadvacet let a ten muž, se kterým jsme mluvili, je majitel. Mají výbornou pověst u Better Business Bureau. Navíc mají na svých stránkách spoustu pětihvězdičkových recenzí."

Všechny oči se otočily, když do lokálu vstoupila nápadná žena oblečená v gotickém oděvu. Bylo jí něco přes třicet a soudě podle rysů to byla dcera majitele. Na každém kousku odhaleného těla měla tetování a všude jinde sporadický piercing.

"Omlouvám se, že jdu pozdě," řekla a dotkla se otce na rameni. Podívala se na čekárnu a něco mu pošeptala. Rozzářila se zubatým úsměvem a otočila se k zákazníkům.

"Ahoj, já jsem Josie." Natáhla ruku a s každým z nich si potřásla. "Tohle je támhle Rocky. On je majitel a já jsem jeho dcera."

"Já jsem Sam a tohle je můj synovec E-Z a jeho dva kamarádi, PJ a Arden." "Ahoj," odpověděla. Spíš se svalil, než aby si zase sedl.

Josie mu šla přinést sklenici vody.

E-Z přemýšlel o tom, jak moc musí bolet piercing na jazyku, a pak strýčkovi řekl: "Nemusíš." "To je v pořádku," řekl.

"Říkáš mi, že jsem srab?" řekl a celé jeho tělo se tříslo, když mu Josie vložila sklenici do ruky. Když ji zvedl ke rtům, rozlil trochu vody.

"Vy jste tetovací panny, že jo?" Josie se zeptala.

E-Z si pomyslel, že má sladký hlas, jako Stevie Nicksová, oblíbená zpěvačka jeho otce z Fleetwood Mac, zpívající o čarodějnici Rhiannon.

Nemuseli odpovídat, protože jejich mlčení mluvilo za vše.

"No, s Rockym jsi ve skvělých rukou. Je to nejlepší tatér ve městě. Bude to bolet, kluci. Ano, bude to bolet. Ale je to taková ta bolest, o které zpívá John Cougar. Však víte - Bolí to tak dobře."

Sam se ušklíbl. "Jak moc to vlastně bolí?"

"To záleží na tvém prahu bolesti - a na tom, kde se rozhodneš ji dostat. Támhle je brožura, která mapuje různé oblasti těla s uvedením hodnocení bolesti."

E-Z cítil, jak se mu tvář rozpálila, a pleť jeho přátel měla podobný odstín. Podíval se Samovým směrem a všiml si jeho pleti, která se změnila na nazelenalý nádech.

Josie pokračovala. "Po prvním tetování se ti možná zalíbí a budeš chtít další."

Sam se postavil a jeho tělo se chvělo strachem.

"Možná bude potřebovat trochu čerstvého vzduchu," řekl E-Z a zahnal strýce ke dveřím.

Jakmile vyšel ven, Sam přecházel po chodníku sem a tam a srdce mu bušilo, jako by mu chtělo vyskočit z hrudi. "Přál bych si, abych kouřil."

"Vážím si toho, že jsi sem se mnou přišel, to ano, ale upřímně, nemusíš to absolvovat. Vím, že jsme uzavřeli dohodu a je to něco, co chci udělat - na památku mámy a táty -, ale nic mi nedlužíš. Co kdybychom se šli projít, dali si kafe a až skončíme, tak ti napíšeme, ano?"

"Řekla jsem, že tu pro tebe budu vždycky. Teď tu pro tebe jsem. Nesnáším jehly. A vrtáky. Myslela jsem, že to zvládnu, ale teď si uvědomuju, že strach je silnější než já. Jsem takový strašpytel."

"Vždycky jsi tu pro mě byl, strýčku Same. Nemusíš mi to dokazovat, nikomu, tím, že si necháš udělat tetování, které ani nechceš. Teď už odsud vypadni. Zavolám ti, až skončíme." Vydal se na kolečkách zpátky na rampu a jeho přátelé se zařadili za něj. Podíval se přes rameno na Sama. Chudák byl ztuhlý jako socha.

"Budu v pořádku. Teď odjeď."

Sam se zasmál. "Ale než odejdu, měl bys mi dát dopis, který jsem včera napsal, abych tam mohl doplnit jména PJ a Ardena. Protože bez mého svolení - nikdo z vás tetování nedostane."

"Dobrá myšlenka," řekl E-Z a podal vzkaz dolů. Teď se podepsaný zase vrátil nahoru. Strčil si ho do kapsy a vešli dovnitř, kde už čekala Josie.

"Dobře, jsi na řadě. Jestli se chceš počůrat, ukážu ti, kde je teď záchod." Josie se usmála.

"Kousni mě," řekl E-Z, když si pojížděl na židli.

✳✳✳

Z atímco Rocky končil u pultu, Josie podala E-Zovi knihu s tetováním.

"Už to vím, aniž bych se dívala. Chtěla bych holubí křídlo, na každé rameno." Zase tam byly, zelená a žlutá světla. Chtěl je tak odpálkovat, ale nechtěl, aby si Josie taky myslela, že je blázen.

Josie listovala knihou. "Tohle jsi měl na mysli?"

Přikývl a pak ji pozoroval v zrcadle, jak si myje ruce a pak si nasazuje černé rukavice. Vyndala kalíšky s inkoustem ze sterilního obalu a položila je na stůl.

"Máš nějaký vzkaz, od rodičů nebo opatrovníka? Předpokládám, že vám není osmnáct?"

E-Z se usmál a podal jí vzkaz.

"Všechno vypadá v pořádku. Teď k důležitějším věcem. Máš chlupatá záda?" Usmála se. "Jestli ano, budeme je muset nejdřív vyčistit a oholit. Myslím tím celá záda."

"Určitě ne."

Zvuk pochechtávání jeho přátel z čekárny ho také přiměl k úsměvu. Josie mezitím zmizela v zadní místnosti a ozvala se hudba. Na vteřinu Another Brick in the Wall, pak už žádná hudba.

"Hele, proč jsi to udělala?" zeptal se.

"Hnusí se mi cokoli od Pink Floyd." Pokračovala v nastavování věcí.

"To nemůžeš říct, ledaže bys nikdy neposlouchal Dark Side of the Moon."

"Poslouchala jsem, byla to sračka," řekla, když mu přetáhla tričko přes hlavu. "Aha!"

POP.

POP.

A obě světla zmizela.

Rocky k ní přistoupil a postavil se vedle ní. "Co to sakra je?"

"Co to sakra je," řekla Josie.

Což přivedlo PJe a Ardena.

"Já to nechápu, E-Z. Proč bys lhala?"

"Samozřejmě že by nelhal - E-Z nikdy nelže," řekl Arden.

"COŽE!?" E-Z se zeptal a snažil se manévrovat židlí, aby viděl, co vidí. "Lhát? O čem? Řekni mi to, ať už je to cokoli. Já to zvládnu."

"Proč jsi lhal o tom, že jsi tetovací panic?" zeptala se Josie.

✳✳✳

"**N**EUDĚLAL JSEM TO!" E-Z se zakoktal, aniž by tušil, co tím myslí.

"Počkej," řekl Arden. "No tak, kamaráde, když jsi lhal, musíš mít dobrý důvod."

"Tak to se podívejme!" PJ řekl. "I když, bez svolení dospělého by si je nemohl pořídit."

Rocky popadl ruční zrcátko a nastavil ho tak, aby E-Z viděl, co vidí. Dvě tetování, jedno na pravém rameni a druhé na levém. Křídla.

"Cože?"

"Řekl mi, že chce křídla," řekla Josie. "Myslela jsem, že jsi hodný kluk."

"To jsem! Upřímně řečeno, nemám ponětí, jak se tam dostaly, a tohle nejsou křídla, která jsem chtěl. Chtěl jsem holubí křídla. Tyhle vypadají spíš jako andělská křídla."

"No tak, kámo," řekl Rocky. "Tyhle dělal profík. Před nějakou dobou. A jsou to zcela výjimečná andělská křídla. Smekám před tím, kdo je dělal. Řekni jim, že kdyby někdy hledali práci, ať se na mě obrátí."

"Na mou duši, já jsem si tetování nenechal udělat. Tohle je poprvé, co jsem byl na tetování. Zeptej se mého strýce. Ten mě podpoří. On to ví."

"Nic z toho nedává smysl," řekl Arden.

Rocky zavrtěl hlavou. "Aspoň se k tomu přiznej, chlapče."

"Vy dva chcete tetování?" Josie se zeptala s rukama v bok.

"Ne," odpověděli.

"Chlapi jsou takoví lháři," řekla Josie, když za sebou zavřeli dveře.

"Nevadí, lásko, stejně je čas jít na večeři." Pak na dveře připevnil cedulku ZAVŘENO.

∗∗∗

S AM SE VRátIL A uviděl tři chlapce čekající před studiem. Jejich řeč těla byla zvláštní. Zrzavý PJ měl zkřížené ruce, zatímco olivově zbarvený Arden ruce v bok. Jeho synovec měl mezitím blízko k slzám.

"Díky bohu, strýčku Same, díky bohu, že jsi zpátky."

Přispěchal blíž. "Ale ne, bylo to strašně bolestivé? Za pár dní se to zmírní. Bude to v pořádku. Teď mě nechte, ať se podívám." Hvízdl, když se synovec předklonil, aby mu mohl vyhrnout košili. "Sakra, to muselo bolet."

"Asi jo," řekl PJ.

"Když je dostal poprvé."

"Poprvé? Cože?"

"Už je měl, když mu sundala tričko."

"Ale nemůžeme přijít na to, jak?"

"Jak to myslíte? Můžu tě ujistit, že včera je neměl."

"Vidíš, říkal jsem ti, že mě strýček Sam podpoří." Kdyby mu nevěřili, věřili by jeho strýci, ale proč by si mysleli, že by jim o tom lhal? Věděli, že není lhář.

"Podle Rockyho má tyhle věci už nějakou dobu." "To je pravda," řekl.

"Vidíš, jak jsou zahojené?" PJ řekl. "Rocky a Josie byli naštvaní a měli na to plné právo, protože E-Z vypadal stejně překvapeně jako my, když je viděl."

"A vy dva," zeptal se Sam, "jak dopadlo vaše tetování?"

"Rozhodli jsme se, že do toho nepůjdeme," řekl PJ. "Nepřipadalo nám to správné."

Sam řekl: "Řekni nám, co se stalo. Vysvětli mi to, chlape, protože já si z toho nedokážu udělat hlavu ani patu."

"Nemůžu. Strýčku Same, víš, že tam včera nebyli. Nemám pro to žádné vysvětlení. Jediné, co chci, je jít domů." Dal se do pohybu, drncal kolečky židle, rychleji, ještě rychleji. Chtěl pryč, kamkoli pryč. Jestli mu nevěřili, tak ať jdou k čertu.

Když se blížil ke konci ulice, světla se změnila ze zelené na červenou. Malá holčička už se sama hnala dopředu, aby přešla. Odstoupila od obrubníku, když za rohem zahnula obytná dodávka. Jeho vozík se zvedl ze země a vystřelil k ní. Natáhl ruku a chytil ji. Právě včas, aby ji zachránil před vjetím pod kola vozidla.

Teď už byl mimo nebezpečí, vozík se dotkl země a on ji odnesl do bezpečí. Před ním stála bílá labuť větší než obvykle. Křídlem mu ukázala palec nahoru a odletěla.

"Labuť," řekla holčička, když se rozhlédla po rodičích.

E-Z využil příležitosti, aby se vmísil do davu a zmizel za rohem, pak zabrnkal na špice svých kol silněji než kdykoli předtím a brzy byl o několik bloků dál.

"Viděla jsi to?" Arden vykřikl a zastavil na rohu. "Au," řekl, když do něj žena za ním vrazila. "Au," slyšel za sebou, jak se za ním srazili další chodci.

PJ se držel na místě, když do něj ten vzadu vrazil. Ardenovi řekl: "Jo, viděl jsem to... ale nejsem si jistý, co jsem viděl. Tetovací křídla byla jedna věc, tohle bylo... co? Zázrak?"

"Byl to optický klam," řekl Sam, když mu zavibroval telefon. Byla to zpráva od E-Z, který ho žádal, aby ho co nejdříve vyzvedl poblíž parkoviště u železářství. "E-Z mě potřebuje, zvládnete se vy dva zase vrátit domů?" "Ano," řekl Sam.

"Jasně, žádný problém, Same."

"Doufám, že je v pořádku."

Sam se vydal zpátky k autu a snažil se zachovat chladnou hlavu, když se pokoušel logicky pochopit, co se mu právě stalo.

Ani jeden z chlapců nechtěl mluvit o tom, co viděli - E-Zův vozík v letu.

"Viděli jste to?" šeptali si za nimi ostatní, když se kolem nich shromáždil dav.

"Škoda, že jsem si nepřipravila telefon," řekla jedna žena.

Druhá žena s mikrofonem a kamerou se protlačila dopředu. Když se změnila světelná signalizace, přešla přes silnici a za ní v slzách dvojice - rodiče holčiček. Za nimi stál řidič obytné dodávky.

"Díky bohu, že jste tam byli," zvolal. "Neviděl jsem ji. Jsi hrdina, chlapče. Děkuji ti."

"Mami!" zavolalo dítě, když si ho matka přitáhla do náruče. Spolu s manželem ji objímali k sobě, zatímco se k nim přiblížil reportér a kameraman ten okamžik zaznamenal.

Poblíž vzlykal muž, který ji málem srazil. Reportér a fotograf s ním promluvili. "Zachránil ji i mě. Ten kluk, ten kluk na vozíku." "To je v pořádku," řekl.

Snažili se ho najít, ale byl pryč. Schovával se jako zločinec. Čekal, až přijde strýček Sam a zachrání ho. Snažil se pochopit, co se stalo. Snažil se nevyšilovat.

Zpátky na místě činu se objevila dvě světla, jedno zelené a druhé žluté, která všem v okolí vytřela zrak. Pak zničily všechny nahrané záznamy.

"Co tady děláme?" zeptal se reportér.

"Nemám tušení," odpověděl kameraman.

Cestou domů si E-Z tak trochu, připadal jako hrdina. Ale věděl, že skutečným hrdinou je křeslo; jeho invalidní vozík, který vzlétl.

E-Z Dickens byl tetovací anděl.

✳✳✳

"L ETĚL JSEM SE STRÝČKEM Samem. Opravdu jsem letěl."

Sam zajel na příjezdovou cestu a zaparkoval.

"Viděl jsi to, že? Viděl jsi, jak jsem zachránil tu malou holčičku. Nemohl jsem to stihnout včas a můj vozík to věděl, zvedl se ze země a řítil se k ní."

"Ano, viděl jsem to. Bylo to výjimečné. Myslím to, jak jsi tu holčičku zachránil před újmou. Ale tvůj vozík se nezvedl. Byla to hybnost, která tě hnala dopředu. Při tom návalu adrenalinu a při tom, jak rychle ses musel pohybovat, abys tam doletěl, jsi měl pocit, že letíš - ale neletěl jsi."

"Letěl jsem. Křeslo se odlepilo od země."

"Tak pojď. Ty víš a já vím, že to nebyl žádný let. To přece musíš vědět. Chci říct, co si myslíš, že jsi? Zatracenej anděl?"

Sam vystoupil z auta, vytáhl z kufru invalidní vozík a obešel ho, aby do něj pomohl synovci. Při tom se E-Zovo pravé rameno odřelo o hranu dveří a on vykřikl bolestí.

"Voda!" vykřikl. "Mám pocit, jako bych se chystal vzplanout."

Sam odběhl do kuchyně a vrátil se s lahví vody.

E-Z mu ji vylil na rameno. Trochu se to zmírnilo, ale pak měl pocit, že mu hoří i druhé rameno. Vylil na něj zbytek láhve. Sam ho zatlačil do domu, zatímco E-Z se mu snažil strhnout tričko. Sam mu ji pomohl přetáhnout přes hlavu.

"Ale ne!" Sam vykřikl a zakryl si nos. Lopatky jeho synovce teď vypadaly a páchly jako spálené maso z grilu. Spěchal do kuchyně pro další vodu.

Cestou E-Z křičel a křičel dál, dokud neomdlel.

KAPITOLA 5

BYLA TMA A ON byl úplně sám, po obloze se nad ním rozprostíral jen stín měsíce.

Ruce měl zkřížené na hrudi, jako by viděl mrtvá těla položená na pohřbu s otevřenou rakví. Roztřásl je. Teď už uvolněně je odložil na opěrky rukou svého invalidního vozíku, aby zjistil, že v něm nesedí. Vyděsil se, že se převrátí, a znovu zkřížil ruce na hrudi. Ale počkat, nepřevrátil se, když je předtím rozkřížil - udělal to znovu a zůstal vzpřímený.

E-Z držel jednu ruku pevně na hrudi, zatímco druhou, pravou, natáhl, kam až to šlo. Konečky prstů se mu spojily s něčím chladným a kovovým. Levou rukou udělal totéž a opět našel kov. Naklonil se dopředu, dotkl se stěny před sebou a totéž udělal za sebou. Jak se pohyboval, sedadlo pod ním se posouvalo, s poddajností jako závěsný systém. Byl to právě tento systém, který ho udržoval ve vzpřímené poloze, nebo snad ano?

PFFT.

Zvuk mlhy, která se vznesla do vzduchu. Teplá, zesílila jeho čich, koupala ho v kytici levandule a citrusů.

Upadl do hlubokého spánku, v němž se mu zdály sny, které nebyly sny, protože to byly vzpomínky. Ta nehoda - opakovala se pořád dokola - smyčka. Zaklonil hlavu a zavyl.

"Moment, prosím," ozval se ženský hlas.

Byl to robotický hlas, jaký je slyšet na nahrávce, když není nablízku žádný člověk.

Příliš se bál znovu přikývnout a zeptal se: "Kdo je tam? Prosím. Kde to jsem?"

"Jsi tady," řekl hlas a pak se zachichotal. Smích se odrážel od kontejneru připomínajícího silo a bušil mu do uší, jak se střídal.

Když to přestalo, rozhodl se vyrazit ven. S vypětím všech sil natáhl ruce a zatlačil. Bylo to příjemné. Dělat něco, cokoliv - zpočátku - dokud klaustrofobie nezískala navrch.

PFFT.

Stříknutí, tentokrát bližší, mu šlo přímo do očí. Kyselina citronová štípala, vyhrkly mu slzy, jako by krájel cibuli, a on se postavil.

Počkat...

Znovu upadl na zem. Zakroutil prsty u nohou. Udělal to znovu. Natáhl pravou nohu. Pak levou nohu. Pracovaly. Jeho nohy fungovaly. Zvedl se...

Hlas, tentokrát mužský, řekl: "Zůstaňte prosím sedět."

Štípl se do pravého stehna a pak do levého. Kdo by řekl, že jedno nebo dvě štípnutí mohou být tak příjemné? Nikdo ho nemohl zastavit. Dokud mohl používat nohy, chtěl se znovu postavit.

Nad ním se ozval hluk, jako když se pohybuje výtah. Zvuk byl stále hlasitější. Podíval se nahoru. Strop sila se zřítil. Stále větší a větší. Nakonec se úplně zastavil.

"Posaďte se," vyzval ho mužský hlas.

E-Z se zvedl, ale strop se sunul dolů - až už nemohl stát. Trpělivě seděl a čekal, až se věc zatáhne jako výtah stoupající nahoru - ale nepohnula se.

PFFT.

"Pusťte mě ven!"

"Přidejte laudanum," řekl ženský hlas.

Stěny se zastavily a pak vystříkly mimořádně dlouhou dávku.

PPPFFFTTT.

Byl to poslední zvuk, který slyšel.

$$*\!*\!*$$

Z PÁTKY V POSTELI - přemýšlel, jestli se nezbláznil a nepředstavoval si, že celý incident se silem byl E-Z. Připadalo mu to skutečné, bylo to cítit skutečností. A ty dva hlasy - proč se neukázaly? Poškrábal se na hlavě a před očima viděl dvě světla. Stejně jako předtím bylo jedno zelené a druhé žluté.

"Haló?" zašeptal, když na něj zaútočilo vysoké kňučení jako bič komárů. Vystřelil pravou rukou dozadu a udeřil silným valem. Než se však spojil, ztuhl s rukou ve vzduchu. Oči se mu zaleskly jako zhypnotizovanému kuřeti.

POP.

POP.

Světla se proměnila ve dvě bytosti. Každé z nich zatlačilo do ramene a E-Z spadl na polštář, kde zavřel oči a usnul.

"Měli bychom to udělat hned, píp, píp," řeklo bývalé žluté světlo.

"Nejdřív se ujistíme, že spí, zoom-zoom," řeklo bývalé zelené světlo.

"Dobře, tak se dáme do práce, píp-píp."

"Máme jeho souhlas, zoom-zoom?"

"Říkal, že ano, ale nepamatuje si to. Obávám se, že to není závazná dohoda. Mohla by to být jen částečná a vy-víte-kdo nesnáší částečné dohody. Nemluvě o tom, že lidské dílčí části by se zachytily mezi pípáním a pípáním."

"Ano, mám ho příliš ráda na to, aby se z něj stal betwixt and betweener zoom-zoom".

"To, že se mi líbí, s tím nemá nic společného. Nezapomeň, co se stalo labuti. Nemluvě o tom - proč lidé říkají, o čem se nemluví, dřív než o tom, o čem se mluvit nechce?" Aniž by čekal na odpověď. "To bychom byli v pěkné bryndě a vy-víte-který by se na nás pěkně zlobil, píp píp."

"Ale člověk už má vytetovaná křídla. Zkoušky nezačínají, dokud s tím subjekt nesouhlasí." Luskla prsty a objevila se kniha. Zatřepala křídly a vytvořila vánek, který otáčel stránkami. "Podívej, tady se píše, že křídla se instalují až PO schválení subjektu. Takže když řekl ano, muselo to zpečetit dohodu." Zvedla ruce a kniha vyletěla vzhůru, jako by chtěla narazit do stropu, ale místo toho jím zmizela.

Letěly, jedna přistála E-Zovi na rameni a druhá na hlavě.

"Já to neudělal," řekl, aniž by otevřel oči.

"Spi dál, zoom-zoom," řekla a dotkla se jeho očí.

"Pššt, píp-píp."

"Mami, vrať se. Prosím, vrať se!"

"Je velmi neklidný, zoom-zoom."

"Sní, píp-píp."

E-Z otevřel pusu a chrápal jako slůně. Vánek je držel ve vzduchu - nebylo třeba mávat křídly. Chichotali se, dokud nezavřel pusu. Tím se dostali do volného pádu. Zběsilým máváním se rychle vzpamatovali.

"Ale ne, on si brousí zuby, píp píp."

"Lidé mají zvláštní zvyky, zoom-zoom."

"Tohle lidské dítě už toho zažilo dost. Podáním těchto práv bude cítit méně bolesti, píp-píp."

První tvor vletěl E-Zovi na hruď a přistál s bradou vystrčenou dopředu a s rukama na bocích. Tvor se jednou otočil, ve směru hodinových ručiček. Otáčel se rychleji a z třepotání jeho křídel se linula píseň. Píseň byla tichým sténáním. Smutná píseň z minulosti na oslavu života, který už nebyl. Tvor se zaklonil, hlavu opřel o hruď E-Z. Točení se zastavilo, ale píseň hrála dál.

Druhý tvor se přidal a provedl stejný rituál, přičemž se otáčel proti směru hodinových ručiček. Vytvořili novou píseň, bez pípání a přibližování. Když totiž zpívali, onomatopoie nebyla potřeba. Zatímco v každodenní konverzaci s lidmi ano. Tato píseň překryla tu druhou a stala se radostnou, vysoko posazenou oslavou. Óda na věci budoucí, na život, který ještě nebyl prožit. Píseň pro budoucnost.

Z jejich zlatých očních důlků se vysypal diamantový prach. Otočili se v dokonalé synchronizaci. Diamantový prach vystříkl z jejich očí na spící tělo E-Z. Výměna pokračovala, až ho pokryla diamantovým prachem od hlavy až k patě.

Teenager dál tvrdě spal. Dokud mu diamantový prach nepronikl do těla - pak otevřel ústa, aby vykřikl, ale žádný zvuk z nich nevyšel.

"Už se probouzí, píp píp."

"Zvedni ho, zoom-zoom."

Společně ho zvedli, když otevřel zasklené oči.

"Spi dál, píp-píp."

"Necítím bolest, zoom-zoom."

Kolébajíce jeho tělo, přijaly obě bytosti jeho bolest do sebe.

"Vstaň, píp-píp," přikázal.

A vozík se zvedl. Umístilo se pod E-Zovo tělo a čekalo. Když se snesla kapka krve, křeslo ji zachytilo. Pohltilo ji. Pohltilo ji - jako by to byla živá bytost.

Jak rostla síla křesla, rostla i jeho síla. Brzy dokázalo křeslo udržet svého pána ve vzduchu. To oběma bytostem umožnilo dokončit jejich úkol. Jejich úkol spojit křeslo a člověka. Spoutat je na věky silou diamantového prachu, krve a bolesti.

Jak se tělo teenagera třáslo, rány na jeho kůži se zacelily. Úkol byl splněn. Diamantový prach byl součástí jeho podstaty. Tím se hudba zastavila.

"Je hotovo. Nyní je neprůstřelný. A má super sílu, píp píp."

"Ano, a je to dobré, zoom-zoom."

Vozík se vrátil na podlahu a teenager na postel.

"Nebude si to pamatovat, ale jeho skutečná křídla začnou fungovat velmi brzy, píp-píp."

"A co další vedlejší účinky? Kdy začnou a budou znatelné zoom-zoom?"

"To nevím. Může mít fyzické změny... je to riziko, které stojí za to podstoupit, aby se snížila bolest, píp-píp."

"Souhlasím, zoom-zoom."

Vyčerpaní se oba tvorové přitulili k E-Zově hrudi a usnuli. Aniž by věděli, že tam jsou, když se ráno protáhl - spadli na podlahu.

"Jejda, promiňte," řekl okřídleným tvorům, než se otočil a znovu usnul.

✳ ✳ ✳

"**J**SI VZHŮRU?" SAM SE zeptal, než trochu pootevřel dveře. Jeho synovec chrápal dál, ale jeho židle nebyla tam, kde ji nechal, když mu pomáhal do postele. Pokrčil rameny a vrátil se do svého pokoje, kde si přečetl několik kapitol Davida Copperfielda. O několik hodin později se vrátil do synovcova pokoje.

"Ťuk, ťuk."

"Dobré ráno," řekl E-Z.

"Můžu dál?"

"Jistě."

"Spal jsi dobře?"

"Myslím, že ano." Protáhl se a pak se opřel o čelo postele.

"Jak se sem dostala tvoje židle? Myslel jsem, že jsem ji zaparkoval u zdi."

Pokrčil rameny.

"A podívej se na ty područky - ty jsi je natřel?"

Naklonil se, uviděl červený nádech a znovu pokrčil rameny. "Co se mi stalo?"

"Omdlel jsi. Nechápu ale proč. Říkal jsi, že máš pocit, jako by ti hořela ramena. Hledal jsem na internetu podle tvého popisu a vyskočil na mě homeopatický lék. Úžasné, co všechno se tam dá najít. Smíchal jsem levandulový olej s vodou a aloe v lahvičce s rozprašovačem a napumpoval ti ho přímo na kůži. Prý to přinese okamžitou úlevu. Nedělali si legraci, protože ses uvolnila a usnula."

"Díky, už se cítím mnohem lépe." Pokusil se vstát z postele, ale zzzzzs mu létalo hlavou, jako by byl Wile E. Coyote. "Myslím, že ještě chvíli zůstanu v posteli."

"Dobrý nápad. Můžu ti něco přinést?"

"Nějaký toast? S jahodovou marmeládou?"

"Jistě, chlapče." Odešel z pokoje a řekl, že se brzy vrátí. Když se vrátil s jídlem na tácu, synovec se snažil jíst, ale nedokázal nic udržet.

"Možná jen trochu vody."

Sam přinesl láhev, ze které se E-Z pokusil napít, i když ani to neudržel v puse.

"Myslím, že budu dál odpočívat." Jeho oči zůstaly otevřené a zíraly před sebe do prázdna. "Kolik je hodin?"

"Je pět hodin ráno a dneska je sobota. Už jsi venku dvanáct hodin. Vyděsil jsi mě."

Spojení levandule na obou místech připadalo E-Zovi zvláštní. Že by zažil skutečné zkřížení? Byla to příliš velká náhoda, tedy pokud silo skutečně existovalo. Nebo to byl sen? Spíš noční můra. Ale nohy mu v té kovové nádobě přece jen fungovaly. Hned by se tam vrátil - podstoupil by jakékoli riziko -, aby mohl nohy znovu používat.

"E-Z?"

"Ehm, cože? Já... upřímně řečeno, myslím, že bych nejradši zavřel oči a ještě chvíli si odpočinul."

Sam vyšel z pokoje a zavřel za sebou dveře.

E-Z se vzdaloval a ztrácel vědomí, zatímco nehoda se přehrávala ve smyčce. Doprovodný soundtrack obstarávala Stevie Nicksová s bílými křídly. Zatímco v pozadí poskakovala dvě světla - jedno zelené a druhé žluté.

✳✳✳

Ěkolik následujících dní se snažil dát si v hlavě dohromady všechny společné rysy:

Bílá křídla - bílá křídla vytetovaná na ramenou. Stevie Nicksová měla v jeho snu bílá křídla.

Levandule - strýček Sam používal levanduli a aloe na zklidnění popálenin. V silu mu levandule postříkala vzduch, aby se uklidnil.

Žlutá a zelená světla. Viděl je po nehodě i ve svém pokoji.

Invalidní vozík - letěl, aby mohl zachránit holčičku. Když chytal, opustil zadek křesla, aby mohl chytit míč.

Područky - byly teď červené. Žádná podobná nehoda se nestala. Žádné vysvětlení.

Pocit pálení na ramenou / tetování objevující se na ramenou. Žádné vysvětlení.

V boha už nevěřil, ne od té nehody. Žádný bůh by nedovolil, aby strom rozdrtil jeho rodiče. Byli to dobří lidé, nikdy nikomu neublížili. Co se stalo s jeho nohama, bylo vedlejší. Každý bůh, který by za něco stál, by natáhl ruku a zastavil to dřív, než se to stalo.

Ledaže by možná, pokud by nějaký bůh existoval, byl na obědě. Jo, jasně.

V jeho těle se děly změny a on chtěl odpovědi. Hluboko uvnitř věděl, že jediný způsob, jak je získat, je vrátit se do toho zatraceného sila - pokud existovalo.

KAPITOLA 6

D RUHÝ DEN RÁNO SE E-Z vznášel ve vzduchu nad postelí, protože mu narostla křídla. Cestou, aby si prohlédl své nové výtvory v zrcadle ve skříni, málem narazil do zdi.

"Je tam všechno v pořádku?" Sam zavolal z vedlejšího pokoje.

"Ano," odpověděl a zalétl bokem, když obdivoval svou nově nabytou schopnost letu. Opeřené peří ho fascinovalo. Zvlášť způsob, jakým ho poháněla kupředu, jako by byla v jednotě s jeho tělem. Připadal si spíš jako pták než jako anděl a snažil se vzpomenout, co se učil ve škole o ornitologii. Věděl, že většina ptáků má primární peří, možná deset. Bez primárních per nemohli létat. On měl na křídlech více než deset primárních per a také více sekundárních. Zkusil zatočit doleva, pak doprava a zhodnotil své manévrovací schopnosti. S pocitem beztíže poletoval po pokoji. Vznášel se nad invalidním vozíkem - který už nepotřeboval. S těmito křídly mohl vzlétnout přes celý svět. Položil si ruce na boky jako Superman a zamířil směrem ke dveřím. Dorazil k nim, když je Sam otevřela.

"Vyděsil jsi mě k smrti!" Sam málem vyskočil z kůže.

Přistižený teenager se snažil udržet situaci pod kontrolou. Změnil směr a chtěl jít k posteli. Přechod však nebyl tak snadný, jak doufal, a on se dal do volného pádu.

Sam se rozběhl pro vozík a pohyboval jím sem a tam, aby ho udržel pod synovcem.

E-Z se vzpamatoval a znovu vyjel nahoru.

"Pojď sem dolů, hned!" Sam vykřikl a zaťal pěsti do vzduchu.

Letěl k posteli a bezpečně přistál. Jeho křídla se zavřela jako harmonika bez hudby. "To byla taková legrace. Už se nemůžu dočkat, až poletím do školy."

Sam padl do synovcova křesla. "Co to mělo znamenat? A opravdu si myslíš, že bys s těmi věcmi mohl létat do školy? Byl bys terčem posměchu."

"Zvykli by si na to a místo "stromový kluk" - by mi mohli říkat létající kluk. Jo, to se mi líbí."

"Podle toho, co jsem viděl, to byl neumělý pokus. A fly boy zní směšně."

"Byl to můj první pokus. Ještě to zvládnu."

Sam zavrtěl hlavou, protože ho přemohla zvědavost a přemohla jeho emoce k útěku.

"Můžu se podívat blíž? Tedy bez toho, abys vzlétl?" zeptal se ve stoje, když se E-Z otočil tělem k němu. "Jsou pryč. Úplně. Mám na mysli tetování. Nahradila je skutečná křídla - a ty můžeš létat. Ach jo!" Posadil se, než upadl.

"Probudil jsem se, křídla se objevila a vzápětí jsem si uvědomil, že létám."

"Je to kouzlo. To musí být. Nebo se nám to možná zdá, ty jsi v mém snu nebo já v tvém a brzy se probudíme a..." Sam se snažil kvůli synovci zachovat klid, ale uvnitř mu bušilo srdce.

"To není sen."

"Jak to, že vyskočili? Musel jsi něco říct? Myslím tím, jestli existují nějaká kouzelná slova, která musíš říct?"

"Nevzpomínám si, že bych něco říkal. Ale asi bych to mohl zkusit." Několik vteřin o tom přemýšlel a zaujal pózu jako Rodinův Myslitel. "Počkej, já něco zkusím." "Autem!" mávl vzduchem bez hůlky.

"Kdy ses naučil latinsky?"

"V telefonu mám bezplatnou aplikaci."

"Já taky, učím se francouzsky. Zkus en haut."

"En haut!" Pořád nic. "Zvedni mě nahoru! Qui exaltas me!" Rozčileně zkřížil ruce. "Asi je dobře, že jsi vešel a viděl mě létat, jinak bys mi nevěřil!" Zajímalo ho, co dělají PJ a Arden - neviděl je už několik dní. Vzápětí se mu otevřela křídla a on se vznášel nad postelí.

"Ro-ro," řekl Sam, když se křídla stáhla a E-Z dopadl na podlahu.

"To by bylo super, kdybys mi popadl křeslo."

Sam se usmál. "To se snadněji řekne, než udělá. Promiň. Jsi v pořádku?"

"Nejsem zraněná. Myslím fyzicky, ale psychicky, kdo ví?" Zasmál se. "Mohl bys mi pomoct do křesla?"

Sam ho zvedl a bezpečně uložil do křesla. Když se opřel, křídla, místo aby se celá zatáhla, vyskočila zpět v plné síle. E-Z se vznesl a poletoval kolem jako Zvonilka.

"Tak takhle to je, co?" Sam řekl.

"Potřebuju se v tom vyznat - nevím proč - ale..."

"No, až budeš připravená, přijď dolů a půjdeme na snídani. Já si vezmu notebook a můžeme si udělat nějaký průzkum."

"Hm, to je chytrý nápad. Mohli bychom jít do Anniny kavárny. A já bych přišel dolů - kdybych mohl." Křídla se stáhla, když byl E-Z přímo nad jeho vozíkem. "Tak tomu říkám služba," řekl, když se opatrně sesunul do křesla.

Povídali si, zatímco se oblékal. Pak E-Z odešel do koupelny, zatímco Sam se připravoval.

Když vyšli z domu a zamířili k Annině kavárně, E-Z byl rozpolcený. Zaprvé, že se mu tam stýská, a zadruhé: "Už jsem tam nebyl celou věčnost. Od té doby, co..."

"Já vím, chlapče. Jsi si jistý, že to není moc brzy?"

Snídaně v Ann's Café byla pro jeho rodinu tradicí. Kromě toho, že otvírali brzy ráno v šest, bylo to sem kousek pěšky. Uvnitř byly soukromé boxy, vyvedené v umělé kůži s červenými kostkovanými ubrusy. Jeho otec vždycky říkal, že to místo má "vzdálenou" tématiku. Z jukeboxů hrála hudba šedesátých let - měli to tam zařízené, takže lidé nemuseli platit. A stěny zaplňovaly plakáty Marilyn Monroe, Jamese Deana a Marlona Branda. Jídelní lístek byl obrovský a obsahoval vše od klubových sendvičů přes cheeseburgery až po Fondues. Ale jeho osobně nejoblíbenější byly extra husté koktejly a jablečné palačinky.

Jakmile je majitelka Ann uviděla, hned k nim přišla. "Chyběla jsi mi." Objala ho kolem ramen.

"Tohle je můj strýček Sam, Ann." Podali si ruce. "Mimochodem, díky za přání a květiny, bylo to velmi pozorné."

Oči se jí zalily slzami. "A teď pojď sem. Mám pro tebe perfektní stůl."

Byl v klidném koutě, takže se nemusel bát, že by jeho židle překážela personálu kuchyně nebo hostům.

"Hned vám uvařím vaše obvyklé jídlo. Víš, co by sis dal, Same, nebo se mám vrátit?"

"Co si dáte?"

"Jablečné palačinky a la mode. Jsou nejlepší na světě a Ann vždycky přinese navíc sirup a skořici."

"To zní dobře, ale myslím, že si dám nudnou slaninu s vejci a houbami."

"Chápu," řekla Ann. "A ty si dáš čokoládový hustý koktejl?" "Ano. Přikývl. "Kávu pro tebe, Same? "

"Černou," odpověděl. "A díky, že jsi mě tak přivítala."

"Každý strýček E-Z je tu vítán."

Když Ann odešla pro nápoje, vyhrkl: "Strýčku Same, myslím, že se ze mě stává anděl."

"To bys musel nejdřív umřít," řekl, když Ann položila nápoje na stůl a vrátila se ke kuchyni.

"Možná jsem opravdu umřel, při té autonehodě. Na pár minut. Kdo ví, jak dlouho trvá, než se člověk stane andělem? Ve filmech, když se dostaneš k Perlové bráně, může ten velký muž všechno otočit a poslat tě zase zpátky sem dolů. Tedy pokud na takové věci věříš - což já nevěřím."

"Já taky ne. Andělé neexistují. Ani ďáblové. Kromě toho, co je v každém z nás. Všichni máme v sobě dobro a všichni máme v sobě zlo. To z nás dělá lidi. Co se týče umírání, řekli by mi, kdyby tě museli resuscitovat. Nic takového mi neřekli."

"Tak jak vysvětlíš, že se najednou objevila tetování a teď se změnila ve skutečná křídla? Včera jsem je neměl. Tak co se stalo mezi včerejškem a dneškem? Nic, co by odůvodňovalo růst nějakých nových přírůstků."

"Nic, co by tě napadlo," řekl Sam. Zasmál se.

E-Z si nabodl palačinku, nacpal si ji do pusy a nechal sirup stékat po bradě. Ann si dala záležet.

"No, rozhodně teď nevypadáš moc andělsky," řekl Sam a nabral si plnou vidličku míchaných vajíček. "Hm, tyhle jsou vážně dobré." Po několika dalších soustech sáhl do aktovky a vytáhl notebook. Kliknul na něj a zadal do vyhledávače "define angel". Otočil obrazovku, aby si mohli informace přečíst během jídla.

"Posel, zejména boží," četl Sam, "osoba, která plní boží poslání nebo jedná, jako by ji poslal bůh." "Tohle je anděl," řekl Sam.

"Působí, jako by," zopakoval E-Z a nacpal si do úst další palačinky.

Sam četl: "Neformální osoba, zejména žena, která je milá, čistá nebo krásná. Ty jsi se svými světlými vlasy a modrýma očima docela hezká."

"Sklapni."

"Konvenční reprezentace," odmlčel se. " Jakékoli z těchto bytostí zobrazených v lidské podobě s křídly." Sam se znovu napil kávy, právě včas, aby mu Ann dolila šálek.

"Z toho čtení a jídla najednou budete mít zažívací potíže."

E-Z se zasmál.

"Ne, dělám v IT, takže mi multitasking docela jde." Sam se na to podíval a řekl: "Ne, já dělám v IT, takže mi multitasking docela jde."

Ann se ušklíbla a odešla.

"Co myslí tím 'tyhle bytosti'?" zeptala se. Zeptal se E-Z.

"Ve středověké angelologii se prý andělé dělili na hodnosti. Devět řádů: serafíni, cherubíni, trůny, dominia (známá také jako panstva)," odmlčel se a napil se vody. Pak pokračoval: "Ctnosti, knížectví (známá také jako knížectví), archandělé a andělé." "Co je to?" zeptal se.

"Páni! Zkus to říct rychle desetkrát." Usmál se. "Netušil jsem, že existuje tolik druhů andělů."

"Já taky ne. To jídlo je tak dobré, že si pořád říkám, jestli se nám to nezdá."

"Chceš říct, že si přeješ, abychom snili - a moje křídla zmizela?"

"Mohla by odejít stejně rychle, jako přišla." Přiblížil notebook a zadal do vyhledávače "Člověku narostla andělská křídla". E-Z se ušklíbl, ale naklonil se blíž, aby se podíval, co se mu objevilo. Sam kliknul na vědecký článek.

"Jak jsem řekl, žádný důkaz o andělských křídlech v záznamech není. To jsem si nemyslel. Myslím, že ten incident, víš, když jsem zachránil tu holčičku - měl něco společného s tím, že se objevily. Byl to spouštěč, protože to pálení začalo hned poté, co jsem se vrátil domů, a pak, no, zbytek znáte."

"Jak se vám dvěma tady daří?" Ann se zeptala.

"Objednala jsem ti další dvě palačinky, E-Z, Jako obvykle. Ledaže bys mohla jíst víc?"

"Perfektní."

"A co ty, Same?"

"Jen si doliju," řekl a nabídl jí svůj prázdný hrnek, který si vzala a vrátila se s naplněným až po okraj. V kuchyni zazvonil zvonek a ona si šla pro palačinky.

E-Z na ně vyklopil javorový sirup, následovaný kopečkem másla. "Jsi nejlepší," řekl Ann. Usmála se a nechala je dojíst.

Strýček Sam svého synovce pozorně sledoval. Přál si, aby si objednal jablečné palačinky, ale už byl plný.

"Cože?"

"Já nevím, je to tak, že když ochutnáš jídlo, tvář se ti rozzáří jako anděl na vánočním stromečku."

E-Z odložil vidličku. "Moc vtipné. Ty jsi normální komik."

Když dojedli, Sam se zeptal: "Takže po tom, co sis přečetl o andělech, jsi změnil názor? Myslím tím, jestli si pořád myslíš, že se v jednoho proměníš. A pokud ano, co s tím hodláš dělat?"

"Jak to myslíš, DĚLAT? Mám křídla, tak bych je mohl použít."

"Já to vidím tak, že když je nebudeš používat, když budeš popírat jejich existenci - tak zmizí."

E-Z zavrtěl hlavou. "To nepřipadá v úvahu. Viděl jsi, co se stalo. Vyšly ven, aniž bych cokoli udělal, a jak jsem ti řekl, když jsem se ráno probudil, létal jsem nad postelí. Já jsem se sakra vznášel."

"E-Z, já myslím na budoucnost. Možná by sis měl s někým promluvit, musíme si o tom s někým promluvit." "Cože?" zeptal jsem se.

"Ta nehoda se stala před víc než rokem, poradce říkal, že jsem v pořádku. Kromě toho je to všechno nové."

"Mohlo by to být opožděné. Něco to mohlo spustit." "Ne," řekl jsem.

"Projdeme si fakta. Zaprvé, měl jsem tetování, když jsem se nenechal tetovat. Za druhé, moje židle se zvedla ze země a já zachránil malou holčičku - navíc jsem se zvedl ze židle, abych chytil míč při zápase. Až donedávna jsem to popíral... Za třetí tetování pálilo jako čert. Číslo čtyři, objevila se skutečná křídla. Číslo pět, umím létat. Zní vám něco z toho povědomě? Myslím v jiných případech."

"Právě tomu nerozumím. Jak se to mohlo stát, ale mysl je nesmírně výkonný počítač. To je to, co nás odlišuje od zvířecí říše a proč člověk přežil tak dlouho. Slyšel jsem příběhy, kdy se člověk ocitl v krajním nebezpečí a přišla mu pomoc. Nebo kdy byl člověk uvězněn pod vozidlem - a kolemjdoucí dokázal auto zvednout, aby mu zachránil život."

"O tom jsem četl, říká se tomu hysterická síla - ale nikdy jsem neslyšel o případu, kdy by člověku narostla křídla."

"Možná se ta křídla objevila, aby tě zachránila."

"Před čím? Z přílišného spánku?" Zasmál se. "Při té nehodě by se hodila. Mohl jsem letět mámě a tátovi pro pomoc, místo abych tam čekal s krvavou kládou na sobě. Držet mě na zemi. To není žádný zázrak. Já, nevím, co to je, strýčku Same, vím jenom, že to je." "Co to je?" zeptal se.

"Povídáme si. Posuzujeme. Vyměňujeme si názory. Snažíme se najít odpovědi."

"Bylo by hezké znát odpovědi, ale... koho bychom se v této situaci mohli zeptat jako odborníka?" "Ne," odpověděl jsem.

"Co třeba farář nebo kněz?" "Ne," odpověděl jsem.

E-Z zavrtěl hlavou. V kostele nebyl od pohřbu svých rodičů.

"Co můžeme ztratit?"

"Asi to stojí za pokus, ale. Aha, aha."

"O co jde?"

"Cítím, jak mě tlačí na lopatky. Musím jít, a to jsme sem nejeli autem. Promiň, musím si pospíšit. Uvidíme se doma." Vyrazil z kavárny a pokračoval v cestě, dokud mu z mikiny nevyskočila křídla a on se neodlepil od země. Doma si uvědomil, že nemá klíče, ale na verandě zůstat nemohl - ne s křídly venku. Zkoušel latinu, aby je dostal zpátky dovnitř -

ale nic nepomáhalo. Vyletěl tedy nahoru a podařilo se mu dostat se dovnitř oknem ložnice, aniž by ho někdo viděl.

"E-Z!" Zavolal Sam, když dorazil domů. "E-Z!"

"Jsem tady nahoře."

"Jsi v pořádku? Přijel jsem, jak nejrychleji jsem mohl."

"Pojď dál, posaď se. Žádné známky po tom, že by se stáhli - zatím."

Viděl otevřené okno. "Chápu to správně, že jste sem přiletěl?"

"Jo, ještě že jsem včera večer zapomněl zamknout okno. Můžeme klidně pokračovat v naší diskusi, než budu moct jít zase ven."

"Znám jednoho kněze. Jestli ti někdo může pomoct, tak on."

O dvě hodiny později, s melodiemi linoucími se z rádia, byli na cestě za knězem. Rozhlasové vlny zaplnila skladba Take Me to Church od Hoziera. Náhoda? Mysleli si, že ne, a zpívali si text z plných plic. Naštěstí je při zvednutých oknech nikdo neslyšel.

✳ ✳ ✳

V KOSTELE NEBYL žádný bezbariérový přístup a bylo tam hodně schodů.

"Ty se vydej do stínu velkého dubu a já půjdu najít otce Hoppera," navrhl Sam.

"To je jeho pravé jméno?" E-Z se zasmál.

"Pokud vím, tak ano. Ty zůstaň na místě a já se hned vrátím."

"To udělám."

Teenager vytáhl telefon. Ačkoli si užíval stínu, který mu poskytoval strom - znemožňoval mu vidět na displej. Přesunul si židli a všiml si neobvyklého hučení ve vzduchu. Šum, který jako by vycházel ze samotného stromu.

Zvedl oči a snažil se rozeznat, zda to není pták, když vtom se výška tónu zvýšila a hlasitost zesílila. Ztlumil svůj telefon. Zvuk skončil a začal nový. Tenhle byl melodický; hypnotizující a on upadl do snového stavu.

Hlava se mu natáhla dopředu, dokud ho nový zvuk neprobudil. Šepot přicházející z výšky nad jeho hlavou. Hlasy linoucí se z listí stromu. Zkřížil ruce, když jím projel chlad, který způsobil, že se mu uvolnila křídla. Než se nadál, jeho židle se zvedla ze země. Uhýbal větvím, když se vznesl do nitra mohutného dubu.

"Pusťte mě dolů!" přikázal.

Pokračoval ve stoupání. Když se jeho končetiny spojily se stromem, po předloktí a hlavě mu stékala krev.

"Přestaň! Ty hloupý..."

"To není moc hezké, píp píp," ozval se vyčůraný vysoký hlas.

"Myslel jsem, že jsi říkal, že je milý, když je vzhůru zoom-zoom," ozval se druhý hlas.

"Páni!" E-Z se snažil ovládnout a vyhnout se úplnému vybočení. Několikrát se zhluboka nadechl. Uklidnil se. "Kdo, co a kde jsi?"

"Kdo vlastně jsme, píp píp."

Před očima mu opět tančila stejná světla, zelené a jedno žluté.

Ze zvědavosti řekl: "Ahoj."

Žluté světlo zmizelo.

Ozval se výkřik.

Pak zmizelo i to zelené.

"Co to má být? Vy dva, ať už jste kdokoli, nechte toho. Dlužíte mi vysvětlení. Vím, že mě sledujete. Vyjděte ven a postavte se mi!"

POP.

Na nose mu přistála malá zelená věc podobná andělovi. Jeho směrem se linul podivně nevábný, téměř limburgerový zápach. Zakryl si nos.

"Dobrý den, E-Z, píp-píp," řekla ta věc a uklonila se.

Když to vyslovilo jeho jméno, přestal ovládat křídla. Kymácel se a pohupoval ve vzduchu jako pták, který se učí létat. Chtěl, aby se mu křídla zase vrátila, ale ta ho ignorovala. Držel se područek židle, jak padal dolů.

POP!

Teď byli dva. Každý ho chytil za jedno ucho a bezpečně ho i s křeslem spustil na zem.

"Au," řekl E-Z a třel si uši, když se kněz a jeho strýc objevili za rohem. "Ehm, myslím, že díky."

POP.

POP.

Oba tvorové zmizeli.

"E-Z, tohle je otec Bradley Hopper a rád by ti pomohl."
"Ahoj," řekl otec.

Hopper natáhl ruku, E-Z udělal totéž. Jakmile se jejich těla spojila, teenager zmizel.

Hopper a Sam zůstali vedle sebe, s vytřeštěnýma očima. Oba zírali do prázdna jako dvě figuríny ve výloze.

KAPITOLA 7

E -Z SE NOHAMA DOTKL země a v první chvíli ho oslepila bílá barva. Kladl jednu nohu před druhou, nejprve šel, pak běžel na místě a pak se rozběhl do plného běhu. Vrhl se ke zdi, odrážel se, jako by byl ve skákacím hradu.

POP

POP

Už nebyl sám. Před ním stály dvě mnohokřídlé věci v květech. Jedna byla zelená, druhá žlutá. Když se přiblížil, jejich křídla se jako kaleidoskop otáčela kolem zlatých očí.

Nejprve se dotkl okvětních křídel zeleného květu. Nikdy předtím neviděl úplně zelený květ, natož takový, který by měl oči. Oči, které poznal z jejich předchozího setkání. Křídla ho polechtala na prstu a zelený květ se rozesmál. Vyhnul se tomu, aby se nosem přiblížil příliš blízko, a očekával, že ho dopředu zavane sýrový pach - ale nestalo se tak.

Druhá květina, žlutá, měla více okvětních lístků-křídel než ta druhá. Okvětní lístky reagovaly na jeho dotek jako korály pohybující se v oceánu. Zlaté oči na této květině měly ohraničené řasy. Naklonil se k ní, aby si ji prohlédl zblízka.

Když je dál pozoroval, vzduchem se rozlehlo PFFT. Spolu s ním se ozval silný a velmi odporně sladký zápach, ze kterého se mu udělalo nevolno. Ucouvl, zakryl si nos a otřel si štípnutí z očí.

Žlutý květ promluvil. "Jmenuji se Reiki a přivedli jsme tě sem píp píp."

"Kde přesně to je? A proč mi fungují nohy?"

"Nezáleží na tom, kde jsi, E-Z Dickensi, ani proč jsi takový, jaký jsi, píp-píp."

Přešel místnost a pravou rukou zvedl žlutý květ a levou zelený. KOUZLO! Tentokrát ho zasáhla štiplavá mlha a on začal kýchat a kýchal dál.

"Prosím tě, polož nás, než nás upustíš, píííííííííííííííííííííííííííí."

"Tamhle je krabice kapesníků, támhle zoom-zoom."

"Ach, promiňte." Položil je na zem, zvedl kapesník - ale už ho nepotřeboval. Udržel si odstup a opřel se zády o bílou zeď.

"Teď jsme tě sem přivezli, píp-píp."

"Já jsem Hadz, mimochodem zoom-zoom."

"Protože jsi to potřeboval vědět, píp-píp."

"Že nesmíš mluvit s knězem, o svých křídlech zoom-zoom."

"Vlastně nesmíš mluvit s nikým o ničem píp-píp."

Položil ruku na zeď, šel a přemýšlel přitom. "Především, proč říkáš píp-píp a zoom-zoom?" "Ne," odpověděl.

Reiki a Hadz vykulili oči. "Copak jsi neslyšel o onomatopoii?" "Ne," řekl.

"Samozřejmě že ano."

"Tak to bys měl vědět, píp-píp."

"Že to dodává vzrušení, akci a zajímavost, zoom-zoom."

"Aby čtenář slyšel a zapamatoval si, píp-píp."

"Co chcete, aby věděli, zoom-zoom."

Zasmál se. "To platí, když něco čteš, ale není to nutné při rozhovoru. Pamatuju si, co říká Reiki, protože to říká on, a pamatuju si, co říká Hadz, protože to říká ona. Předpokládám, že jeden z vás je holka a druhý kluk - je to tak?"

"Ano," potvrdila Hadz. "Já jsem holka. Uf, jsem ráda, že nemusím pořád říkat zoom-zoom."

"A já jsem kluk. Bude mi chybět říkat píp-píp."

"Můžeš je říkat, jestli chceš, ale je to trochu otravné a při rozhovoru může být opakování nudné."

"My nechceme být nudní!"

"To by zmařilo náš účel, že jsme vás sem přivedli."

"Dobře," řekl E-Z. "Takže teď se vraťme k tomu, co jsi říkal, než jsme začali mluvit o literárním prostředku." Přikývli. "Když nemůžu nikomu říct o tom, co se mi děje, tak jsem v té věci - ať už je to cokoli - sám. Zachránil jsem malou holčičku. Předpokládám, že to mělo něco společného s tebou?"

"Ano, v tomto předpokladu máš pravdu, píp, ups, promiň."

"Chci vědět, co to je a proč se to děje zrovna mně?"

"Zavři oči," řekl Hadz.

"Zavřu, ale žádná legrace."

Květiny se zachichotaly.

Jeho nohy opustily zem a on přistál v jiné místnosti. V této místnosti ho stejně jako předtím nejprve oslepila bílá barva. Když si jeho oči přivykly na okolí, všiml si knih. Police a regály naskládané svazky až do nebe.

"Neboj se," řekl Hadz.

Nebál se. Ve skutečnosti byl nadšený. Protože v této místnosti nejenže mohl používat nohy, ale cítil, jak mu v nich pulzuje krev. Jeho smysly se zostřily; směrem k němu se linula vůně staré knihy. Přičichl ke sladkému parfému prunus dulcis (sladké mandle). Ve směsi s planifolia (vanilkou) vytvářel dokonalou anizolu. Srdce mu tlouklo, krev pumpovala - nikdy se necítil živější. Chtěl zůstat, navždy.

Uvnitř bot mu pohyb každého prstu přinášel potěšení. Vzpomněl si na hru, kterou hrával jako malý kluk. Sundal si boty a ponožky a dotýkal se každého prstu na noze a říkal říkanku: "Tohle prasátko šlo na trh." Všichni si říkali: "Tohle prasátko šlo na trh."

"Dej mu chvilku. Tohle je docela úžasné místo."

E-Z si znovu oblékl ponožky. Klouzal po místnosti po bílé podlaze, která se leskla jako ledová plocha. Zasmál se, když se vymrštil do první a pak do druhé stěny, odrazil se a přistál na podlaze. Nemohl se přestat smát, dokud si nevšiml, že se s knihami nad ním děje něco divného. Zavrtěl hlavou, když mu jedna vyletěla z police do ruky. Byla to kniha jeho předka Charlese Dickense. Kniha se sama otevřela, prolistovala se od začátku do konce a pak vyletěla zpátky nahoru, odkud přišla.

"Vítejte v andělské knihovně," řekl Reiki.

"Páni, prostě páni! Takže vy dva jste andělé?"

"Máš pravdu," řekl Hadz. "A jste tady, protože jsme byli jmenováni vašimi rádci."

"Jmenováni? Jmenováni kým? Bohem?" posmíval se.

Hadz a Reiki se na sebe podívali a zavrtěli květinovými hlavami.

"Naším účelem."

"Je vysvětlit ti tvé poslání."

"A také ukázat ti cestu. Abychom vám pomohli," řekli společně.

"Poslání? Jaké poslání?" Jeho mysl se vytratila. V hlavě mu zněla znělka z filmu Mission Impossible. Viděl Toma Cruise, jak je kabelem vysazen do počítačové místnosti. "Hej, počkejte! Vy dva jste byli v mém pokoji, že? A od té nehody jste mě sledovali."

"Čekali jsme na vhodnou chvíli, abychom se představili," řekl Reiki. "Doufali jsme, že to uděláme méně formálním způsobem, ale když jsi byl...."

"...jdete mluvit s knězem, museli jsme na to naléhat."

"No, určitě jste si dali na čas. Myslel jsem, že mám halucinace," řekl hlasitěji, než chtěl.

POP.

Reiki zmizel.

"A teď se podívej, co jsi udělal!" Hadz řekl.

POP.

Protože byli pryč a on netušil, kde, kdy a jestli vůbec se vrátí. Přesto nehodlal promarnit ani minutu. Praštil sebou na podlahu a udělal dvacet kliků, po nichž následoval stejný počet výskoků. Oči ho bolely od oslnění a přál si mít sluneční brýle.

TICK-TOCK.

Ze vzduchu se objevily sluneční brýle. Nasadil si je, zatímco mu kručelo v žaludku. Udělal si selfie a pak zkontroloval čas. S hodinami se dělo něco divného. Šílely. A čísla se nepřestávala měnit. Znovu mu zakručelo v břiše.

TICK-TOCK.

Objevil se cheeseburger a hranolky, teď už měl plné ruce práce. Pomyslel na čokoládový hustý koktejl s maraschino třešničkou navrch.

TICK-TOCK.

Na bílý stůl, který tam předtím nebyl, dorazil extra velký koktejl s třešničkou na vrchu. Nebo snad ano? Možná si toho nevšiml, protože oba byly bílé.

Než se pustil do jídla, vychutnával si jeho vůni a pak s každým soustem i chuť. Bylo to, jako by nikdy předtím nejedl cheeseburger nebo hranolky. A ta třešeň, chutnala tak sladce, následovala čokoládová čokoláda. Zhltl jídlo ve stoje. Jídlo vždycky chutnalo lépe, když se konzumovalo ve stoje. Tahle objednávka chutnala tak dobře, až to bylo směšné.

Když dojedl, nikomu za jídlo nepoděkoval. Pak obrátil pozornost ke knihovně a, bílému žebříku, kterého si předtím nevšiml. Stačilo na něj pomyslet a žebřík se k němu přiblížil, jako by mu chtěl být užitečný. Vylezl na něj a ten se pohyboval jako disk na spiritistické desce a míjel jednu polici za druhou s knihami. Pak se zastavil.

Když vylezl nahoru, přečetl si názvy na hřbetech. Ty přímo před ním byly od Charlese Dickense, každý svazek měl svůj pár křídel.

Jeden k němu letěl: Vánoční koleda. Přelétl pár stránek, aby mu ukázal, že jde o první vydání, které vyšlo 19. prosince 1843. Když pokračovalo v posouvání stránek, obdivoval ilustrace. Byly tak detailní a navíc barevné. A v pozadí, za Drobkem Timem a jeho rodinou na jedné z kreseb, se něco pohnulo. Oči. Dva páry. Hadz a Reiki! Málem upustil knihu. Protože měla křídla, vrátila se na místo, kde bydlela na polici. Mezitím ztratil rovnováhu, spadl ze žebříku a držel se jako o život. Když byl opět stabilní, postupně slezl dolů a pevně postavil nohy na zem. Přemýšlel, proč se mu na pomoc nevysunula křídla.

Všechno ostatní tu mělo křídla, která fungovala, vlastně i andělé měli několik párů křídel. Ve světě tam venku jeho nohy nefungovaly a on měl křídla, která fungovala. Tady, ať už byl kdekoli, mu nohy fungovaly, ale křídla byla nyní nefunkční.

Poškrábal se na hlavě. Kdyby tu tak byl strýček Sam. A přesto s ním nemohl mluvit. Bylo to zakázané. Ale proč? Co by mu mohli udělat? Andělé ho pronásledovali od té nehody. Předpokládal, že jsou to dobří andělé, protože mu neublížili - zatím. Stesk po domově se na něj vrhl jako obrovská vlna a hrozil, že ho pohltí.

"Chci domů!" vykřikl, když mu zavibroval telefon. Než ho stačil odemknout...

POP.

Reiki ho popadl a hodil k...

POP.

Hadzovi, který ho hodil o nejvzdálenější bílou zeď. Odrazil se, dopadl na podlahu a roztříštil se na kousky.

"Dlužíš mi čtyři sta dolarů za nový telefon! Doufám, že vy andělé máte hotovost."

Hadz se natáhl a plácl E-Ze křídlem přes obličej. Peří ho polechtalo, místo aby ho zranilo. "A teď si ty, E-Z Dickensi, sedni sem." Bílá židle ho přitiskla k opěradlům nohou a donutila ho sednout si.

"A přestaň se chovat jako kokot," řekl Reiki.

"Páni! Tohle můžou říkat andělé? Co jste to vůbec za anděly? Andělé ve výcviku? Jsem snad já ten, kdo ti pomůže získat křídla?" "Ano," odpověděl jsem.

Uvědomil si, že už křídla mají. Vlastně několik párů. Takže pointa, kterou se snažil vyjádřit, se zdála být bezpředmětná, když se nad ním vznášeli.

"Jsem já ten, kdo ti pomůže, nebo ty máš pomáhat mně? Protože jestli ano, což jsi říkal, tak odvádíš příšernou práci. Ani za jednoho z vás se v dohledné době nepřimluvím."

"Čekáme na omluvu."

"No, budete na ni čekat, a to hodně dlouho. Protože já mám žízeň."

TICK-TOCK.

Objevil se hrnek kořenového piva v matné sklenici. Vypil ho jedním douškem. "Protože jsi mě sem přivedl bez mého souhlasu. A..."

"Mlč!" ozval se dunivý hlas, který se ozval z jedné z bílých stěn.

Byla vysoká jako strop. Vlastně ještě vyšší. Byla pokřivená, ale obrovská svou velikostí a postavou. Její křídla se otírala o stěny a strop. "ZŮSTAŇTE TADY!" vyžádal si nadměrně velký anděl a s ŠVIHEM přitáhl její křídla k E-Zovi, až se mu ocitl přímo před obličejem.

✳✳✳

"E-Z Dickensi, byl jsi sem předvolán přede mnou," řekl obrovský anděl. "Jsem Ofaniel, vládce měsíce a hvězd. A tohle jsou moji podřízení. NESMÍŠ se k nim chovat drze. MUSÍŠ se k nim chovat laskavě a s úctou, protože jsou to mé OČI a mé UŠI pro tebe. Bez nich nejste NIC."

Zakoktal nesrozumitelnou větu a bojoval s nutkáním utéct.

"NEPŘERUŠUJ, dokud nedomluvím," přikázal Ophaniel.

Přikývl, tělo se mu třáslo, příliš se bál říct jediné slovo.

"E-Z," zahřměl jeho hlas. "Byl jsi zachráněn. Zachránili jsme tě, a to za určitým účelem."

Reiki a Hadz se přisunuli blíž a sedli si Ophanielovi na ramena.

"Buďte v klidu," přikázal Ophaniel.

Složili křídla a naklonili se, aby jim neuniklo ani slovo.

E-Z si v duchu poznamenal, že se jich zeptá, jak složit křídla stejně efektivně jako oni. Tedy pokud dostane svá křídla zpátky.

Ophaniel pokračoval. "Když zemřeli tvoji rodiče, E-Z Dickensi, měl jsi zemřít i ty. Byl to tvůj osud. Ten, který jsme změnili pro naše účely. Úspěšně jsme tě obhájili. Slíbili jsme ti, že dokážeš pozoruhodné věci. Že budeš pomáhat ostatním. Zachránili jsme tě a vznikl dluh. Dluh, jehož většinu jsi plně splatil tím, že ses vzdal svých nohou."

Vzdal? To znělo, jako by měl na výběr. Že se definitivně rozhodl, že už nikdy nebude chodit, což byla lež. Otevřel ústa, aby promluvil, ale Ophanielův hlas hřímal dál.

"Ještě pořád máš dluh, dluh, který máš vůči nám."

E-Z se zhluboka nadechl. Chtěl promluvit, ale nemohl. Jeho rty se pohybovaly, ale žádný zvuk se neozval. Jak se tenhle anděl opovažuje rozhodovat za něj a říkat mu, že má dluh?

"Dali jsme ti nástroje - mocnou židli. Tohle, abychom ti pomohli. Abys tu jednou mohl být se svými rodiči a kráčet s námi, s nimi, ve věčnosti." "To je pravda," řekl. Ophaniel na několik vteřin zaváhal, aby si to uvědomil. "Dnes mi můžeš položit jednu otázku, ale jen jednu. Ať je dobrá."

Místo aby se nad svou otázkou zamyslel, E-Z vyhrkl: "Kdy zase uvidím své rodiče?" "Kdy?" zeptal se.

"Až splatíš svůj dluh v plné výši."

"Ještě jednu otázku, prosím."

"Na otázky bude čas a bude čas i na odpovědi. Zatím jsi v péči mých podřízených. Můžeš jim klást otázky a oni se mohou rozhodnout odpovědět. Nebo se mohou rozhodnout neodpovídat. Bude na nich, zda odpoví ano, nebo ne. Stejně tak bude na vás, zda jim odpovíte, když vám položí otázky. Chovejte se k nim tak, jak byste chtěli, aby se k vám chovali, a neprozrazujte podrobnosti o tomto místě nebo o našem setkání. Nemluvte o tom, o ničem z toho s žádným člověkem. Opakuji, nechte si tyto záležitosti pouze pro sebe."

Stále nemohl promluvit. Aniž by se ho zeptal, přistoupil Ofaniel k odpovědi na jeho další otázku.

"Pokud tento slib porušíš, tvá křídla budou jako těstoviny - slabá - a nikdy nebudeš schopen splatit svůj dluh."

Napadla ho další otázka.

"Ano, když jsi zachránil tu malou holčičku - to upálení - bylo součástí procesu. Tvá křídla potřebují spálit, posílit, připoutat k sobě, abys byl připraven na další výzvu."

Přemýšlel, co když nebudu chtít.

Ofaniel se zasmál a vyletěl do nejvyšší části místnosti. Pak zmizela skrz strop.

KAPITOLA 8

V zápětí se ocitl zpátky na kolečkovém křesle tváří v tvář knězi.

"Strýčku Same, musíme jít. HNED."

"Aha," řekl Sam a sledoval, jak jeho synovec odjíždí na kolečkách. "Omlouvám se, že jsem vás připravil o čas, on, ehm, potřebuje jít domů." Sam spěchal, zatímco Hopper se vlekl za ním. Zrychlil tempo, dohnal synovce a převzal kontrolu nad řídítky a tlačil vozík. Hopper se rozběhl a brzy kráčel vedle nich, i když zadýchaný.

"Aha, takže ty opravdu nemáš křídla, E-Z."

Podíval se přes rameno, zvedl ke rtům předstíranou skleničku a pak vykulil oči.

"Nemám problém s pitím," řekl Sam vzdorovitě.

Teenager opět vykulil oči, když se blížili k parkovišti. Kněz ho nenásledoval.

Jakmile dorazili k autu, Sam řekl, zatímco se snažil popadnout dech: "Co to sakra mělo znamenat?" Otevřel dveře a pomohl synovci nastoupit.

"Nejdřív odsud vypadneme." Zdržoval čas, protože mu nemohl říct, co se stalo. Potřeboval vymyslet přesvědčivou lež - a on nikdy nebyl dobrý lhář. Matka ho vždycky nachytala, protože když lhal, vždycky mu zčervenaly uši.

"Čekám na vysvětlení," řekl Sam a pevněji sevřel volant.

Z reproduktorů v autě se rozléhalo Don't Look Back od Bostonu.

"Promiň, musel jsem jít. Nemyslím si, že by mi Hopper mohl pomoct, a nechtěl jsem, aby věděl něco víc, než jsi mu už řekl."

"Pořád jsi mi nevysvětlil, proč jsi naznačoval, že mám problémy s pitím."

"Aha, to. Napadlo mě to a řekla jsem to bez přemýšlení. Omlouvám se."

"Jsem hrdý na to, že se alkoholu neúčastním. Jistě, občas si dám pivo. Abych byl společenský na pracovní akci. Ale nejsem jako ostatní ajťáci, co chlastají. A nikdy nebudu."

E-Z nepřemýšlel o tom, co říká strýček Sam. Místo toho si procházel informace, které mu Ophaniel sdělil. Byl to dluh, andělům, za to, že ho zachránili, a on vyměnil nohy za život. Smlouva, kterou andělé uzavřeli, byla pro jejich vlastní účely - a teď očekávali, že dluh splatí - ale jak?

Jediné, co věděl jistě, bylo, že musí vyhrát. Ať už mu do cesty postavili jakékoli úkoly, musel je překonat. S pomocí Reiki a Hadze - i když malou, zaplatí, co mu dluží. A když nic jiného, tak se zase uvidí s rodiči. Předpokládal, že to znamená, že zemře a oni se setkají v nebi, pokud takové místo existuje. To se brzy dozví.

KAPITOLA 9

P O NÁVRATU DOMŮ SE teenager odebral rovnou do svého pokoje.

"Kdybys potřeboval mou pomoc," bylo jediné, co ze sebe Sam stihl dostat, než synovec zabouchl dveře.

E-Z si zakryl obličej rukama. Bylo to něco, mít zase nohy. Praštil pěstmi do opěrek, když se mu z nich vynořila křídla a přeletěla ho k posteli. "Díky," řekl jim, jako by byla oddělená a nebyla jeho součástí.

"Dávej pozor," řekl Hadz, který se opíral o polštář. Anděl vzlétl ke svítidlu a řekl: "Vzbuď se, je doma." "Ahoj," řekl.

E-Z se teď pohodlně rozvaloval na posteli, oči měl zavřené a téměř spal.

"Dnes v noci poletíš," zazpíval anděl.

"Podívej, měl jsem vyčerpávající den, jak víš, a jediné, co chci, je spát."

"Můžeš si na pět minut zdřímnout," řekla Reiki.

"Pak už to půjde ráz na ráz!"

Už zase skoro spal, když do místnosti vtrhl Sam. "Promiň, že tě obtěžuju, ale PJ a Arden říkali, že se tě celý den snaží sehnat. Máš vybitou baterii?"

"Ehm, ne, ztratil jsem telefon," řekl a zkroušeně se podíval na své dva pomocníky.

"Lháři, lháři, hořící kalhoty," zahuhlali. Sam vzhledem k tomu, že nereagoval, jejich vysoké hlasy neslyšel. E-Z je od sebe odstrčil.

"Proto si ke svému plánu vždycky kupuju pojištění. Neboj, zítra ti seženeme náhradu. Stejně je nejvyšší čas, abys upgradoval. Můžete si nechat stejné telefonní číslo. Dám klukům vědět, že se pak ozveš." "Dobře," řekl.

"Díky, strýčku Same. Dobrou noc."

"Dobrou noc, E-Z."

KAPITOLA 10

V E SNU BYL S rodiči na lyžařském výletě. Ve skutečnosti to byla vzpomínka, ale prožíval ji jako sen.

E-Z bylo šest let. Všechny pohyby ho a jeho matku učil lyžařský instruktor. Mezitím se jeho otec - který nebyl nováčkem jako oni - prodíral zasněženým kopcem.

Učili se lyžovat na dětském kopci - tak se říkalo zkušebním kopcům.

"Jste připraveni?" zeptal se instruktor, "vyrazit na jeden z velkých kopců?" "Ano," odpověděli.

Řekli, že ano. Mysleli si, že ano. Ale říkat a dělat jsou dvě různé věci.

Při prvním pokusu se nedostali daleko, než jeden z nich spadl. Byla to jeho maminka, a když se vyčerpala, seděla na studeném sněhu a smála se. Pomohl jí vstát a vyrazili znovu.

Tentokrát to byl E-Z, kdo se zřítil a zabořil obličej do studené bílé hmoty. Setřásl to ze sebe, instruktor mu pomohl vstát, zatímco jeho matka šla kolem a cestou rozstřikovala sníh. Vzal to jako výzvu, zrychlil a s úsměvem ji předjel.

Vzápětí si uvědomil, že jede za ním. Narazila na nabalený prašan - a nechala ho za sebou - a našla svůj krok. Přesto se do toho opřel, dal do toho všechno a dohnal ji. Snášeli se dolů, bok po boku, pak od sebe a pak zase k sobě. Přitom se smáli jako dvě malé děti.

Na úpatí kopce, oblečený od hlavy až k patě v blankytně modrém, stál jeho otec. Vyčníval; modrá skvrna obklopená panenským sněhem - s vozíkem v rukou.

"Sníh," řekl E-Z a vdechl další marshmallow. Chutnal ještě lépe celý rozpuštěný. Pak ucítil mrazivý chlad a probudil se obklopený ledem ve vaně. Vedle něj seděl strýček Sam.

"E-Z, tentokrát jsi mě opravdu vyděsil."

"Cože? Co se stalo?

"Slyšel jsem nějaké zvuky, tak jsem tě šel zkontrolovat. Tvoje okno bylo otevřené dokořán, záclony se vlnily. Nahmatala jsem ti čelo a ty jsi hořel. Bál jsem se, že dostaneš úplný záchvat. Dokonce i tvá křídla vypadala povadle.

"Uvažovala jsem, že zavolám záchranku, ale pak jsem se rozhodla, že to neudělám. Nemohla jsem tě přece vzít na pohotovost, ne s těmi křídly. Musela jsem tě posadit na vozík, napustit vanu ledem a zkusit, jestli se mi podaří snížit ti teplotu. Chodila jsem pro led a žádala o dary přátele ze sousedství. Byli nesmírně nápomocní."

"Už se cítím lépe, díky," řekl a snažil se vstát. Nedostal se daleko, než znovu klesl k zemi.

"Musíte mi říct, co se děje."

"Nemůžu, strýčku Same. Musíš mi věřit."

Teenager se znovu pokusil vstát. "Počkej tady," řekl Sam, když vyšel z koupelny a vrátil se s vozíkem. "Tady," vložil teploměr synovci do úst. "Jestli je v normě, můžeš si sednout do křesla."

Bylo to normální, a tak se E-Z s omotaným županem nechal zvednout z vany do křesla. Jeho křídla se roztáhla, pak se uvolnila na svém místě a už neměl pocit, že hoří.

Když procházel obývacím pokojem, zahlédl zprávy.

"Včera v noci došlo k odklonu od havárie letadla," řekl mluvčí. "Říkají tomu zázračné přistání, ale tady jsou surové záběry, které pořídil jeden z našich diváků, když se to stalo."

Podíval se na klip, který ukazoval přistání letadla, ale nic jiného tam nebylo - žádný záběr. Ulevilo se mu a vrátil se do svého pokoje.

"Hned se vrátím, abych ti pomohl s oblékáním."

Tolik si přál, aby mohl strýčkovi všechno říct - ale nemohl. "Díky," řekl, když se oblékl.

"Vždycky ti kryju záda."

"Hned jsem u tebe," řekl teenager. "Myslím, že půjdu dolů do své kanceláře, abych něco napsal."

"Dobrý nápad, na seznamu úkolů mám ještě nějaké práce kolem domu, které bych dnes rád zvládl." Začal odcházet, ale pak se otočil. "Víš, chlapče, nemusíš hned psát román. Můžeš si psát deník nebo zápisník. Zapisuj si věci, na které bys mohl jednoho dne zapomenout. Třeba vzácné vzpomínky."

"Myslel jsem, že něco napíšu a nazvu to Tetovací anděl."

"To se mi líbí."

Jakmile se ocitl ve své kanceláři, chvíli seděl a přemýšlel o letadle - přemýšlel, jak dokázal udělat to, co se po něm chtělo. Bez pomoci labutě a jejích ptačích přátel, ani bez pomoci své židle by to nedokázal. Dokonce i ti dva rádoby andělé mu svým způsobem pomohli, když ho v pozadí povzbuzovali.

Soustředil se na psaní a vyťukal název: A napsal: "Tetovaný anděl".

Jeho prsty chtěly psát dál, ale jeho mysl se chtěla toulat. Opřel se na židli a zadíval se na prázdnou obrazovku. Potřeboval fantastickou první větu, jakou napsal jeho předek Charles Dickens - "Narodil jsem se".

Když o něco později už nemohl vydržet pohled na bílou obrazovku, napsal -

Kéž bych se nikdy nenarodil.

A psal dál.

Už nemůžu chodit.

Nikdy nebudu hrát profesionálně baseball nebo hokej ani nedostanu sportovní stipendium.

Nemůžu běhat.

Nemůžu skákat.

Je tolik věcí, které nemůžu dělat.

To nikdy dělat nebudu.

Přestal psát a uviděl v pravém horním rohu obrazovky něco, co se pohybovalo směrem dolů. Tekoucí.

Slzy. Maličké slzy.

Spojující se. Zvětšovaly se a zvětšovaly.

Kaskádovitě stékají po obrazovce.

Zdálo se mu, že něco slyší - zesílil zvuk.

"WAH! WAH! WAH!" zpíval vysoký hlas.

Druhý hlas se přidal.

"WAH-WAH!

WAH-WAH!

WAH-WAH!"

E-Z vypnul počítač.

Bylo to jenom povídání a on se díky tomu cítil lépe. Každý občas potřeboval nějaký ten večírek lítosti. Měl to za sebou.

Jedno věděl jistě - jako spisovatel není Charles Dickens. Charles Dickens ale neuměl létat.

✳ ✳ ✳

"**Vstávej, je čas jít!**" Reiki přiskočila k oknu.

Hadz čekal u otevřeného okna. "Připraven?"

Čekali tedy, že skočí, a to ze třetího patra svého domu. "Já tam nepůjdu! Podívej, jak jsme vysoko."

"Zapomínáš, že máš křídla."

"A když spadneš, tak na to přijdeš."

Aspoň že byl pořád oblečený, když ho vysazovali na vozík. Zavrtěl se, podíval se dolů a přemýšlel, jak mají jeho křídla udržet ve vzduchu jeho i křeslo.

"A co můj vozík?"

"Pamatuješ, co říkal Ophaniel? Teď - ven!"

Jakmile byl venku, jeho křídla se plně roztáhla. Přes ramena viděl křídla v akci.

Malá, ale silná stvoření ho zvedala do výšky, výš a výš, vedla teenagera po noční obloze, zatímco na něj shlížely jasné hvězdné oči. Když usoudily, že je připraven, pustily ho.

"Umím létat," řekl. "Opravdu umím létat!"

"Přestaň se předvádět," řekl Reiki, "a začni se učit."

"To bych udělal, kdybych věděl, co to je," ušklíbl se.

Hadz letěl vpřed. E-Z a Reiki se vznesli nad školu u baseballového hřiště. Dále směrem k jádru města. Světla na ranveji u letiště přímo soupeřila s hvězdami nad ním.

"Vedete si velmi dobře," řekl Reiki.

"Děkuji."

Jeho pozornost upoutal zvuk zhasínajícího motoru jumbojetu před nimi.

"Podívejte se tam, to letadlo má potíže. Kéž bych měl telefon, abych zavolal o pomoc." Motor se rozprskl a letadlo trochu kleslo, pak se vyrovnalo.

"Telefon nepotřebuješ. Vítej u své druhé zkoušky."

"Čekáš, že budu, co? Nést letadlo na zádech? Nemůžu zachránit letadlo, nemám dost síly. To nezvládnu."

"Tak dobře," řekl Hadz, kterého teď dohnali.

"Jednu věc bys ale měl vědět, pokud je nezachráníš - všichni na palubě zahynou."

"Všech 293 cestujících. Muži, ženy i děti."

"Plus dva psi a jedna kočka," dodal Reiki.

Hlavu mu zaplnil křik lidí uvnitř letadla. Jak je mohl přes silné kovové stěny slyšet? Psi štěkali a kočka mňoukala. Dítě plakalo.

"Přestaň, vypni to a já to udělám." Reiki se na něj podíval.

"Nevypneme to."

"Ale skončí to, jakmile bezpečně položíte letadlo na letišti, támhle."

"My vám věříme," řekl Hadz.

"Ale copak mě neuvidí? Jestli mě uvidí, bude konec hry, myslím tím s Ofanielovými podmínkami - nikdy neuvidím své rodiče."

"Uvidí tě?"

"To je ta nejmenší z tvých starostí!"

"A teď jdi," řekl Hadz. "Jo, a tohle by se ti mohlo hodit."

Teď měl bezpečnostní pás, který ho držel na vozíku, když se řítil po obloze směrem k padajícímu letadlu.

"Budeme se dívat," zavolali na něj.

"Pomůžete mi, kdybych vás potřeboval?"

"Tohle jsou tvoje zkoušky, připadají jen a jen tobě. Jsme tu, abychom tě povzbuzovali. Hodně štěstí."

"Počkejte, copak mi nedáte nějaké pořádné lekce? Ukázat mi, co mám dělat?"

POP.

POP.

"Díky za nic!" vykřikl.

✳✳✳

NA LETIŠTI VE VĚŽI řízení letového provozu si dispečer všiml, že letadlo má potíže. Nemohl se spojit s pilotem, ale na radaru zaznamenal neidentifikovaný létající objekt.

Inspiroval se Supermanem a Mighty Mousem a E-Z zvedl ruce. Umístil se pod tělo mohutné kovové bestie a zmobilizoval veškerou svou sílu.

"Myslel jsem, že by se ti hodila malá pomoc," řekl větší než normální labuť. Přikývl a ptáci se snesli z mnoha stran. Jakmile se s ním jumbo jet spojil, skuteční ptáci se srovnali. Pomáhali mu udržet letadlo ve stabilitě. Stabilizovat ho, aby on a jeho křeslo mohli převzít jeho plnou váhu.

Uvnitř se věci kutálely jako kuličky. Potřeboval si pospíšit a přál si mít další křídla nebo silnější křídla. Kdyby tak byl v bílém pokoji. Soustředil se na úkol, který měl před sebou, a duševně se připravoval na sestup. Pohledem dolů si všiml, že jeho židle má také křídla, na podnožkách a na kolečkách. "Děkuji," zašeptal nikomu. Pak k ptákům: "Teď už to zvládnu, děkuji za pomoc." A pak se otočil.

Teď už byl připraven, spustil jumbo dolů a udržoval ho v klidu a ve vodorovné poloze. Dotkl se přední části letadla na asfaltu. Pak, protože podvozek nesestoupil, musel uhnout z cesty. Natáhl pravou ruku, co nejdál to šlo, a umístil křeslo od středu letadla. Spustil střed letadla, pak ocas. Dokázal to! Ano! Vzdálil se za děsivých zvuků ječících sirén, které se blížily ze všech stran v podobě hasičských aut, sanitek a policejních vozů.

Než si ho všimli, odletěl. Vděční cestující uvnitř jásali, fotili si ho a nahrávali na telefony. Zanedlouho byl zpátky u Hadži a Reiki.

"Vedl sis velmi dobře. Jsme na tebe hrdí, chráněnče."

Usmíval se, až měl pocit, že mu někdo zapálil křídla. Vzápětí si uvědomil, že ho pálí, a bolelo to tak strašně, že chtěl umřít. Přál si zemřít. Toužil po ní. Nyní ve volném pádu, s křeslem obráceným dolů, měl oči doširoka otevřené a čekal, až jeho rty políbí zem. Pak ho odnesli dva andělé, kteří ho odnesli domů a uložili do postele.

Bolest se nezmenšovala, ale E-Z věděl, že dnes nezemře. Další den bude v bezpečí. Další zkouška. Jediné, co musel udělat, bylo přežít tuhle.

$$* * *$$

"**K**DY ZAČNE DIAMANTOVÝ PRACH fungovat?" Hadz se zeptal. "Pořád má obrovské bolesti."

"Byla to nová léčba, takže nedokážu říct kdy - ale začne působit - nakonec."

"Doufám, že to tak dlouho vydrží!"

"S pomocí strýčka Sama to zvládne. Jakmile to začne působit, uvidíme příznaky. Nějaké fyzické změny."

E-Z pokračoval v chrápání

POP.

POP.

A opět byli pryč.

KAPITOLA 11

O DEN POZDĚJI MĚL E-Z svůj den naplánovaný. Nejprve si musel připravit batoh na sobotní výlet do parku. Nasnídá se, trochu si napíše a pak vyrazí. Zatímco si připravoval batoh, uslyšel vysoké hlasy Hadži a Reikiho dřív, než je uviděl.

"Slyším vás," řekl.

POP.

Hadz se objevil jako první.

POP.

Pak Reiki - oba ve své plně proměněné andělské nádheře.

"Dobré ráno," zazpívali v nechutně sladkém unisonu.

E-Z si do batohu nacpal zápisník a několik propisek, které ignoroval. Doufal, že v parku najde něco inspirativního, o čem by mohl psát. Sáhl dolů, aby si zapnul batoh, když si všiml, že na zipu sedí dva andělé.

"Aha, promiň. Málem jsem si vás tam nevšiml."

"Uf, to bylo o fous," řekl Reiki.

Hadz se třásl příliš na to, aby ze sebe vypravil jediné slovo.

Vletěly mu na ramena, když nasměroval židli k zavřeným dveřím.

"Musíme si s tebou promluvit," řekl Hadz.

"Je to... důležité. Něco jsme udělali..."

"Mně?"

Vznášely se mu před očima.

"Ano. Když jsi před několika týdny spal."

"Před několika týdny! Dobře, poslouchám..." Po pravdě řečeno se snažil, aby mu nepraskla hlava. Při pomyšlení, že by mu něco udělali. Zatímco spal. Bez jeho svolení. Bylo to strašné porušení důvěry. Zaťal pěsti. Ticho. Zkřížil ruce. Nehodlal jim to usnadnit.

Sam zaklepal na dveře: "Snídaně E-Z, nepotřebuješ pomoct?"

"Ne, jsem v pohodě. Budu tam za pár minut." Ticho přehradily zvuky zvenčí, když se Sam vracel do kuchyně.

"Především," řekl Hadz, "jsme udělali jen to, co jsme udělali, abychom ti pomohli."

"S těmi zkouškami. Udělali jsme něco, abychom ti pomohli dosáhnout tvých cílů."

"Chcete říct, že jste mi mohli pomoct třeba s tím letadlem? Určitě by se mi vaše pomoc hodila. Naštěstí se nám to podařilo díky té labuti a ptákům."

"Ehm, ano, ohledně toho, pomoc není povolena - ani od přátel, ani od ptactva. Dotyčný incident jsme nahlásili příslušným úřadům."

E-Z zavrtěl hlavou, nemohl uvěřit tomu, co slyší. "Neříkejte mi, že někdo ublížil labuti nebo ptákům? To mi radši neříkejte... Jo a proč přesně na mě ta labuť mluvila, anglicky. Vždyť víš, že to udělal."

"Ta záležitost je důvěrná," řekl Hadz a s rukama v bok se mu třepotal těsně před obličejem. Reiki zaujal stejný postoj a jejich křídla se dotkla jeho očních víček.

"Hej, nech toho," řekl hlasitěji, než měl v úmyslu.

"Je tam všechno v pořádku?" Sam se zeptal přes zavřené dveře.

"Jsem v pohodě," řekl a mávl si rukou před obličejem, čímž odhodil stvoření na druhou stranu místnosti. Reiki narazil do zdi a sklouzl dolů. Hadz už byl dál a snažil se Reikiho zachytit, ale pozdě. Oba andělé se zřítili a dopadli na podlahu.

"Omlouvám se," řekl teenager. Přisunul si vozík blíž k nim. Přemýšlel, jestli jim v hlavě krouží hvězdy jako postavičkám z kreslených filmů ze starých časů. Kdysi to miloval, když se to stalo Wile E. Coyotovi. Trochu se zapotáceli, a tak je položil na postel. Když se andělé vzpamatovali, řekl: "Ještě jednou se omlouvám. Nechtěl jsem vás plácnout. Vaše křídla mě lechtala v očích."

"Ano, to jsi udělal!" Reiki řekl.

"A my na to nezapomeneme."

Cítil se špatně. Byly tak malé; neuvědomil si, že pouhé mávnutí je může takhle poslat do vzduchu. Bylo to, jako by je odpálil z parku, a přitom se jich sotva dotkl.

"Co se týče toho..." Reiki řekl.

"Zatímco jsi spal, provedli jsme na tobě rituál." Hadz se přidal.

E-Z opět zachoval chladnou hlavu, ale jen stěží. "Říkáš rituál?" Podívali se na něj, provinile jako hřích. "Kdybys byl člověk, hodili by po tobě knihu za to, že jsi mi něco udělal bez mého svolení. Je to útok na nezletilého. Byl bys ve vězení..."

Andělé se zachvěli a drželi se jeden druhého.

"Neměli jsme na výběr."

"Udělali jsme to pro vaše dobro."

"To chápu, ale v tuto chvíli vaši omluvu NEpřijímáme."

"To je fér," řekli andělé. "Prozatím." Zpívali: "Přivolali jsme síly, velké a iluzorní síly nad vámi a všude kolem vás. Požádali jsme je, aby ti poskytly pomoc tím, že zvýší tvou sílu, odvahu a moudrost. Jednoduše řečeno, věřili jsme, že potřebuješ víc, a tak jsme to pro tebe vyčarovali."

"Aha. Omluva se stále NEpřijímá."

"Udělali jsme to tak, abychom ti způsobili co nejméně nepříjemností," řekl Hadz.

E-Z zvážil tuto nejnovější informaci. Přitom si zároveň prohlížel svůj invalidní vozík. Opravdu teď vypadalo jinak, kromě zjevné změny barvy područek.

"Co se to s mým křeslem v poslední době děje?" zeptal se. "Jako by mělo vlastní rozum."

Andělé se znovu zachvěli.

"Co jsi to udělal? Přesně tak? Protože mám podezření, že jsi napadl nejen mě, ale i mou židli." "Cože?" zeptal se.

Nakonec andělé vysvětlili vše o diamantovém prachu a krvi. O silách, kterými byl obdařen on sám i křeslo. "S rostoucí obtížností úkolu budeš muset zesílit." "To je pravda.

"To už vím, proto mi hořela křídla. Zvyšující se teplota po každém úkolu. Ale pořád si říkám, že to všechno bude stát za to, až zase uvidím rodiče."

"Pokud dokončíš zkoušky ve stanoveném termínu. A přesně dodržíš pokyny," řekl Hadz.

"Počkej," řekl E-Z a praštil rukama do opěrek. "Nikdo neřekl, že je nějaká lhůta. Ne v Bílém pokoji. Ani v žádném jiném okamžiku. A jestli existuje nějaká kniha pravidel, kterou se mám řídit, tak mi ji podej, ať si ji můžu přečíst. Také ani na jedné straně nebyl žádný závazek. Nikdo neřekl, kolik dokončených zkoušek je potřeba ke zpečetění dohody. Je potřeba dát všechno písemně? Existuje něco jako Andělský právník nebo ještě lépe Andělská právní pomoc?" "Ano," odpověděl jsem.

Hadz se zasmál. "Jistě, máme Andělské právníky, ale abyste na ně měli nárok, musíte být Anděl."

Reiki řekl: "První úkol jsi splnil bez cizí pomoci. Zachránila jsi život té malé holčičce díky iniciativě svého křesla, síle vůle a štěstí. Tyhle tři věci tě mohou dostat jenom tak daleko, takže jsme ti sehnali další palebnou sílu. Víc jsme si nemohli přát."

"Nejvíc, co jsme mohli riskovat, že ti dáme."

"Hej, jak to myslíš, riskovat? Chceš říct, že by mi tenhle rituál mohl ublížit?"

"Udělali jsme ti laskavost. Vystavili jsme se riziku, abychom ti pomohli. Jestli nám to nedokážeš odpustit teď, tak nám to jednou odpustíš."

"Mluvíš o vyhýbání se mé otázce! Přemýšlela jsi někdy o tom, že bys šla do andělské politiky - pokud něco takového existuje?"

Hadz se zeptal. "Lidé ve tvém okolí si mohou všimnout jistých změn ve tvém fyzickém vzhledu."

"Ano, mohou," řekl Reiki s úsměvem.

"Co myslíš těmi fyzickými změnami?" vykřikl.

POP.

POP.

A byli pryč.

E-Z byl zase sám. Když se vydal ke dveřím, přemýšlel, co tím myslí. Ať už to bylo cokoli, brzy to zjistí. Mezitím přemýšlel o tom, že jeho křeslo teď má jeho krev. Jak bylo křeslo prodloužením jeho samého. Zamířil do kuchyně, kde na něj čekal strýček Sam.

✳ ✳ ✳

"N O, NEDOPADLO TO ÚPLNĚ podle našich představ," řekl Reiki. "Byl na nás pěkně naštvaný. Myslím, že nám už nikdy nebude věřit."

"Potřebuje nás víc než my jeho."

"Mohli bychom mu vymazat mysl, jako jsme to udělali ostatním."

"Jestli nám neodpustí, nemůžeme s tím nic dělat. Vymazat mu mysl nepřipadá v úvahu. Bez jeho souhlasu a kdyby, ne kdyby se to dozvěděl, bychom se mu navždy odcizili. A víš, komu by se to nelíbilo."

"Máš pravdu jako vždycky," řekl Hadz.

"Myslíš, že si dnes někdo všimne změn v jeho vzhledu?" "Ano," řekl jsem.

"Všimli jsme si, že ano!"

"Možná jsme mu to měli říct, aspoň co se týče jeho vlasů. možná by nám tím byl sympatičtější. Kdybychom mu to vysvětlili."

"Myslím, že by bylo lepší, kdyby ty změny přišly od někoho jiného než od nás."

"Lidé jsou velmi zvláštní," řekla Reiki.

"To jsou. Ale práce s nimi je jediný způsob, jak se můžeme prosadit jako skuteční andělé."

"Naštěstí pro nás je docela příjemný."

"Naštěstí pro nás je docela příjemný."

KAPITOLA 12

E-Z ZABODL VIDLIČKU DO talíře plného palačinek. Měl hlad, jako by nejedl už několik dní. A měl žízeň. Chrlil do sebe sklenici pomerančového džusu za sklenicí. Doplnil si talíř palačinkami a jedl dál, dokud nebyly všechny pryč.

Sam se zasmál, když viděl svého synovce, a pak si dál namáčel plátek toastu s máslem do kávy.

"Co je na tom k smíchu?" Zeptal se E-Z.

"Ehm, asi nic."

V kuchyni se ozývalo jen chlemtání, krájení a žvýkání. Kromě hodin tikajících na zdi za nimi.

"Cože?" E-Z se dožadoval odpovědi a všiml si, že se strýc usmívá a schovává to za rukou.

"Dneska ráno je na tom tvém, no, však víš, něco jiného. Chceš mi něco říct? Třeba proč?"

Obě stvoření se objevila a každé z nich si sedlo E-Zovi na jedno rameno. Odposlouchávaly a jemu se jejich nezvané vniknutí vůbec nelíbilo, a tak je od sebe odstrčil.

POP.

POP.

Zmizely.

"Nejsem si jistý, co tím myslíš."

Sam si nalil další šálek kávy. "Je to pro dívku? Protože každá holka by tě měla přijmout takového, jaký jsi."

E-Z se zasmál. "Žádná holka. Jsi úplně mimo."

Oba ještě několik okamžiků mlčeli, jak hodiny tikaly.

"Sbalila jsem si tašku a půjdu do parku, až ráno trochu napíšu. Beru si blok a nějaké propisky pro případ, že by mě park inspiroval."

"To zní jako plán, ale nejdřív mi pomůžeš uklidit," řekl Sam a vstal od stolu.

Teenager odsunul židli a společně rychle uklidili. E-Z šel do své kanceláře a zavřel za sebou dveře, když se ozval domovní zvonek.

Sam vpustil dovnitř Ardena a PJe. "Je ve své kanceláři a pracuje. Čeká vás? Jestli ano, tak mi o tom nic neřekl." "Cože?" zeptal se.

"Poslal jsem mu esemesku, ale neodpověděl," řekl PJ.

"Tak jsme si řekli, že se dneska stavíme a vezmeme ho ven. Ujistíme se, že se trochu pobaví. Ten chlap moc pracuje. Máma říkala, že nás tam odveze. Jen se musíme poradit s E-Z a pak jí zavolat."

"Můj synovec je nadšený z té knihy, kterou píše. Mohl by mít námitky."

"Ať tak či onak, dneska ho odsud odvezeme," řekl PJ.

"Měl v plánu jít do parku, až trochu napíše. Ale jdi dolů, může se tam s tebou sejít později?" Sam se vrátil do kuchyně a vyndal z mrazáku mleté hovězí maso. Zkontroloval skříň, jestli v ní není omáčka, špagety, vejce, cibule, strouhanka a špenát. Měl všechno, co potřeboval, aby mohl později udělat špagety a masové kuličky.

Poté, co si oba chlapci pověsili kabáty, zamířili chodbou.

Sam se zachumlal do kabátu. Sekání trávníku už nějakou dobu odkládal. Dnes byl den, kdy se o něj postará.

E-Z se snažil psát, ale kreativita se nedostavovala. Když dorazili jeho přátelé - byl rád za vyrušení. Otevřel Facebook a předstíral, že si prohlíží aktualizace. "Ahoj, lidi." Otočil se k nim židlí.

"Páni, co se ti to sakra stalo s vlasy? To jste byli v kosmetickém salonu bez nás?"

"Ukázal jsi jim fotku a požádal o obrácený vzhled Pepe Le Pew?"

"A tvoje obočí taky! To jsem ani nevěděl, že se dá obarvit?"

E-Z si prohrábl vlasy a vůbec netušil, o čem se baví. Počkat - bylo to to, o čem Sam mluvil?

"A jeho oči, ty jsou taky jiné."

Arden se sklonil: "Jo, mají v nich zlaté skvrnky. Úžasné!"

"Hele, chlape, dej si pohov," řekl E-Z. "Vy dva mě děsíte. Narušovat můj prostor není v pohodě."

"Aspoň nesmrdí jako Pepe," řekl Arden a ustoupil. PJ se k němu připojil na druhé straně místnosti, kde si mezi sebou šeptali.

"Nevadí, když se vyfotíme?"

E-Z se usmál a řekl: "Mozzarella."

PJ ukázal Ardenovi snímek, který pořídil. "Vidíš!" řekli si a udělali velké odhalení.

E-Z nemohl uvěřit tomu, co vidí. Jeho světlé vlasy měly uprostřed černý pruh a na spáncích šedé skvrny. Šedé! Přiblížil si je, měli pravdu, v očích měl zlaté skvrnky. Hlavou mu blesklo, jak vypadal diamantový prach, takhle vypadal diamantový prach? Tohle udělali ti dva idiotští andělé! A měli by vědět, jak to napravit! Až je příště uvidí, donutí je zaplatit. Mezitím se pokusil situaci rozptýlit.

"To je toho. Měl jsem těžkou noc."

"Co nám neříkáš?" zeptal se Arden.

PJ dodal: "Šediví ti vlasy a jsi ještě na střední škole. Myslíš, že je to normální?"

"Myslím, že má pravdu, děláme z ničeho vědu. Co na to říkal tvůj strýc?"

"Nevšiml si toho - nebo pokud ano, tak nic neřekl."

"Cože? Chceš mi říct, že si toho Sam vůbec nevšiml?"

"Měl otevřené oči?"

E-Z se snažil vzpomenout. Nejdřív se ho strýček Sam zeptal, jestli mu chce něco říct. Měl na mysli právě tohle?

"Moment," řekl E-Z a zamířil do koupelny. Použil desetinásobné zvětšení zrcadla, aby si ho prohlédl zblízka. Zalapal po dechu. Hvězdičky nebo skvrnky v jeho očích byly jiné. Nebyly na škodu, vlastně ho dělaly cool. Prohlédl si šedivé vlasy podél spánků.

No a co? Se smrtí rodičů toho zažil hodně. Navíc každodenní tlak střední školy. A zvykání si na invalidní vozík. Nemluvě o jednání s archanděly a zkouškách.

To, že mu předčasně zešedivěly vlasy, nebyl problém. Posunul zrcadlo a prsty si prohrábl vlasy. Když se dotkl černého pruhu, jejich struktura byla jiná. Připadal mu hrubý, štětinatý. Žádný problém, plácl by na něj trochu gelu a...

Venku se rozjela sekačka na trávu. Sam konečně dělal tu obávanou práci. Před nehodou bylo sekání trávníku E-Zovou nejnenáviděnější povinností.

"YEOW!" Sam vykřikl, když se sekačka s kašláním zastavila.

E-Zova židle se rozjela směrem k předním dveřím, které se samy od sebe rozletěly. Vyrazil, minul schody a přistál na trávníku za Samem.

"Sakra!" Sam vykřikl. Sekačkou narazil do kamene, který vyletěl vzhůru a zasáhl ho poblíž oka. Po tváři mu stékaly kapičky krve a hromadily se na trávě.

Invalidní vozík se přesunul k místu, kde byla krev, a kolečky ji nasál.

"Jsi v pořádku?"

"Jsem v pořádku," řekl Sam. Sáhl do kapsy, vytáhl kapesník a přiložil si ho k ráně.

Přijeli Arden a PJ. "Slyšeli jsme ten křik."

"Jsem v pořádku, opravdu," řekl Sam. "Malá nehoda. Není třeba si dělat starosti ani obavy. Pojďme zpátky dovnitř."

Popadl madla vozíku a tlačil. Manévrovat s ním po trávě bylo nesmírně obtížné.

Arden mezitím přinesl sekačku a schoval ji do kůlny.

"Přibral jsi?" PJ se zeptal, když si všiml, jaké má Sam potíže.

"Dneska ráno jsem snědl asi dvacet palačinek."

"Možná je ten černý pruh těžší než tvoje normální vlasy?" Arden se k nim s úsměvem znovu připojil.

"Aha, všimli si toho," řekl Sam.

"Jo, od chvíle, co přijeli, mě kvůli tomu škádlí. Proč jsi nic neřekl?"

Teď už uvnitř E-Z vytáhl náplast a přiložil ji strýci na ránu.

"Byla to nenápadná změna," řekl Sam. "Ne!" usmál se. "Jo, a neuvažoval jsi někdy o tom, že by ses dal na dráhu zdravotní sestry? Máš jemný dotek."

PJ a Arden se ušklíbli.

KAPITOLA 13

E-Z A JEHO PřáTELé se vrátili do jeho kanceláře. Rozhodl se, že se bude držet blízko domova, kdyby ho Sam potřeboval. Sam byl příliš zaneprázdněn vařením večeře, než aby přemýšlel o tom, co se mohlo stát se sekačkou.

"Večeře je hotová," zavolal o několik hodin později. "Pojď si pro ni."

"Voní to báječně!" E-Z ho vedl.

Posadili se a rozdali si jídlo a koření.

"Už se ti to tam pěkně leskne," řekl Arden Samovi.

Sam, který dosud nevěděl, že má viditelné zranění, ho teď nosil s hrdostí. Zabodl se do dalšího karbanátku a položil si ho na talíř.

"Co se tam vlastně stalo," vyzvídal PJ.

"Byl to kámen. Zachytil se v sekačce a trefil mě." Pokračoval v posunování jídla na talíři. "Jak jde psaní?" zeptal se synovce a odvrátil pozornost od sebe.

"Dneska ráno jsem neměl čas se do toho pustit."

Sam změnil téma a zeptal se, jestli se něco děje ve škole nebo v týmu.

"Dnes večer máme trénink," řekl PJ.

"A doufáme, že E-Z bude chytat v zítřejším zápase."

E-Z zavrtěl hlavou, že rozhodně ne, a pokračoval v jídle.

"Jedno střídání, jen jedno, a jestli nechceš pokračovat ve hře, tak nám to nevadí," řekl Arden.

"Skvělý nápad," řekl strýček Sam. "Ponoř se do toho. Když se nebudeš cítit dobře, vypadni. Co můžeš ztratit?"

PJ otevřel ústa, aby něco řekl, ale rozhodl se, že to neudělá. Píchl si do chřtánu masovou kuličku. Žvýkal a napil se. "Když jsi tam ty, E-Z, zvedáš všem morálku. Kluci si tě hodně považují. Vždycky to tak bylo a vždycky to tak bude."

"Dobře," řekl E-Z. "Sednu si na lavičku, jestli myslíš, že to pomůže. Po večeři půjdeme dolů do parku a trochu si zatrénujeme. Uvidíme, jak to půjde."

"To je fér," řekl PJ.

Poděkovali Samovi za skvělou večeři.

"Vařil jsi, tak to uklidíme my," nabídl se Arden.

E-Z a PJ si vyměnili pohledy.

Když byl Sam z doslechu, PJ řekl: "Ty jsi taková pusa nahoru."

Arden cáknul směrem k PJ trochu vody, ale E-Z většinu z ní zachytil do obličeje.

PJ oplatil cákanec, který se rozprskl po podlaze v kuchyni a zasáhl Samovy boty.

"Mop a kbelík jsou ve skříni," řekl a cestou ven si vzal kabát.

Dokončili úklid, to už byli většinou suchí, kromě E-Z, který si převlékl tričko. Konečně dorazili k baseballovému hřišti, které už bylo obsazené.

"Skvělé," řekl E-Z. "Jdeme."

U postranní čáry stálo několik dívek z týmu roztleskávaček soupeře. Jedna z nich, zrzavá dívka, se podívala směrem k E-Z. Udělala kotrmelec a s lehkostí přistála.

"Myslím, že bychom tu mohly chvíli zůstat," řekla E-Z.

Vydali se přes hřiště k lavičkám. Museli se alespoň pozdravit, jinak by vypadali jako pitomci.

Zrzavá holčička něco pošeptala své kamarádce a obě se zachichotaly.

E-Z si byl jistý, že se mu smějí.

"Máme společnost," řekla zrzavá dívka.

"Jo, frajer na vozíčku se zebřími vlasy a dva šprti," vykřikl třetí metař. Čekal, že se všichni jeho trapnému vtipu zasmějí, ale nikdo se nezasmál.

"Nevšímejte si ho," řekla kamarádka zrzavé dívky. "Je to ubožák."

"Vypadni," zakřičel hráč levého pole. "Tady není místo pro mrzáka."

E-Z všechny komentáře ignoroval. Jeho židle však ne. Tlačilo se, řinčelo jako býk, který se snaží dostat z ohrady. "Páni!" řekl, když židle balancovala jako divoký kůň.

Arden popadl židli za madla a ta se vrátila ke své normální funkci.

Za metou chytač upustil mouchu a přehmatal při nadhozu. "Vidím, že potřebujete pořádného chytače," řekl E-Z.

Roztleskávačky se zachichotaly.

"Dejte mi pět minut za pálkou, jen pět. Když budu schopen chytit každý nadhoz, který pošlete mým směrem, tak vám uděláme laskavost a zůstaneme."

"A když ne?" zeptal se nadhazovač.

Chytač si sundal masku. "Koupíte nám hamburgery a hranolky."

"A koktejly," dodal první metař.

"Platí," řekl E-Z, když se jeho židle posunula dopředu.

Trpělivě seděl, zatímco si Arden zapínal chrániče kolen. PJ si přetáhl přes hlavu chránič hrudníku a na obličej si nasadil chytačskou masku. E-Z zatnul pěst do chytačské rukavice.

"Dobře, hoď mi míč," přikázal E-Z.

"Doufám, že víš, co děláš, kámo," řekli Arden a PJ.

"Věř mi," řekl E-Z. Přetočil se do pozice za metou. "Pálkař nahoru!"

Nadhazovač pokynul Ardenovi, aby odpálil. Vybral si pálku a postavil se k metě.

E-Z pokynul nadhazovači, aby hodil vysoký fastball. Nadhazovač místo toho hodil křivý míč, který byl přesně v zóně. Arden se netrefil, ale ne úplně, protože se s míčkem spojil o teč a ten se odrazil zpět. E-Z se zvedl na židli a chytil ho.

"Páni!" vykřikl nadhazovač. "Pěkný zákrok."

"Štěstí," řekl první metař.

Roztleskávači se přisunuli blíž.

Druhý nadhoz Ardenovi, ten vyskočil do pravého pole.

PJ se postavil na pálku a odpálil. E-Z všechny míče snadno chytil, ale poslední nadhoz šel divoce a málem o něj přišel. PJ si to namířil na první metu, ale E-Z míček odhodil a byl out.

Hráli, dokud se nesetmělo a míč už nebyl vidět.

Po hře se rozhodli, že je to remíza. Šli do nedaleké restaurace a každý si zaplatil jídlo sám.

"V zítřejším zápase vás zabijeme, kluci," chlubil se Brad Whipper, kapitán týmu.

"Hrajete E-Z?" Zeptal se Larry Fox, hráč první mety.

"No, určitě hraje," řekli Arden a PJ.

"Určitě."

Zrzavá dívka se jmenovala Sally Swoonová a něco pošeptala Ardenovi, který zavrtěl hlavou. "Zeptej se ho sama," řekl.

"Zeptat se na co?"

Tváře jí zčervenaly.

"Chceš vědět, co se stalo, že?"

Přikývla. "Požádala jsi o to svého kadeřníka, nebo to udělali oni..."

"Udělali chybu?" řekl.

Přikývla.

"Ráno jsem se probudila a bylo to takhle. Konec příběhu."

"Vytáhni tu druhou," řekl hráč. "A teď nám řekni, proč jsi na vozíku."

E-Z vyprávěl svůj příběh. Všichni při tom zůstali zticha. Nikdo nejedl ani nepil. Když skončil, bál se, že se k němu všichni budou chovat jinak, ale nestalo se tak.

Povídali si o nadcházejícím Světovém poháru a dalších kecálcích týkajících se sportu.

Později, když ho kamarádi doprovázeli domů, byli všichni zticha. Popřál klukům dobrou noc a vrátil se do svého pokoje. Snažil se dívat na televizi, trochu psát, ale ať dělal, co dělal, pořád myslel na všechno, co ztratil. Padl zpátky na postel, díval se do stropu a nakonec usnul.

KAPITOLA 14

E-Z SPAL, SNIL.

"Probuď se, E-Z! Probuď se!" Reiki mu poskakovala na hrudi.

"Nech toho!" vykřikl.

Hadz mu na obličej nastříkal trochu vody.

Ten ji ze sebe setřásl. "Vy dva si máte co vysvětlovat a co napravovat. Vraťte mi vlasy do původního stavu. A oči taky!"

"Není čas!" řekli, když se jeho židle převrátila, upustili ho do ní a pak vyletěli už otevřeným oknem.

"Ještě nejsem ani oblečený!" E-Z vykřikl.

Reiki a Hadz se zahihňali a řekli E-Zovi, ať si přeje, co si chce obléct. Když se znovu podíval dolů, měl na sobě džíny, pásek a tričko. Podíval se na nohy, kde si běžecké boty zavazovaly tkaničky. Když se vznášely po obloze, E-Z jim poděkoval.

"Takže nám odpouštíte?" Hadz se zeptal.

"Dej tomu čas," řekl Reiki.

E-Z přikývl, zatímco jeho židle stoupala výš a výš. Nad letadlem, které míjelo letadlo. Očividně to nebyl jejich cíl. Letěli dál, dokud se jeho vozík nezastavil a pak sám nenasměroval dolů.

"Tady to je," řekl Reiki.

Dole před vysokou kancelářskou budovou stála v hloučku skupina lidí.

"Cítíš to?" E-Z se zeptal a všiml si, že vzduch kolem incidentu je jiný. Vibroval energií.

"Ano," řekl Hadz.

"Dobře, že sis toho tentokrát všiml," řekl Reiki.

"Chceš říct, že i jindy tam byly vibrace?" "Ano," odpověděl.

"Ano, ale jak tvoje síly rostou, budeš schopen vynulovat místa."

"A nejen ty, i tvoje židle je dokáže zachytit."

"Chceš říct, že mám super-duper chytré křeslo? Věděl jsem, že je upravená, ale tohle je úžasné!"

Andělé se rozesmáli.

Židle se rozjela, zatímco pod nimi se ozývaly výstřely. Viděli, jak lidé utíkají, křičí a padají.

Vstříc chaosu E-Z a jeho křeslo letěli do blížící se spršky kulek. Ucukl, když je vozík odrazil. Přemýšlel, co by se stalo, kdyby křeslo nějakou minulo.

"Jsme si docela jistí, že jsi neprůstřelný," řekla Reiki, aniž by se zeptal. "Byla to součást rituálu."

"A diamantový prach by měl fungovat."

"Docela jistě?" řekl a doufal, že mají pravdu. "Jestli to funguje, tak je to dobrý kompromis za mou situaci s vlasy!"

Rádoby andělé se rozesmáli.

KAPITOLA 15

JEHO VOZÍK SE POSUNUL dolů a zaměřil se na muže na střeše budovy. Střílel do davu pod sebou a na ně, když se k němu přiblížili. Invalidní vozík vyrazil vpřed, E-Z uslyšel podivný zvuk, jako když letadlo vysouvá podvozek. Vycházelo to z vozíku, jak se z něj spustil kovový kufřík a přistál na tom chlápkovi. Zbraň mu vyletěla z ruky a přeletěla přes střechu, než se výmysl zachytil. Muž se pokusil E-Z i vozík ze zad shodit, ale nic nepomohlo.

V dálce se ozvala siréna a pak byla čím dál hlasitější, jak uzavírala mezeru.

"Když tě nechám vylézt," zeptal se E-Z, "budeš se chovat slušně?"

Muž sice souhlasně přikývl, ale vozík se odmítal pohnout.

E-Z potřeboval zneškodnit zbraň a dostat se odtamtud, než dorazí policie. Zajímalo ho, jestli je někdo dole zraněný. Očekával, že sanitky jsou na cestě. On a jeho křeslo však mohli vážně zraněné dopravit do nemocnice mnohem rychleji.

Zadíval se na zbraň na druhé straně střechy. Soustředil se a pak natáhl ruku. Jako by jeho ruka byla magnet, zbraň do ní vlétla a on ji zneškodnil svázáním do uzlu. E-Z si sundal opasek a použil ho, aby střelci svázal ruce za zády.

Křeslo se zvedlo a odletělo jako raketa, zatímco se dveře na střeše rozletěly. Upravený výmysl se vznesl zavěšený ve vzduchu, zatímco E-Z sledoval, jak se ke střelci přesouvá zásahová jednotka a bere ho do vazby. Výraz ve tváři policisty, který našel zbraň svázanou do uzlu, byl k nezaplacení.

Na vteřinu nebo dvě zaváhal, když zvažoval svůj mandát, ale dole byli zranění lidé a on jim mohl pomoci rychleji než kdokoli jiný, a to také udělal. S následky si bude dělat starosti později a doufat, že to pochopí.

E-Z přistál poblíž davu. Posbíral čtyři nejvážněji zraněné, a protože byli v bezvědomí, použil část svého křídla, aby je bezpečně udržel na židli, zatímco letěli po obloze.

Křeslo absorbovalo krev zraněných pasažérů, která kapala z jejich ran. Jejich krev se spojila s krví E-Z a Sama Dickense. Toto sloučení vytlačilo kulky z jejich těl a jejich rány se začaly hojit.

Trvalo několik minut, než se dostali do nemocnice. Než dorazili, byli všichni pacienti uzdravení, jako by se jim zranění nikdy nestala. Vrhli se E-Zovi kolem krku a děkovali mu.

Na parkovišti u nemocnice každý z nich seskočil z vozíku.

U vchodu stáli ošetřovatelé s připravenými nosítky.

E-Z se podíval jejich směrem. Zamával jim a pak odletěl k nebi. Pod ním mu ti, které zachránil, mávání opětovali. Doufal, že čekající obsluha bude příliš naštvaná, že je nakonec nepotřebuje.

"Děkuji," vykřikl mladý muž a zamával.

"Doufám, že se ještě uvidíme," zvolala žena středního věku.

"Jste skutečný hrdina!" řekl muž, který mu připomínal strýčka Sama.

"Připomínáte mi mého vnuka - až na ten divný pruh ve vlasech!" řekla starší žena.

Obsluha přistoupila ke čtveřici a zeptala se: "Potřebuje někdo pomoct?" "Ano," odpověděli.

Mladík řekl: "Nebudete tomu věřit, ale před chvílí mě postřelili - dvakrát. Myslím, že jsem omdlel. Když jsem se probudil," vyhrnul si přední díl košile, který byl potřísněný krví, "rány byly pryč." "A co se stalo?" zeptal se.

Starší žena, jejíž šaty byly potřísněné krví, vysvětlila, jak byla postřelena blízko srdce.

"Byla bych mrtvá, kdyby mi ten kluk na vozíku nezachránil život."

Další dva pacienti měli k vyprávění srovnatelné příběhy. Chválili E-Z a znovu mu děkovali. I když už s nimi nebyl.

"Myslím, že byste měli všichni ještě přijít do nemocnice," řekl první ošetřovatel.

Druhý ošetřovatel řekl: "Ano, prožili jste traumatický zážitek. Měli byste navštívit lékaře a nechat se vyšetřit." "Ano," řekl.

Všichni čtyři dříve zranění občané dovolili obsluze, aby jim pomohla dovnitř. Nejstaršího ze čtveřice se pokusili dostat na nosítka.

"Jsem zdravá jako řípa!" vykřikla starší žena.

Následovali ji do nemocnice.

✳ ✳ ✳

"**M**ĚLI BYCHOM TO UDĚLAT hned," řekl Reiki.

"Je to smutné. Udělal tak pozoruhodné věci a teď si na ně nikdo nevzpomene."

Vymazali myšlenky všech v okolí.

"Odvedl úžasnou práci."

"Ano, byl dobře vybraný," řekl Hadz.

E-Z se vrátil domů a letěl tam, jak nejrychleji mohl. Věděl, že přijde bolest, ale nevěděl, jak silná bude tentokrát. Sotva proletěl oknem a dopadl na postel, už mu hořely ramena a způsobily mu mdloby.

Andělé se vrátili a šeptali mu konejšivá slova, když ze spaní vykřikl. Když byla bolest příliš velká, zmírnili ji tím, že ji vzali na sebe.

"Tím je zkouška číslo tři dokončena," řekla Reiki. "Prochází jimi s lehkostí."

"To je pravda, ale musíme se ujistit, že nebude identifikován. Může být vidět, ale musíme vymazat vzpomínky. Mám však obavy, abychom někoho nepřehlédli."

"Když vymažeme paměť všem v okolí, mělo by být všechno v pořádku."

KAPITOLA 16

DRUHÝ DEN RÁNO JEDL E-Z cereálie, když Sam přišel do kuchyně.

"Ta káva určitě voní," řekl Sam.

Teenager nalil strýci plný hrnek. "Cože?" zeptal se s pocitem déjà vu.

"Co, co?" Sam se zeptal, když do hrnku přidal trochu smetany.

"Koukáš na mě," řekl E-Z. Zavrtěl hlavou. Byl snad na Hromnice o den více? V tom filmu o tom, jak se den opakuje pořád dokola, s Billem Murrayem?

"Aha, tak to je. Chtěl bys mi něco říct?" "Ano," řekl. Hodil si do kávy hrudku cukru.

Nevšímal si strýce a nacpal si do úst kukuřičné lupínky. "Nejsem si jistý, co tím myslíš."

Sam počkal, až synovec dojí snídani. "Včera večer jsem se k tobě podíval a tvoje postel byla prázdná a okno otevřené. Nevím, jak ses dostal ven i s křeslem. Každopádně jestli se chystáš ven, měl bys mi to říct. Jsem za tebe a tvé místo pobytu zodpovědný. Příště mi slib, že mi dáš vědět, kam jdeš a kdy se vrátíš. Je to slušnost."

"I..."

POP.

POP.

Objevili se Hadz a Reiki. Reiki přiletěla k Samovi a zatřepetala mu před očima. Na několik vteřin si Sam připadal jako zombie. Pak se vrátil k popíjení kávy. Zvedl sklenici, napil se, odložil ji. Opakoval.

E-Zovi to připomínalo hračku pro ptáky - kde pták ponoří hlavu do sklenice a napije se. Jak se ta věc vlastně jmenovala?

"Ptáček Dippy," řekl Sam. Podíval se na hodinky.

Co to sakra je? Že by mu teď strýc četl myšlenky?

"Kdo neumí číst myšlenky?" Hadz se usmál.

Sam vstal a se skelnýma očima a pohyby připomínajícími robota došel ke dřezu, vypláchl hrnek a vložil ho do myčky. Pak popadl klíčky od auta a beze slova odešel.

E-Z visel s otevřenou pusou, jak zpracovával informace, a pak se dožadoval: "Tak jo, vy dva. Co jste udělali mému strýčkovi Samovi? Neměli jste právo... udělat to, co jste udělali." Byl tak naštvaný, že měl obličej rudý a pěsti zaťaté.

POP.

POP.

Tohle nesnášel. Pokaždé, když udělali něco špatného, zmizeli a on se jim musel omlouvat, aby se vrátili, i když nic špatného neudělal.

"Promiňte," řekl. "Prosím, vraťte se."

POP

POP.

"Co se stalo, stalo se," řekl klidně. "Opravdu mi četl myšlenky?"

"Ano, ale byl to ojedinělý případ."

"To je dobře. Mně by nikdy nic neprošlo."

"Jsme tvoje záloha, během zkoušek. Je na nás, abychom ochránili tebe a tvé přátele včetně strýčka Sama."

"Co jste mu udělali?" zeptal se znovu, když zazvonil zvonek u dveří. Nehýbal se, čekal, až mu odpoví na jeho otázku. Zvonek se ozval znovu. "Počkejte chvilku," řekl. "Řekněte mi, co jste mu udělali. HNED!"

"Vymazal jsem mu mysl," zašeptal Reiki.

"Co jsi udělal?"

"Museli jsme, abychom ochránili tebe a tvou misi," dodal Hadz.

Do kuchyně vešli PJ a Arden. "Dveře byly odemčené," řekl Arden.

"Jo, včera jsme Samovi řekli, že tě dneska ráno vyzvedneme."

"I tobě přeji dobré ráno." Odstrčil se od stolu.

"Musíme si promluvit, kámo. Ale máme naspěch."

Popadl batoh a oběd. Vydali se ke vchodovým dveřím. Nahoře na schodech se židle vymrštila dopředu - jako by chtěla letět dolů. Požádal kamarády, aby mu pomohli dolů po rampě. Arden a PJ mu pomohli na zadní sedadlo auta. Arden uložil vozík do kufru.

"Dobrý den, paní Lesterová," řekl E-Z, když všichni tři chlapci nasedli na zadní sedadlo auta.

"Dobré ráno," řekla a zapnula rádio. Hlasatel mluvil o novém receptu.

"Jakmile byli na cestě," zašeptal PJ, "co jsi dělal včera večer?" "Ano," odpověděl.

"Nic moc. Jedla jsem. Spala jsem. Jako obvykle."

"Ukaž mu to."

PJ mu podal telefon a stiskl tlačítko play.

Bylo to video na YouTube. Na něm, jak na vozíku létá po obloze a převáží zraněné lidi. Jeho křeslo bylo krvavě rudé a pohybovalo se tak rychle, jako by hořela šmouha. Byla vidět jeho bílá křídla. A kontrast toho černého pruhu na jeho světlých vlasech ještě zvýrazňoval jeho vzhled.

"To mě podrž," řekl E-Z, zatímco se drbal na hlavě s nulovým sdílným vysvětlením. Čekal, až dorazí andělé a vymažou jeho kamarádům mozek z hlavy - nedočkal se. Čekal, že se svět úplně zastaví - nezastavil. Přemýšlel, jestli ještě někdy uvidí své rodiče? Byla to zkouška? Zavřel telefon a vrátil sluchátko.

"Kámo," řekl Arden, když jeho matka zacouvala na parkovací místo.

"Pospěš si, nebo přijdeš pozdě," řekla, když otevřela kufr.

"Uvidíme se později," řekl Arden, když jeho matka odjížděla.

Tři kamarádi se bez řečí vydali do školy. Každou chvíli mělo zaznít poslední varovné zvonění.

E-Z se motal po chodbě, usmíval se sám pro sebe a zároveň se obával, kdo další klip uvidí. I když bylo úžasné vidět sám sebe v akci. Jako chladnější Superman. Skutečný hrdina. Zachraňoval lidi. Zachraňoval životy. On a jeho vozík byli neporazitelní. Byli dynamické duo. Přemýšlel, jestli vůbec potřebují pomoc těch dvou rádoby andělů. Byl to dobrý pocit. V každém okamžiku. To zachraňování. Zachraňování. Úspěšné dokončení další zkoušky. Úžasné. Kdyby tak mohl do svého tajemství zasvětit své nejlepší přátele.

"E-Z Dickens!" Paní učitelka Klausová na něj zavolala.

"Ano, madam," řekl E-Z a otočil stránku, aby si přečetl lekci. Přemýšlel, proč ve škole ztrácí čas. Už ho nepotřeboval.

✳✳✳

S NAŽIL SE PŘI HODINĚ neusnout. Paní Klausová ho sledovala víc než obvykle. Pokaždé, když usnul, zvýšila hlas, jako by si toho všimla.

Když zazvonilo a hodina skončila, studenti se rozestoupili, aby ho nechali jako prvního odejít ze dveří. Podíval se na několik spolužáků, aby jim poděkoval. Málokdo s ním navázal oční kontakt. Většina se dívala jinam. Nebyli na jeho nové postavení zvyklí - zatím.

Na chodbě čekal hlouček spolužáků a obdivovatelů. Rozsvítily se blesky, jak je fotografovaly fotoaparáty a kamery. Doufal, že tam byly i školní noviny. Že o něm dokonce napíšou článek. Počkejte chvíli. Už nikdy neuvidí své rodiče - ne, když se to všichni dozvědí! Jak se to mohlo stát? Protlačil se skrz. Pokračovali v potlesku, s přibývajícím časem stále hlasitějším. Několik z nich zavolalo: "Řeč!"

PJ se postavil stranou a zeptal se: "Viděl jsi v poslední době Facebook?"

E-Z pokrčil rameny.

"Podívej se na nejnovější," řekl PJ a ukázal kamarádovi titulky.

"Místní hrdina na vozíku." Přestal se hýbat a kliknul na klip. Stálo tam, že místní hrdina navštěvuje Lincolnovu střední školu v Hartfordu v Connecticutu. E-Z si brzy uvědomil, že studenti si myslí, že hrdinou je on - byl jím -, ale nemohli to vědět. Nic z toho neměli vědět. Měli si vymazat paměť, jako to udělali strýčkovi Samovi. Ale na tom nezáleželo - nežil v Hartfordu v Connecticutu. Měli to špatně. Proč tedy jeho spolužáci tleskali?

On se protlačil, oni mu ustoupili z cesty. Vyšel přímo do prudkého deště. E-Z přemýšlel, jestli by mohl nově nabyté schopnosti své židle využít ve svůj osobní prospěch. I když nebyla žádná krize ani zkouška, mohl by kouzlit, nebo se rituálně vrátit domů? Přemýšlel o tom, zatímco se dál kutálel po chodníku. Jeho křeslo mu kdysi pomohlo zachránit malou holčičku, a to ještě předtím, než mělo nějaké zvláštní schopnosti.

Přemýšlel o kouzelných slovech jako bibbidi-bobbidi-boo a expelliarmus. Obě na svém vozíku vyzkoušel, ale ani jedno z nich nic nezmohlo. Ohlédl se přes rameno a uslyšel, jak se za ním blíží kroky. Čekal, že to bude někdo z jeho kamarádů - místo toho to byl mladší student, který se zeptal: "Kde máš křídla?".

"Nemám křídla," zasmál se E-Z. Na pokyn se mu křídla vynořila a vynesla ho k nebi. Nejdřív si pomyslel, že to ne, ale rozhodl se, že to vydrží, a zamával klukovi zpátky na chodník. Kluk byl tak nadšený, že ho ani nenapadlo vytáhnout telefon, aby ten okamžik zachytil. "Domů!" poručil mu. Záblesk červeného světla ho nesl po obloze, přímo kolem jeho domu, protože křeslo mělo být někde jinde.

Letěli dál, dokud se nedostali přímo nad nákupní centrum. Teď už cítil, jak vzduch vibruje a táhne ho blíž k místu, kde ho potřebovali. Křeslo zamířilo dolů, upustilo ho do břehu a pak se zastavilo ve vzduchu. Dole se dál míhali zákazníci - byl mimo jejich zorný úhel. Stále netušil, proč je tady.

Je tohle další soud? zeptal se. Čekal, ale žádná odpověď nepřicházela. Pokud to byl další soud, pak se čas mezi nimi stále zkracoval. Kde byli ti dva andělé - neměli mu snad krýt záda? Přemýšlel o dalších zkouškách. Většina z nich se odehrávala v noci. Ve tmě. Co když rádoby andělé nemohli vyjít na světlo, jako upíři? Zasmál se té podivné souvislosti a doufal, že je to pravda. Nějak mu nevadilo, že tentokrát je tu jen on a jeho židle. E-Z se vrátil do přítomnosti. Uvnitř obchodního centra křičeli zákazníci. Vyletěl dopředu, ven z banky a do nedalekého obchodního domu. Ten byl prázdný.

Při dopadu na zem se kola sama otočila a vedla ho dál. E-Z se pokusil převzít kontrolu. Ale jeho vozík chtěl mít také kontrolu. Zrychloval, stále rychleji a rychleji. Nakonec se nechal ovládnout, bál se, aby si nezmrzačil prsty.

Vozík se úplně zastavil, když se na zemi asi čtyři metry před nimi rozplácli zákazníci. Většina z nich byla rozkročená a ležela tváří k zemi. Někteří měli ruce na zátylcích, někteří měli ruce za zády.

V různých polohách zahlédl bezpečnostní kamery, které zobrazovaly pouze statické záběry. To nebylo dobré znamení.

Invalidní vozík se znovu škubl dopředu směrem k mladé ženě. Byla oblečená v maskáčích a přes oči měla stažený klobouk. Měla světlou postavu, pravděpodobně přirozeně blond a modré oči, typ modelky. V jedné ruce se oháněla puškou a v druhé držela lovecký nůž. Její nehybnost při zacházení se zbraněmi ho znepokojila. To a její nadměrné používání rudé rtěnky. Byla rozmazaná a měnila strašidelný úsměv v hrozivou grimasu.

E-Z se zamyslel nad těmi, kteří byli na podlaze v nebezpečí. Jak dlouho tam byli? Na co čekala? Požadovala snad peníze? Kdo mimo obchod věděl, že se tahle scéna s rukojmími odehrává, protože kamery nefungovaly?

Jeden z chlapů na podlaze upoutal jeho pozornost. E-Z si přiložil prst ke rtům. Chlap se otočil na druhou stranu, v tu chvíli si všiml telefonu na podlaze, na kterém pulzovalo červené světlo. Nahrával zvuk. Doufal, že si toho dívka nevšimla - vypadala, že by mohla každou chvíli ztratit nervy.

E-Zova židle vyletěla jako rána z děla a brzy byla u dívky. Její zbraň letěla jedním směrem a nůž druhým. Kovový kryt křesla se zřítil dolů.

"Zavolejte záchranku," vykřikl E-Z. A na zákazníky na podlaze: "Vypadněte odsud!" Rozběhli se, aniž by se ohlédli. Teď byl s tou šílenou holkou úplně sám. "Proč jsi to udělala?" zeptal se.

"Nemám ráda pondělky." Pak se ušklíbla, vykulila oči a řekla: "Kromě toho je to jenom hra." Zakřičel slova písničky, kterou už slyšel. Na několik vteřin se vrátila k broukání písničky se zavřenýma očima. Pak je otevřela a s vytřeštěnýma očima a smíchem řekla: "Jo, a kdybys potřebovala profesionála, aby ti pořádně obarvil vlasy, tak někoho znám."

"Ehm, díky," řekl a prohrábl si vlasy.

Vzpomněl si na písničku, kterou zpívala jeho máma. Skutečný příběh, o střelbě. Kapela se jmenovala podle myší, nebo krys.

Zavrtěl hlavou. Dívka, která stála před ním, připomínala postavu z hry, kterou několikrát hrál. Dokonce až po rozmazanou rtěnku. Nemohl si vzpomenout, kterou, ale byl si jistý, že napodobuje nějakého hráče. "Hrát hru je jedna věc - nikomu se nic nestane. Tohle je skutečný život. Když se ti něco nelíbí - přestaň to dělat! Neubližuj ostatním."

"Bzuč," odpověděla, "jako bych v tom měla nějakou možnost volby."

Vpadla tam policie a on musel odejít.

Dívku našli zajištěnou se zbraněmi svázanými do uzlů v bezpečnostní uličce u herní konzole.

Zamířil domů a čekal, až ho zasáhne obávané pálení od křídel. Zvládl celou cestu, zatím to bylo dobré. Ale měl takový hlad, že se nemohl dočkat, až sní všechno, co mu přijde pod ruku.

V lednici byla připravená půlka kuřete, kterou snědl, zatímco čekal, až se sýr na pánvi rozpustí. Snídal smažený sýr. Pak si udělal další, zatímco chroupal jablko. Když dojedl jablko, nabral si z vaničky zmrzlinu. Bolest se nedostavila, ale kdyby takhle jedl dál, měl by vážné problémy s váhou.

"Strýčku Same?" zavolal a zkontroloval, jestli je někde v domě - nebyl. Šel do své kanceláře a udělal si nějaké domácí úkoly, pak si zahrál pár her. Po Samovi stále ani stopy. Žádná SMS. Žádné telefonáty ani hlasové zprávy. Sam mu vždycky dával vědět, když se vracel domů pozdě. To je zvláštní. Kde byl?

KAPITOLA 17

YLO PO PŮLNOCI A po strýčkovi Samovi stále nebylo ani stopy. Bylo to poprvé, co vynechal přípravu večeře, natož aby E-Z neřekl, kde je. Věděl, jak je jeho synovec úzkostlivý, když se mu věci vymknou z rukou. V takových chvílích teenagera svrběla kůže, jako by se mu pod povrchem vařila krev.

Seděl na kolečkovém křesle a dělal obdobu chůze. Kutálel se s křeslem po chodbě nahoru a zase dolů. Nejsložitější bylo otočit se, což dělal ve své kanceláři. Cestou zpátky ke kuchyni si zapnul televizi, aby si vytvořil bílý šum. Než se vrátil na chodbu, zastavil se, aby se podíval, a zmocnil se ho mimotělní zážitek.

Byl v obývacím pokoji na vozíku a sledoval sám sebe v televizi na vozíku. E-Z potřásl hlavou a snažil se to pochopit. Proč si Hadz a Reiki nevymazali vzpomínky? Pak se to stalo - reportér řekl jeho jméno a skutečnou adresu včetně předměstí. Tentokrát měl všechno správně - a nezůstal u toho.

"Třináctiletý E-Z Dickens, chtěl být profesionálním hráčem baseballu. A měl k tomu předpoklady. Pak ho ale nehoda připravila o rodiče - a o nohy. Sirotek - ze kterého se stal superhrdina - teď žije se svým jediným příbuzným, Samuelem Dickensem."

Chtěl kopnout do televizní obrazovky. Řekli to, jen tak dál. Jako by všichni superhrdinové museli být sirotci. Jako by to byla nutná podmínka. Když mu zazvonil telefon, doufal, že je to Sam - byl to Arden.

"Díváš se na to?" zeptal se. "VŠEM řekli, kde bydlíš!"

"Já vím," řekl E-Z. "Horší je, že strýček Sam je v dezolátním stavu. Vždycky mi zavolá, ať se děje, co se děje."

Arden si promluvil s otcem. "Zůstaň tam, hned tam s tátou přijdeme. Můžeš zůstat s námi, než se Samem vymyslíte, co dál. Nech mu vzkaz."

"Díky, ale tady mi bude dobře."

"Táta říká, žádné kdyby, a nebo ale. Říká, že novináři po tobě půjdou jako po bílé rýži - ať už to znamená cokoli."

"To mě nenapadlo, že sem přijdou reportéři. Dobře, připravím se."

Šel do svého pokoje, sbalil si tašku na noc a pak do kuchyně, kde napsal vzkaz a dal ho na ledničku. Venku náhle zastavilo vozidlo a zapískalo pneumatikami. Zabouchly se dveře, pak se ozvaly výstřely a střepy skla vylétly z oken. Vchodové dveře vyletěly z pantů, když se jeho židle rozjela směrem ke střelci, který držel palbu, jak se blížili.

"Je to jenom kluk," řekl E-Z a využil jeho zaváhání. Popadl zbraň, svázal ji do uzlu a hodil ji přes trávník.

Chlapec, který byl mladší než E-Z, využil vteřiny, kdy zbraň házel, k tomu, aby ho srazil k zemi.

"To není v pohodě," řekl E-Z, když ho židle odstrčila a upustila kovovou klec na kluka, který vzlykal a ptal se po mamince. "Ustup," řekl E-Z židli.

Dítě se svezlo do polohy plodu, třáslo se a plakalo. Židle zatáhla klec: chlapec se ani nepohnul.

E-Z se teď už zpátky na vozíku zeptal: "Kdo tě sem dovezl? A proč ta střelba?"

"Není to nic osobního," vysvětlil kluk. "Musel jsem to udělat. Nějaký hlas v hlavě mi řekl, že to musím udělat. Jinak mě a mou rodinu zabijí. Proto jsem tátovi ukradl klíče a naučil se řídit - rychle."

"Nikdy předtím jsi neřídil?"

"Jen ve hrách."

Zase hry. "O kom to mluvíš? Jak se jmenují?"

"To nevím. Hraju pár her online. Do hry přišla nějaká žena a řekla mi, že zabije mou sestru. Přepnul bych se do jiné hry; jiná žena by řekla, že zabije mé rodiče. Ve hře, kterou jsem hrál dnes, mi třetí žena řekla, že pokud nezabiju dítě, které bydlí na této adrese, bude to mít hrozné následky." Kluk se rozběhl na E-Z, ale daleko se nedostal. Židle ho odstrčila a spustila ráhno.

"Dostaňte mě odsud!" dožadoval se kluk.

E-Z se zasmál; ten kluk měl koule. "Stůj," řekl židli a pomohl klukovi na nohy. Kluk mu poděkoval tím, že mu plivl do obličeje. Zaťal pěsti a uvažoval, že tomu klukovi utrhne tu jeho podělanou hlavu, ale neudělal to. Místo toho ho objal. Kluk se znovu rozplakal a jeho slzy dopadaly na E-Zova ramena a křídla.

"Děkuju, kámo," řekl kluk. Ustoupil, položil si ruku na srdce a zmizel.

Když policie konečně dorazila, E-Z seděl na židli u obrubníku. Pak už neseděl. Byl znovu uvnitř sila a cítil se klaustrofobicky v naprosté tmě.

✳✳✳

Dříve, KDYŽ BYL V kovovém kontejneru, se mohl pohybovat. Nyní byl na vozíku a sotva se hýbal. Snažil se pohnout prsty u nohou v botách - necítil je. Jestli mu tady nefungovaly nohy, pak byl rád, že je na vozíku. Byli tým: jako Batman a Batmobil. V reakci na jeho myšlenky se vozík rozjel dopředu jako mastif na vodítku.

"Dostaňte nás odsud," přikázal E-Z.

Ucítil nad sebou pohyb. Posun světla jako mrak postupující po obloze. Kdyby tak mohl vzlétnout a uniknout střechou, ale jeho křídla neměla prostor se roztáhnout.

Na kůži mu začalo bublat a svědit. Kde byl teď ten uklidňující levandulový sprej?

PFFT.

"Ehm, děkuji," řekl. I tahle věc mu teď dokázala číst myšlenky.

Ramena se mu uvolnila, když formuloval seznam požadavků:

Číslo jedna. Chtěl strýčkovi Samovi říct všechno. A myslel tím úplně všechno. Nic nevynechal.

Za druhé. Chtěl, aby to PJ a Arden věděli. Ne všechno, jako by to věděl strýček Sam. Ale dost na to, aby pochopili, pod jakým tlakem je. Dost na to, aby ho mohli podpořit a povzbudit. Nesnášel, když jim lhal. Potřeboval, aby o těch zkouškách věděli. Proč je dělá. Jako by měl v této věci na výběr.

Za třetí. Chtěl, aby se ho zeptali na svolení, než ho unesou. Tak by věděl, co má čekat dál. Nesnášel, když ho do téhle věci uvrhli.

Za čtvrté. Chtěl vědět, kde je. Proč ho vždycky vysadili do té samé nádoby. Proč mu někdy nohy fungovaly a někdy ne. Proč s ním někdy byla jeho židle a někdy ne.

"Čekací doba je dvanáct minut," ozval se ženský hlas. "Dáte si něco k pití?"

"Vodu," řekl, když kov napravo od něj vyplivl polici se sklenicí vody. "Díky." Hodil ji zpátky. Sklenice se opět naplnila až po okraj. Odložil ji na později.

Teď už byl uvolněnější, v hlavě mu naskočila písnička. Jeho otec ji míval rád. Invalidní vozík se pohupoval sem a tam, zatímco si zpíval text. Křeslo nabíralo na síle - jako by se snažilo vymanit.

O pár vteřin později už byl zpátky doma, ve své ložnici, kde bylo všude rozbité sklo. Na stěnách pulzovala modrá a červená světla. Nyní u rozbitého okna vyhlédl ven.

"Je tam nahoře!" vykřikl reportér.

✳ ✳ ✳

"**U**ž ZASE!" VYKŘIKL, KDYŽ se vrátil do kovového kontejneru. "Dostaňte mě odsud!" Kopl nohou do stěny sila. "Au!" vykřikl. Pak se usmál, šťastný, že zase cítí nohy, a vstal. "Kdo si myslíš, že jsi, že mě sem taháš, podle každého svého rozmaru!" zvedl pěst do vzduchu.

"Čekací doba je nyní šest minut, zůstaňte prosím sedět."

Ze stěn před ním, za ním a po obou stranách se vynořily řemeny. Spoutali ho na místě. Snažil se vyprostit, ale kožené řemeny se jen utahovaly. Brzy mohl hýbat jen hlavou a krkem.

PFFT.

"Ach, levandule," řekl. Pod ním se vozík začal třást a chvět. "To bude v pořádku." "To se vy zbabělci bojíte sejít sem dolů a postavit se mi čelem?"

PFFT.

PFFT.

Oddechl si.

✳✳✳

Spal tvrdě, dokud se střecha sila neotevřela jako houstonský Astrodome. A něco pohltilo světlo. Cítil to dřív, než to mohl vidět. Vzala světlo z jeho světa. Pod ním se vozík zachvěl, jak se ta věc nad ním dala do volného pádu.

Úplně se to zastavilo jako pavouk na konci svého řetězu.

Lucifer?

Satan?

Čekal, příliš se bál promluvit.

"Haló - o - o - o," zařvalo okřídlené stvoření a jeho hlas se odrazil od stěn.

Tolik si přál, aby si mohl zacpat uši.

Ta věc se zašklebila, odhalila zuby podobné břitvě a zároveň vypouštěla odporný hnilobný zápach.

Dusil se, kašlal a přál si, aby si mohl zakrýt i nos.

Bestie se rozesmála řevem, který hřměl nahoru a dolů jeho kovovým vězením, jako by to byl popcorn. Naklonilo se blíž k teenagerově tváři a vychrlilo ze sebe: "Nemluvím snad vaší řečí, pane?"

E-Z neodpověděl. Nemohl. Cítil se velmi nehrdinsky. To, že se pod ním třásl invalidní vozík, mu na sebevědomí nepřidalo.

"NEROZUMÍŠ MI?" zařvala ta věc a otřásla kovovým vězením v základech. Věc se přiblížila ještě víc: "ROZUMÍŠ. VY. NEVÍŠ. SLYŠÍŠ. MĚ?"

Vypadalo to jako mluvící mrak s hlavou uprostřed, který se na něj chystá seslat hromy a blesky. Zaryl nehty do opěradel a našel odvahu říct: "Ano." "Ano," odpověděl. V duchu si prošel seznam svých požadavků.

Bestie zařvala a z tlamy jí vyšlehl oheň. Naštěstí pro E-Z teplo stoupá. Najednou pocítil velký hlad, na slaninu.

"Mám rád slaninu," přiznalo stvoření.

E-Z přemýšlel, jestli tu věc se slaninou řekl nahlas. I vzhledem ke zrychlenému stupni strachu věděl, že to neřekl. To znamenalo jediné, všichni mu mohli číst myšlenky! Napřímil se a pokusil se chránit tím, že zavřel mysl. Myšlenky mu utíkaly k jídlu, palačinky v Annině kavárně, hustý čokoládový koktejl, máslový sirup. Cokoli, co by zahnalo strach a zmírnilo úzkost. Tohle bylo mučení, ta věc mohla číst jeho myšlenky a uvěznit ho navždy. Existoval nějaký svaz superhrdinů, ke kterému by se mohl přidat?

"Bah, ha, ha!" zařvala ta věc smíchy.

E-Z si tolik přál, aby mu dosáhl na uši, ale protože nemohl, utěšoval se, že to má alespoň smysl pro humor. "Proč jsem tady?"

Věc neodpověděla hned, a tak se ho pokusil psychicky vyvést z míry pohledem. Bylo obzvlášť těžké udržet pohled, protože se ho židle neustále snažila vyhodit. Zatnul pěsti a vytasil se s krví.

Tvor se pohyboval s hadí mrštností, jeho zpěněný jazyk tryskal sem a tam a olizoval E-Zovy pěsti.

"Fuj!" vykřikl. "To je tak nechutné!"

"Víc, prosím!" dožadovala se ta věc, zatímco se krev na jejím jazyku třpytila jako kapky deště.

E-Z se bál už předtím, teď byl mnohem víc než vyděšený. Spíš zkameněl - ale on byl superhrdina. Odněkud musel nabrat sílu - i když křeslo bylo k ničemu.

"Ne, ne, ne, ne, ne, ne," zpívala ta věc, když se přiblížila, pak zaplula dál a pak zase blíž. Odráželo se to od stěn.

Po několika okamžicích se tvor usadil. Ve vzduchu zkřížil nohy. Pak mu položil dlouhý kostnatý prst na tvář. Vypadalo to, že očekává přátelský rozhovor.

"Hadz a Reiki byly z tvého kufříku vyjmuty," zašeptala ta věc. "Ti dva byli imbecilové. Méně než užiteční. Já jsem tvůj nový mentor."

Temná bytost se rozkročila. Vznesl se nad ni, s mávnutím ruky provedl poloviční úklon a vznesl se výš do kontejneru.

E-Z se na několik vteřin zamyslel, než odpověděl. Ti dva tvorové mu byli věrní. Pomáhali mu a dávali na něj pozor - a hlavně nepili lidskou krev.

"Můžeme si o tom promluvit?" Zeptal se E-Z. Pokusil se o úsměv. Nevěděl, jak to vypadá na druhé straně.

"NE!" řekla ta věc a pohnula se blíž k východu.

E-Z sledoval, jak se to vznáší vzhůru. Bezmocný. Beznadějně.

"Počkej!" vykřikl, věc byla napůl uvnitř a napůl venku z kontejneru. "Přikazuji ti, abys počkal!" E-Z řekl, když se střecha začala zavírat, pak se mu věc v mžiku ocitla před obličejem.

"Y-E-S?" zeptalo se to.

"Chci mluvit s tvým šéfem, abychom dostali Reikiho a Hadze zpátky. Jsou vhodnější pro mé, mé zkoušky. K úspěchu zkoušek."

"Ty mě nemáš rád?" vyjekla bytost hlasem jako nehty na tabuli.

"Přestaň! Prosím!"

"Přivést zpátky ty dva idioty nepřipadá v úvahu." Věc se roztočila jako křeček v kolečku.

"Nech toho! Točí se mi z tebe hlava! Dostaňte mě odsud!"

"Dobře," řeklo to, zkřížilo ruce a zamrkalo jako žena ve starém televizním seriálu I Dream of Jeannie.

Silo zmizelo, zatímco E-Z a jeho křeslo zůstali padat k zemi.

"Ahhhhh!" vykřikl.

Pak jeho vozík zmizel.

A jak padal dál, zatřásl pěstmi na stvoření nad sebou. Připravil se na pád.

"Mimochodem, jmenuji se Eriel."

"Arrggghhhhh!" vykřikl.

Znovu se ocitl na vozíku a držel se jako o život. Stále padali.

KAPITOLA 18

CRASH!

Přímo přes střechu jeho domu. Jeho vozík se naklonil dopředu a odhodil ho na postel. Pak se skutálel na podlahu. Oba byli v pořádku. Nebylo jim hůř.

Nad ním se díra, kterou udělali, sama zacelila.

"Tady jsi!" Sam řekl. "Vítej doma."

E-Z si ho ani nevšiml. Tvrdým spánkem si hověl v křesle v rohu.

Sam se protáhl a zívl. Pak se odpotácel přes místnost, kde na něj čekal džbán s vodou. Vypil plnou sklenici a pak nabídl hrnek synovci.

"A co to zlé stvoření Eriel!" Sam řekl.

E-Z vodu málem vyplivl.

"Kdo? CO?"

Sam pokračoval. "Ten Eriel, to je ta nejodpornější, nejodpornější přerostlá létající potvora, jakou bych snad ani nechtěl potkat!" Zaťal pěsti. "Doufám, že mě slyšíš, ať jsi kdekoli! Já se tě nebojím!"

E-Zovi málem spadla čelist na zem.

Sam pokračoval. "Ta věc mě držela uvnitř kovového kontejneru. Teď už vím, proč jsi měl zlý sen. Opravdu to bylo jako silo. Řekl mi, že mu musím předat tvé opatrovnictví, jinak tě zastřelí."

"Aha, to," řekl E-Z. "Předpokládám, že jsi viděl všechno to rozbité sklo. Byl to nějaký kluk, chtěl mě zabít."

"Já o tom vím všechno. Všechno jsem sledoval zevnitř sila. Věděl jsi, že tam byla velká televize? A taky dobrý zvukový systém."

"Cože?" "Právě jsem tam byla a Eriel mi o tobě ani o převzetí opatrovnictví nic neřekl." Přešel místnost a podíval se ke stropu: "To je nějaký test, Eriel? Když něco řeknu, zrušíš tu nabídku? Dej mi znamení."

"S kým to mluvíš? Eriel tu není. Kdyby tu byl, cítili bychom jeho zápach na míle daleko. Ne, jsme tu sami - i když jsem k němu zvedla pěsti. Nečekala jsem, že mě uslyší."

"Nejspíš má oči a uši všude."

"Říká se, že bůh má oči a uši všude. Pokud existuje."

"Co ti ještě řekl, o mně?"

"Řekl mi, že jsi měl zemřít se svými rodiči. On a jeho kolegové tě zachránili - a teď musíš absolvovat řadu zkoušek."

"Přesně tak. Přísahal jsem mlčenlivost, takže by mě zajímalo, proč ti tuhle informaci prozradil."

"Nejdřív se mě snažil šikanovat, ale ty ses z toho průšvihu s tím klukem dostal. Vysadil mě tady v domě a já tě nikde nemohl najít." "Cože?" zeptal jsem se.

"Jo, protože mě měl v kontejneru."

"Několikrát mě vysunul dovnitř a ven, ale já se odmítl vzdát tvého opatrovnictví. Po druhém nebo třetím pokusu mi řekl, že jsi žádala, aby mi všechno řekl a..."

"Vymyslel jsem si, že se ho na to zeptám. Neřekl jsem mu, o co jde - ale on, stejně jako většina ostatních v poslední době, mi umí číst myšlenky."

"Jak to myslíš, všichni ostatní?"

"Ehm, před Erielem tu byli dva rádoby andělé, kteří se jmenovali Hadz a Reiki."

"Aha, on se zmínil o dvou imbecilech. Říkal, že byli degradováni na práci v diamantových dolech."

"Nebe má doly?"

"Pochybuju, že ta věc byla z nebe - pokud něco takového existuje."

"Nevadí, když si zajdeme do kuchyně na svačinu?" Zeptal se E-Z. Zamířili chodbou, Sam zapnul gril a připravil chleba se sýrem a máslem. "Zatímco jste spali, udělal jsem si o Erielovi nějaký průzkum. Chtělo to trochu pátrání, než jsem ho našel, ale jakmile jsem zúžil hledání, narazil jsem na zlato." Obrátil sendviče na talíře a odnesl je na stůl.

"Díky, už se nemůžu dočkat, až si to všechno poslechnu. Nevadí, když se do toho hned pustím?"

"Ne, jen do toho." Sam sledoval, jak si synovec ukousl čtyři sousta a pak byl sendvič pryč. Podal si svůj vlastní, necítil se hladový. "Začal jsem pátrat zadáním klíče Eriel. Nic se mi nepodařilo najít. Tak jsem zadal Archandělé a jméno Uriel bylo hned na začátku stránky." "Cože?" zeptal se.

"Myslíš, že je to totéž?" Znovu se zakousl.

"To jsem si nejdřív myslel. Pak jsem našel seznam archandělů a jméno Radueriel v židovské mytologii. Když jsem se podíval na jeho popis, stálo tam, že dokázal pouhým výrokem stvořit menší anděly."

"Myslíš jako Hadz a Reiki? Počkej, jestli je stvořil, tak proto je nejspíš dokázal poslat do dolů." "A co?" zeptal jsem se.

"Přesně to jsem si myslel. Takže si myslím, že na základě těchto informací nyní víme, že Eriel alias Radueriel je archanděl."

E-Z přikývl.

"Takže jsem pokračoval v pátrání a našel jsem tohle. "Princ, který nahlíží do tajných míst a tajných záhad. A také velký a svatý anděl světla a slávy." "Cože?" zeptal jsem se.

"Páni, to je úplný drsňák!

"Taky dokáže něco stvořit z ničeho, zhmotnit to ze vzduchu." "A co?" zeptal jsem se.

"Takže z toho usuzuji, že dokáže měnit svůj vlastní vzhled plus vzhledy ostatních."

"Přesně tak. A zapsal jsem si pár slov." Posunul kus papíru po stole. "Ale neříkej je nahlas. Kdybys to udělal, přivolal bys ho." Slova na papíře zněla:

Roš-Ah-Or.A.Ra-Du,EE,El.

"Zapamatuj si slova na tomhle papírku, kdybys ho někdy potřeboval přivolat k sobě."

"Jak víme, že budou fungovat?"

"Používej je, jen když budeš muset. Nemá cenu ho sem volat - pokud to není poslední možnost." "Ne," řekl.

"Souhlasím." Když si je v duchu opakoval stále dokola, uklidňovalo ho vědomí, že mu archanděl neustále nečte myšlenky.

"Eriel říkal, že ti mám pomoci se zkouškami. Hádám, že záchrana té holčičky byla první, kterou jsi musel udělat?" "Ano," odpověděl.

"Zatím jsem jich udělal několik. První, ano, tu malou holčičku. Při druhém jsem zachránil letadlo před pádem."

"Páni, ráda bych věděla víc o tom, jak jsi to dokázal. Překvapuje mě, že jsi nebyl ve zprávách."

"Byl jsem, ale nedalo se říct, že jsem to byl já. Potřetí jsem zastavil střelce na střeše budovy v centru města. Za čtvrté, dalšího střelce v obchodním centru s rukojmími a za páté, kluka venku, který se mě snažil zabít."

Sam zvedl talíře a odnesl je do myčky. "Ani nevíš, jak jsem na tebe pyšný. Tohle všechno se děje a já o tom neměl nejmenší tušení."

"Přísahal jsem mlčenlivost. Kdybych to někomu řekla, tak by..."

"Ujistit se, že už nikdy neuvidíš své rodiče - ano, řekl mi to. To mi zní trochu podezřele. Eriel není sentimentální typ, byl jako velká koule hněvu, která čeká na svůj cíl."

"Zranila jsem jeho city, když si myslel, že ho nemám ráda."

Sam se ušklíbl. "Představ si tu věc, že má city." Vstal. "Dáš si kávu?"

"Raději kakao." Zívl. "Byl to opravdu dlouhý den."

"Ráno si o tom můžeme promluvit víc, ale co říkáš na ten termín? Máš za sebou pět zkoušek, za kolik dní?" "Za kolik?" zeptal se.

"Byly náhodné. O nějakém pevném termínu nic nevím." "To je v pořádku.

"Eriel mi řekl, že musíš dokončit dvanáct zkoušek do třiceti dnů. Jestli už máš za sebou dva týdny, tak to budou muset navýšit - a to hodně."

"To slyším poprvé."

"Říkal, že když je nestihneš dokončit včas - zemřeš."

"Cože?"

"A taky, že všichni, které jsi zachránil, zahynou. Sam se zarazil při pomyšlení, že by ho ztratil teď, když teprve začali. Jeho život by byl zase prázdný, jen práce, domov, práce, domov. E-Z na něj zíral a čekal. "Promiň, jen jsem přemýšlel o tom, jak moc pro mě znamenáš, chlapče. Ale ještě něco mi řekl; říkal, že zemřeš s rodiči. To by znamenalo, že všechno, co jsme dělali, všechen čas, který jsme spolu strávili, by zmizel. A já neříkám, že bych mohl nebo chtěl někdy nahradit tvé rodiče, ale víš, co tím chci říct, ne? Mám tě rád, dítě!"

"Taky ti to oplácím," řekl E-Z. Chtěl Sama obejmout a Sam chtěl obejmout jeho, to mohl říct, a přesto se jejich pohnuli. Zhluboka se nadechl: "To je kruté. Ale zní to spíš jako Eriel."

"Ještě něco, říkal, že pokaždé, když dokončíš zkoušku, tvoje duše se zvětší. Až dosáhneš dvanácti, bude mít optimální hodnotu. Duševní měna, kterou můžeš použít, abys znovu viděla a mluvila se svými rodiči."

E-Zova židle se sama odlepila od stolu, když vchodové dveře vyletěly z pantů a vystřelily do nebe.

"Arrgghhhhhh!" Sam za ním vykřikl. Držel se židle a synovcových křídel jako neposlušný drak.

"Drž se!" E-Z řekl. "Myslím, že volá Eriel."

Letěli dál.

KAPITOLA 19

"**V**YDRŽTE - JDEME NA přistání." Jeho vozík zamířil dolů.

"Kéž bych měl taky bezpečnostní pás!" Sam vykřikl a objal synovce kolem krku.

"Neboj se, bude to bezpečné přistání."

"Pokud se předtím nepustím! Arrgghhh!"

Když se vydali dolů, E-Z si všiml kruhu soch. Protože neměl nic jiného na práci, spočítal je - bylo jich sto a něco uprostřed. Zvláštní, v centru města byl už mockrát, ale tuhle skupinu betonových kvádrů si nepamatoval. Kolečka křesla se dotkla země, ale Sam se stále držel jako přikovaný.

"Už je to dobré," řekl E-Z. "Můžeš otevřít oči."

Udělal to. "Až toho Eriela příště uvidím, tak ho zabiju!"

"Pššt. Možná to bude dřív, než si myslíš." To, co zahlédl uprostřed soch, byl Eriel v lidské podobě, co do fyzických rysů, ale ne do velikosti. Navíc seděl na vozíku, který se vznášel jako kouzelný trůn.

Měl černé vlasy, které mu splývaly přes ramena až k pasu. Oči měl jako uhel a pleť jako alabastr. Bradu měl pokrytou strništěm jako stín v šest hodin, i když bylo blíž poledni. Rty měl velmi červené, jako by si na ně nanesl čerstvou rtěnku. Zatímco jeho nos vypadal jako nos fotbalisty, který ho má nejednou zlomený. Co se týče oblečení, měl na sobě bílé tričko, černé džíny a na nohou sandály Jesus.

E-Z se otočil dokola a znovu si prohlédl sto deset mužů. Všichni byli oblečeni v moderním oblečení. Většina z nich měla brýle a silácké obleky. Pak poznal pravdu: Eriel proměnil sto deset živých, dýchajících mužů v sochy.

A to nebylo všechno. Uvědomil si, že ačkoli se nacházejí v centrální obchodní čtvrti, neozývají se tu žádné obvyklé zvuky. Za normálního dne by auta uvízlá v zácpě troubila a vzduch by plnily výfukové plyny.

Ticho bylo rušivé, ale čerstvý čistý vzduch ho přiměl k hlubšímu nádechu. Uklidňovalo ho to. Věděl, že je to klid před bouří.

Podíval se na oblohu. Osobní letadlo se zastavilo ve vzduchu. Vedle něho byli ptáci, kteří přestali létat. Na pozadí byly mraky. Nehybné. Nehybná.

Pak se vše nad ním změnilo z modré na černou.

A kdysi strašidelné ticho se roztrhlo.

Nahradilo ho sténání. Sténání. Jako když se ze země vytahují kořeny stromů. A vzduch zhoustl a obtočil se jim kolem krku. Kradl jim dech.

A pod jejich nohama se začala třást země. Roztrhla se dokořán. Zemětřesení. Trhání. Trhání.

A slunce, měsíc a hvězdy se rozzářily, ale jen na vteřinu. Pak se rozpadly a roztříštily na milion kousků.

"Proč jsi proměnil lidi v sochy? A proč se snažíš zničit svět?" Zeptal se E-Z. "A proč se tam vznášíš na kolečkovém křesle?"

"Ale ne," vykřikl Sam a zamával pěstmi do vzduchu.

Eriel se zasmál: "Už bylo načase, abys přišel, chráněnče. Jak se opovažuješ se mnou mluvit, klást mi otázky. Jsem sice velká a mocná, ale jsem skutečná, ne falešná jako čaroděj z OZ. Existuješ jen proto, že jsem se rozhodl tě zachránit."

"Když se mnou Ofaniela mluvila v Andělské knihovně, ani se o tobě nezmínila." "To je pravda.

Eriel se zasmála a ukázala kostnatým prstem, který se natáhl dolů a dotkl se E-Zova nosu. "Tvůj případ byl svěřen mně poté, co ti dva idioti Hadz a Reiki selhali ve svých povinnostech."

"Nedotýkej se mě!" Prst se stáhl. "Ptám se tě znovu, co děláš tady na mém území - a proč jsi na vozíku?"

"Všechno se vysvětlí," řekl Eriel. Zvedl nohy a usmál se na ně. "Tyhle boty se mi líbí, jsou velmi pohodlné."

"To nejsou boty, to jsou sandály," řekl Sam a přistoupil blíž k vznášejícímu se křeslu.

"Počkej, strýčku Same, pojď za mě."

Eriel zaklonil hlavu a zasmál se. "Pravda je pes, který musí do boudy" - to je citát ze Shakespeara, který znamená, že tvůj strýc by měl být ochočený."

"Proč ty!" Sam vykřikl a zvedl pěst do vzduchu.

" Je těžké porazit člověka, který se nikdy nevzdává' - to je citát od Babe Rutha, jednoho z nejslavnějších hráčů baseballu vůbec." E-Zova židle se zvedla ze země a letěla blíž k Erielovi.

"Baseball je hra o rovnováze," řekl Eriel. "To je citát od spisovatele Stephena Kinga." Zaváhal a pak se zašklebil tak, že se mu mohly zhroutit tváře, když E-Zova židle spadla, jako by byla z olova. "Jejda," řekl Eriel, když zařval smíchy.

Netrvalo dlouho a E-Z získal nad židlí kontrolu a ta se zvedla jako výtah. Snažil se dostat svá křídla pod kontrolu. Ale nebyl čas, protože se změnil v rotující vrchol a točil se dokola.

"Arrgghhhhh!" vykřikl a zaryl nehty do opěrek židle. Točení se zastavilo, židle znovu klesla jako olověný balonek a pak se zastavila.

Znovu se pokusil zprovoznit křídla. Nechtěla spolupracovat a vzápětí si uvědomil, že se znovu točí. Tentokrát však proti směru hodinových ručiček.

"Hhhhggggrraaa!" vykřikl.

Eriel se rozesmála tak hlasitě, až to otřáslo zemí.

Sam dole sbíral z chodníku kameny a házel je po Erielovi, který většině z nich uhýbal a vyhýbal se jim. Jeden velký kámen se však spojil s nosem toho tvora. "Vybírej si někoho, kdo je blíž tvému věku!" Sam vykřikl.

Zatímco mu po tváři stékala krev, Eriel si strýce E-Z posadil na své místo.

"Néééééé!" E-Z křičel, zatímco se dál točil. Když se úplně zastavil, vzhůru nohama, to, co uviděl dole, se nedalo splést. Strýček Sam byl teď jednou ze soch v kruhu: stálo tam sto jedenáct mužů. Měl takovou závrať, že ho přesto napadl citát, a protože to bylo to jediné, co měl, vykřikl ho, jak nejhlasitěji dokázal: "'Není konec, dokud není konec!

POP.

POP.

Hadz si sedl na jedno teenagerovo rameno, Reiki na druhé.

"To je citát od Yogiho Berry a tohle, to je ode mě a strýčka Sama!"

V rukou teď držel největší pálku na světě, repliku 54 ounceru Babe Rutha, a oslňoval ho diamantový prach. Netušil, jak je těžká, když se rozmáchl a poslal Eriela na jeho trůnu na vozíku do vzduchu. Zpíval: "Pozdravuj muže na Měsíci, až ho potkáš!".

V dálce se ozýval Erielův hlas: "Zkouška dokončena!"

Hadz a Reiki zatleskali. Stejně jako sto jedenáct mužů, kteří se vrátili do své lidské podoby, včetně strýčka Sama.

"Samozřejmě víte, že se vrátí," řekl Hadz. "A bude hodně naštvaný!"

"Díky za pomoc!" E-Z řekl, když se Samem odletěli domů.

Reiki a Hadz vymazali mysl sto deseti, pak pokračovali v práci v dolech a doufali, že si nikdo nevšimne, že přišli na to, jak utéct.

Eriel se dál vymykal kontrole, zatímco formuloval plán pomsty.

EPILOG

P O NĚKOLIKA NÁROČNÝCH DNECH se E-Z konečně pořádně vyspal. Zdálo se mu o baseballu a druhý den za ním přišli Arden a PJ, aby ho vzali na zápas. "Dneska se mi do hraní moc nechce, ale kvůli morálce půjdu s vámi," řekl.

"Jasná věc," odpověděli mu kamarádi.

Jakmile E-Z dostali na hřiště, trvali na tom, aby hrál. Potřebovali, aby chytal, a on souhlasil. Když přišla chvíle, kdy měl být poprvé na pálce, chtěl odpalovat sám za sebe. Popadl svou oblíbenou pálku a vydal se na pálku. První nadhoz byl vysoký a on ho minul. Jeho nadhazovací zóna byla opravdu zhuštěná, protože seděl.

"Strike jedna," zavelel rozhodčí.

E-Z se odkutálel od mety. Udělal ještě pár cvičných švihů a pak se zase vrátil. Při dalším nadhozu se s ním spojil a odpálil.

"Strike dva," zavolal rozhodčí.

"Žádný pálkař, žádný pálkař," štěbetali kluci v poli.

Nadhazovač hodil křivý míč a E-Z se do nadhozu opřel a spojil ho. Letělo to, mimo hřiště. Přes plot. Mimo park.

"Vezměte si mety," řekl rozhodčí. "Zasloužíš si to, chlapče."

E-Z se otočil kolem met a zadržel židli, aby neodletěla. Když se jeho židle dotkla domácí mety, jeho spoluhráči se kolem něj shromáždili a jásali. Užil si to, dokud to trvalo.

Dokud znovu nepřistál v kovovém kontejneru - jenže tentokrát byl stočený do klubíčka - a byl bez židle. Jako novorozeně zhluboka dýchal, protože to bylo to jediné, co mohl dělat. Počkat, miminka se dokázala převrátit. Musel se jen soustředit, soustředit.

Ano, podařilo se mu to. Jediný problém byl, že na tom nebyl o nic lépe. Pořád byl zavinutý, ve tmě. Uzavřený v prostoru bez světla a možnosti se téměř vůbec hýbat. Ve skutečnosti byl tvar kovové nádoby tentokrát jiný. Na jednom konci byla štíhlejší, ve tvaru kulky.

Vědomí toho mu nepomohlo, protože klaustrofobie a úzkost se rozjely na plné obrátky. Přemýšlel, jak dlouho vydrží v tomto stísněném prostoru dýchat. Dlouho ne. Za chvíli by mu došel vzduch a zemřel by. Zhluboka se nadechl a snažil se udržet hladinu úzkosti na nízké úrovni.

Jedno bylo jisté, Eriel se s ním do téhle věci v žádném případě nevejde. Ledaže by rozmetal stěny dokořán - což by nemusel být tak špatný nápad.

E-Z zaklepal na stěny a strop. Křičel. Křičel. Vzpomněl si na svůj telefon. Mohl by na něj dosáhnout? Nebyl tam. Dal si ho do sportovní tašky, aby dodržel pravidlo, že na hřišti se nesmí telefonovat.

Mimo kontejner se ozývaly znepokojivé zvuky. Škrábání. Krysy? Ne, krysy ne. Dokázal se vypořádat s mnoha věcmi, ale ne s krysami. "Pusťte mě ven!" křičel.

Motor se rozběhl. Starší vozidlo, něco jako náklaďák. Podlaha pod ním se začala třást a rachotit, jak se kulka valila dopředu a poskakovala.

Venku se kontejner odrážel od stěn. Uvnitř byl v tak stísněném prostoru, že tam nebylo moc pohybu. To byla jedna z výhod toho, že byl uvězněný v kulce.

Vozidlo do něčeho narazilo a E-Zova hlava se spojila s horní částí té věci. Vykřikl, ale zvuk zanikl. Kovový kontejner se znovu pohnul, do strany. Do něčeho narazil a pak se vrátil do původní polohy. Rameno ho bolelo od nárazu.

E-Z přemýšlel, jestli to není úkol pro Eriel, ale rozhodl se, že to nemůže být pravda. Začal usuzovat, že byl unesen a je držen v zajetí. Ale proč právě teď?

"Hej!" vykřikl, když se kovový předmět rozkutálel a dopadl na ploché dno - tam, kde měl zadek. Teď byla váha rozptýlena rovnoměrněji. Cítil se pohodlně. Nebo tak pohodlně, jak jen za daných okolností mohl být. Zůstal tedy velmi klidný, dokud se vozidlo úplně nezastavilo a on se nepřevrátil na konec.

Zhluboka se nadechl, zklidnil se a nahlas vyslovil slova,

"Roch-Ah-Or, A, Ra-Du, EE, El."

Zatímco čekal, zeptal se: "Kde jsi, Eriel?

Roch-Ah-Or, A, Ra-Du, EE, El?"

"Tys mě zavolal?" Eriel řekl. Jeho hlas zněl jasně a zřetelně, ale nebylo ho vidět.

"Ano, Eriel, myslím, že mě unesli. Jsem v kontejneru. Můžeš mi pomoci?"

"Vždycky vím, kde jsi," řekl Eriel. "Otázka, kterou by sis měla položit, zní: POMŮŽU ti?" "Ne," odpověděl Eriel.

"Nevěděla jsem, že mě máš pod dohledem 24 hodin denně!" E-Z vykřikl a s každým dalším okamžikem se zlobil víc a víc. Několikrát se zhluboka nadechl a uklidnil se. Potřeboval Erielovu pomoc a archanděl mu to nehodlal usnadnit. "Nevidím na řidiče té věci a nemůžu roztáhnout křídla. A kde je moje křeslo? Dochází mi tu vzduch. Jestli chceš, abych pro tebe ty zkoušky dokončil, tak bys mě měl odsud dostat, a to rychle."

"Nejdřív mě urážíš tím, že se ptáš, jestli jsem anděl, nebo ne, a pak mě prosíš, abych ti pomohl. Lidé jsou vskutku velmi vrtkavá stvoření."

"Já vím. Je mi to líto. Prosím, pomoz mi."

"Uvažovala jsi o tom," navrhl Eriel. "Že tohle JE zkouška? Něco, co musíš překonat sama?"

"Chceš mi říct, že tohle je určitě zkouška?"

"Neříkám, že je. A neříkám, že to není," Eriel se ušklíbla.

E-Z se zatetelil. Hadz a Reiki mu tolik chyběli.

"Je smutné, že pořád myslíš na ty dva idioty. A teď E-Z, kdyby to byl soud, tak jak by ses z toho dostal?" "To je pravda," odpověděl Eriel.

"Především mi vyšli vstříc, když jsi málem zabil Zemi. Za druhé, nemůže to být zkouška, protože mi nemá kdo pomoct." "To je pravda.

Eriel se zasmál. "Považuješ se za nikoho?" "Ne. Eriel se odmlčel. "Dnes zachraňuješ jen a jen sebe. Použij nástroje, které máš k dispozici." Zaváhal a pak se znovu zasmál. "Přemýšlej mimo kovovou schránku." Jeho smích byl uvnitř kovové střely tak hlasitý, že z něj E-Z bolely uši. Zakryl si je. Pak už Eriela neslyšel.

E-Z zavřel oči a soustředil se. Rozhodl se zatnout pěsti a pokusit se stěny od sebe odtlačit. Ať se snažil sebevíc, nechtěly se pohnout. Plán B byl přivolat si křeslo, což také udělal. Představoval si, že není daleko. Vznášelo se snad nad ním a čekalo, až ho E-Z vyvolá? Tak moc se soustředil na přivolání křesla, že si ani neuvědomil, že venku někdo chodí. Kroky na chodníku. Jeden muž, boty bušily. Ten muž obcházel vozidlo a mířil dozadu. Klíč vjel dovnitř. Dveře se odklopily.

"Válí se tady," řekl muž.

Zasmál se. Ne Erielův smích. Smích jiného muže.

Pak výkřik.

Pak další výkřiky.

Pak běh. Útěk pryč.

Další výkřiky.

Pak pohyb. Kontejner se pohybuje. Zvedání na vozík.

Pak stoupání vzhůru, výš a výš. Pryč do bezpečí.

"Děkuji," řekl E-Z svému křeslu. "Teď mě odvezte domů ke strýčkovi Samovi."

E-Z věděl, že strýček Sam ho z kontejneru dostane. Potřeboval by obří otvírák na konzervy, ale pokud by nějaký byl k mání, strýček Sam by ho našel.

Jeho vozík se však rozjel opačným směrem.

KNIHA DRUHÁ:
TŘI

KAPITOLA 1

D ALEKO, DALEKO OD MÍSTA, kde žil E-Z Dickens, tančila malá holčička. Její hodiny baletu probíhaly v malém studiu v centrální obchodní čtvrti Nizozemska.

Bylo to hezké dítě se zlatými vlasy a řadou pih táhnoucích se přes nos a tváře. Jejím nejpamátnějším rysem byly oříškově zelené oči. Měly úplně stejnou barvu jako oči její babičky. Jejím snem bylo stát se jednou nejslavnější nizozemskou baletkou.

Její růžová sukýnka byla ušita z tylu. Byla to lehká látka podobná síti, kterou návrháři používali pro profesionální tanečnice. Tutu pro ni navrhla a ušila její chůva. Kostým - umělecké dílo samo o sobě - tak moc, že ho chtělo každé dítě ve třídě.

Hannah, chůva Lii, dostala mnoho žádostí od ostatních rodičů, aby jejich dcerám ušila stejnou tutu. Dětem, jejich rodičům, učitelům a mnohým dalším důrazně řekla, že nemá čas brát si práci navíc. I když by se jí peníze hodily.

Všechno, co Hannah dělala, dělala proto, že svou svěřenkyni Liu milovala. Lia, které říkala Kleintje, což v překladu znamená malá.

Když baletky (v překladu: hodiny baletu) téměř skončily, Lia si sbalila boty. Třela si bolavé nohy.

Všichni baletdansers (v překladu: baletní tanečníci) - dokonce i sedmileté děti jako Lia musely trénovat minimálně dvacet hodin týdně.

Tato práce navíc k plnému školnímu programu vyžadovala odhodlání a nasazení. Dětem, které nestíhaly, byly okamžitě ukázány dveře. Bez ohledu na to, kolik peněz jim rodiče nabídli, že zaplatí za to, aby v programu zůstaly.

Lia doufala, že se jednoho dne setká se svým idolem Igone de Jonghem, nejslavnějším nizozemským baletním tanečníkem všech dob. Od té doby, co její idol odešel do důchodu, Lia sledovala její vystoupení v televizi.

Hannah se o Liu starala ve všední dny. Liaina matka Samantha v týdnu pracovně cestovala.

Mimo taneční studio nasedaly Hannah a Lia do Volkswagenu Golf. Brzy se měly vrátit domů.

"Máš nějaké domácí úkoly?" Hannah se zeptala.

Lia přikývla.

"Goed," přeloženo jako dobrý. "Běž a začni, až budu připravovat večeři," řekla Hannah.

"Oke," přeloženo jako v pořádku, odpověděla Lia.

Lia okamžitě odešla do svého pokoje, kde si pověsila baletní úbor, a pak se pustila do práce u svého stolu.

Ve škole se učili o legendě Čarodějný strom. Jejich úkolem bylo strom nakreslit a vytvořit o něm něco kouzelného. Měla v úmyslu nakreslit obrys křídou. Pak použít čističe dýmek na kořeny a třpytky na listy, aby vznikl kouzelný prvek.

Přestože měla přirozený výtvarný talent, tvorba ji nebavila. Přednost dávala tanci. Nestěžovala si a neodmítala úkoly, které se jí zrovna nelíbily. Nebylo v její povaze být neposlušná nebo rušivá.

Přestože Lia žila v nizozemském Zumbertu, navštěvovala mezinárodní školu. Její angličtina byla výborná. Samotný Zumbert byl po celém světě známý jako rodiště Vincenta Van Gogha. Lia věděla o Van Goghovi všechno, protože jí i jemu kolovala v žilách stejná krev.

Po dokončení domácích úkolů otevřela počítač. Zapnula a hrála hru. Dosažení další úrovně by trvalo jen pár okamžiků. Hannah ji brzy zavolá dolů na avondeten (večeři).

Nikdo se to nikdy nemusí dozvědět, říkal jí tichý hlásek vzadu v mysli. Lia ten hlas poslechla, ale aby se ujistila, že se to nikdo nedozví, zavřela dveře do ložnice.

Když její prsty cvakaly po klávesnici, žárovka nad stolem s prasknutím zhasla. Zavřela notebook a znovu otevřela dveře. Podívala se do chodby, kde byly náhradní halogenové žárovky. Chůva jich měla zásobu ve skříni na prádlo nahoře na schodech. Stačilo, aby Lia vyběhla ven, jednu přinesla, vrátila se a žárovku vyměnila sama. Pak by měla víc času na svou hru.

Zpátky ve svém pokoji zhodnotila situaci. Musela se postavit na židli u stolu - která byla na kolečkách. Pevně ji přitlačila k posteli, aby ji zajistila. Ano, to by mohlo fungovat.

Židli zajistila pod svítidlem a vylezla na ni. Přidržela si novou žárovku pod bradou a odšroubovala tu starou. Vyhořelou žárovku hodila na postel. Vzala druhou žárovku zpod brady a zašroubovala ji.

PRÁSK!

Nová žárovka explodovala.

Vystříkly z ní skleněné střepy, většinou drobné velikosti. Do obličeje a očí holčičky.

Lia hned nevykřikla, protože modré světlo naplnilo místnost a způsobilo, že se čas zastavil. Světlo ji obklopilo, jak se pohybovalo na úrovni jejího obličeje.

ŠVIH!

Objevila se malá andělská bytost, která si prohlížela dívčiny oči. Pak usoudila, že jsou nenapravitelně poškozené, a zašeptala: "Budeš, jedna z těch tří?".

"Ja," přeloženo jako ano, řekla Lia. když se čas zastavil.

Přišel anděl, jehož jméno bylo Haniel. Zpívala Lii uklidňující ukolébavku, zatímco odstraňovala sklo.

Text písně v angličtině zněl:

"Smutné smutné děvčátko se posadilo.

Na břehu řeky.

Dívka plakala ze žalu

Protože oba její rodiče byli mrtví."

V holandštině zněl text písně takto: "Všichni rodiče zemřeli:

"Asn d'oever van de snelle vliet

Eeen treurig meisje zat.

Het meisje huilde van verdriet

Omdat zij geen ouders meer had".

Malá Lia naštěstí spala, takže ji slova ukolébavky nemohla vyděsit.

Když Haniel dokončil ošetření nejhorší části Liiných zranění, položil si ruce na boky a přestal zpívat. Úkol byl téměř splněn, teď už zbývalo jen položit základy pro nové oči své chráněnkyně.

Lia měla obě malé ruce stočené do klubíček. Pevné pěstičky. Haniel nechala svá křídla, aby jemně pohladila sevřené prsty a přiměla je otevřít.

Když byly Liainy dlaně otevřené, andělka Haniel ukazováčkem obkreslila na obou dlaních tvar oka. Na prstech nakreslila na každém z nich jednu jedinou čáru, která vedla od dlaně až ke konci prstu. Svůj úkol anděl Haniel dokončila, jemně políbila Liu na čelo a pak s úsměvem

ŠVIH!

a zmizela.

Čas se znovu rozběhl a naše malá statečná Lia stále nekřičela. Šok to dělá s tělem jako obranný mechanismus a zastavením času se zastavila i bolest. Když Lia konečně vykřikla, nemohla přestat. Ani když přijela sanitka. Ani když ji na nosítkách vynášeli do vozu a k jejímu sborovému křiku se přidala siréna. Ani když ji na nosítkách tlačili do nemocnice. Ani když jí svítili velkým světlem do obličeje, který cítila, ale neviděla.

Přestala křičet, když jí dali sedativa. Pak jí pomocí nejmodernější technologie odstranili zbytky skla. Každý kousek skla však už byl odstraněn. Chirurgové pokračovali a obvázali jí oči, pak ji odvedli do jejího pokoje, aby se zotavila.

Po operaci dorazila Liaina matka Samantha. Přiletěla z Londýna letadlem Red Eye. Setkala se s chirurgem, zatímco její dcera spala dál.

"Je mi líto, ale už nikdy neuvidí," řekl.

Liina matka si vrazila pěst do úst a bojovala s nutkáním naříkat.

Lékař řekl: "Může se naučit Braillovo písmo a navštěvovat školu pro zrakově postižené. Je ve výborném věku na učení a bude nasávat vědomosti. Za chvíli pro ni bude znakování druhou přirozeností."

"Ale moje dcera chce být baletkou. Viděla jste někdy nebo slyšela o nevidomé profesionální tanečnici?" "Ano.

"Alicia Alonso byla částečně nevidomá. Nedovolila, aby ji to brzdilo."

Liina matka pohladila spící dceru po ruce. "Děkuji, zjistím si o ní podrobnosti na internetu. Sedm let je příliš málo na to, aby se člověk musel vzdát svého snu."

"Souhlasím. Teď si taky trochu odpočiň. Lia by se měla brzy probudit a bude potřebovat, abys pro ni byla silná. Na to, až jí to řekneš. Kdybys chtěla, abych tu byl taky, dej mi vědět."

"Děkuji, doktore, nejdřív se to pokusím zvládnout sám."

Když se dveře zavřely, dotkla se Liaina matka znamení na dceřině tváři. Zanechané otisky vypadaly jako rozzlobené kapky deště. Pak se podívala na Liiinu spící chůvu Hannah. Když kolem ní procházela pro vodu, omylem schválně kopla do její levé boty, aby ji probudila. "Ven!" řekla, když Hannah zívla.

Teď na chodbě dala Liaina matka Samantha průchod svým emocím, aniž by se držela zpátky. "Jak jsi mohla dopustit, aby se tohle stalo mému dítěti? Jak jsi mohla!? V jednu chvíli jsem byla na obchodní schůzce - vzápětí jsem musela zkrátit svou služební cestu a chytit první let z Londýna! Co se stalo? Jak se to stalo?"

"Právě jsme se vrátili z hodiny baletu. Připravoval jsem večeři a Lia dodělávala domácí úkoly. Žárovka se musela přepálit. Vzala si ze skříně v předsíni jinou a snažila se ji sama vyměnit, až vybuchla. Když vykřikla, byl jsem u ní během několika vteřin a ziekenwagen (sanitka) přijel vzápětí. Modlil jsem se, aby měla oči v pořádku, aby se jí nic nestalo."

"Takže se modlíš i ve spánku, že?" Samantha se zeptala, aniž by čekala na odpověď. "Artsen (lékaři) říkají, že už nikdy neuvidí," řekla Samantha s nevlídnou jedovatostí v podání.

✳✳✳

Lia MEZITÍM VE SNU letěla s andělem. Objala ho kolem krku a přitulila se k jeho hrudi. Pohyb vozítka ve vzduchu ji kolébal a uklidňoval.

Pak se její mysl převrátila a ona se shora dívala na kovový kontejner. Kontejner seděl na sedadle invalidního vozíku s křídly. Převáželi ji neznámo kam.

Zvedla pravou ruku a pak tu levou a díky nim viděla, že je v něm uvězněný anděl/chlapec. Měl laskavou tvář a oči modřejší než obloha se zlatými skvrnkami, díky nimž se třpytily, i když byl ve tmě. Vlasy měl, většinou světlé, až na pár šedin na spáncích. Ale nejpodivnější byl černý pruh uprostřed. Díky němu chlapec vypadal starší.

Anděl/chlapec v kontejneru jedoucí na sedadle vozíku přiletěl blíž k holčičce v jejím snu. Dotkla se kontejneru, a když to udělala, cítila a slyšela tlukot srdce anděla/chlapce uvnitř. A nejen to, mohla také číst jeho myšlenky a emoce.

Lia se probudila a vykřikla: "Mami! Hano! Pojď rychle!"

"Jsem tady, miláčku," řekla její matka a vrátila se k dceřině posteli.

Hannah si otřela oči a znovu vstoupila do pokoje.

"Není čas, aby ti matka dávala vinu za Hannah. Byla to nehoda. Kromě toho je zapotřebí naší pomoci. Prosím, najděte mi papír a tužky - TEĎ."

"Ona blouzní!" Samantha vykřikla. Zkontrolovala dceři teplotu na čele. Zdálo se, že je v pořádku.

Hannah vytáhla z tašky požadované věci a vložila je Lii do rukou.

Lia bez váhání začala kreslit. Škrábala po papíře jako inspirovaná umělkyně. Samantha a Hannah ji zvědavě pozorovaly.

Na prvním obrázku, který nakreslila, byl chlapec uvnitř kovové nádoby ve tvaru kulky. Kontejner spočíval na sedadle invalidního vozíku a vozík měl křídla. Andělská křídla. Lia otočila stránku a nakreslila druhý obrázek chlapce/anděla uvnitř ze všech úhlů. Ze všech stran. Po prvním obrázku jich maniakálně nakreslila mnohem víc a pak je vyhodila do vzduchu.

Obrázky, jako by je zachytil poryv větru - tančily po místnosti, vznášely se nahoru, pak dolů a pak všude kolem. Jako by byly pod vlivem magického kouzla. Jeden z obrázků chůvu pronásledoval, takže s křikem vyběhla z místnosti.

Lia pevně sevřela pěsti a pak zamumlala nějaká nesrozumitelná slova.

"Mám zavolat doktora?" zeptala se jí hysterická matka. "Moje dítě, ach ne, moje ubohé dítě!"

Hannah se vrátila a roztřeseně se dívala, jak Lia znovu usnula.

Obě ženy seděly u postele dítěte. Pozorovaly ji, jak klidně spí, až nakonec i ony usnuly.

Lia neviděla oříškově zbarvenýma očima, s nimiž se narodila. Nahradily je oči na dlaních.

Její nové oči umístěné na dlaních obsahovaly všechny normální části oka. Jako například zornici, duhovku, skléru, rohovku a slzný kanálek. Každé oko na dlani mělo oční víčko. Horní začínalo tam, kde končily prsty. Spodní končilo tam, kde začínalo zápěstí.

Co se týče řas, každý prst měl na sobě vytetovanou linii vlasů. Od horního víčka až tam, kde začínal nehet, stejně jako palec.

Což bylo dobře, protože žádná mladá dívka by nechtěla, aby jí na prstech rostly chloupky.

Zvláště ne malá dívka jako Lia, která doufala, že se jednou stane skvělou baletkou.

KAPITOLA 2

K DYŽ SE PROBUDILA, DLANě ji velmi svědily. Vlastně ji svědily víc než kdykoli předtím. Což jí připomnělo něco, co jí jednou řekla babička. Babička říkala, že když vás svědí pravá ruka, znamená to, že budete dostávat peníze, a to hodně. Když tě svědí levá ruka, znamená to, že o peníze přicházíš. Nikdy neřekla, co se stane, když ji budou svědit obě dlaně najednou.

Záblesk anděla/chlapce uvězněného v kontejneru ji vrátil do reality. Rozevřela dlaně a chystala se poškrábat. Místo toho byla šokována, když v nich spatřila svůj odraz. Usmála se, jako by pózovala pro selfie.

Stále si nebyla stoprocentně jistá, jestli se jí to nezdá, a tak od sebe odvrátila obě dlaně. Jejím záměrem bylo pořídit panoramatický pohled na místnost.

Zdobilo ji to, jako by plavala uvnitř akvária. Klauni a zlaté rybky se pilně honili za ocasy. Pokračovala v pohybu rukama po místnosti, dokud nenašla Hannah. Pak našla její matku. Vypískla radostí.

Liaina matka Samantha vyskočila stejně jako Hannah.

"Co se děje, zlato?"

"Mami? Vidím tě."

"Samozřejmě, že vidíš, miláčku."

"Věříš mi?"

"Ano, samozřejmě, že ti věřím. Ale řekni mi něco, proč jsi předtím nakreslila vozík s křídly? Invalidní vozíky nemají křídla."

Nevidí moje nové oči, pomyslela si Lia. "Mám tě ráda, mami, ale některé invalidní vozíky mají křídla a někteří andělé létají na vozících s křídly."

"Taky tě mám ráda, zlato," odpověděla. "Jaký kluk/anděl? Zdálo se ti něco?"

"Je tam kluk anděl," řekla Lia.

"Chlapec/anděl? Kde, zlato?"

Lia rozevřela dlaně a přemýšlela o chlapci/andělovi. Přemýšlela tak usilovně, že ho viděla, slyšela, cítila jeho přítomnost ve své mysli. "Anděl/chlapec sem za mnou přichází," řekla.

"Sem, miláčku?" zeptala se matka a pohlédla směrem k chůvě, která pokrčila rameny.

"Ano, andělský chlapec potřebuje mou pomoc. Přijel za mnou až ze Severní Ameriky." "Ahoj," odpověděla.

"Když jsi kreslila ty obrázky," zeptala se Hannah, "kreslila jsi podle vzpomínek na anděla/chlapce?"

"Nebo ze snu?" zeptala se matka.

"Začalo to jako sen, ale teď už ho vidím, i když jsem vzhůru."

"Když mě vidíš, dítě, tak co mám na sobě?"

"Vidím tě, mami, ne svýma starýma očima. Ale svýma novýma. Máš na sobě červené šaty a kolem krku perly."

Starší pacient, který procházel kolem jejího pokoje, se zarazil, když spatřil dítě, které drželo před sebou otevřené dlaně. To je ona, pomyslel si, a aby si to potvrdil, nemusel čekat dlouho. Lia totiž vycítila přítomnost další osoby a otočila levou dlaň směrem ke dveřím. Stařec viděl, jak její dlaň mrkla, a pak jí zmizel z dohledu.

"Hádá," nadhodila Hannah a odvrátila Lianinu pozornost od dveří.

Přišla sestra a Lia, která ji nikdy předtím neviděla, řekla: "Dobrý den, sestro Vinkeová." "Dobrý den, sestro Vinkeová?" zeptala se.

"Už jsme se někdy potkaly?" Zeptala se sestra Heidi Vinkeová.

Lia se zachichotala. "Ne, ale umím si přečíst vaši jmenovku."

"Říká, že vidí, když má nové oči," řekla Liaina matka.

"Tak, tak," odpověděla sestra Vinkeová a místo holčičky se věnovala matce. Dítěti nevadilo, když sestra Vinkeová odvedla matku ven, aby si s ní promluvila v soukromí.

"Je normální, že vaše dcera za těchto okolností používá svou představivost, přišla o zrak. Je to veselé děvčátko, i když se jí stala strašná věc." "To je pravda.

Samantha přikývla a obě se vrátily k Lii.

"Musíš být unavené dítě," řekla sestra Vinkeová a změřila holčičce tep.

"Nejsem," řekla Lia. "Právě jsem se probudila a nechci znovu usnout. Kdybych teď usnula, mohla bych ho propásnout."

"Koho?" Vinke se zeptal a přikryl holčičku.

"No přece toho chlapce/anděla," řekla Lia. "Už se blíží. Už je skoro tady - a potřebuje mou pomoc. Nemůžu se dočkat, až se s ním setkám. Urazil dlouhou, dlouhou cestu, jen aby mě viděl."

"Tak, tak, dítě," houkl Vinke. Vtiskla Lii do paže jehlu naplněnou lékem vyvolávajícím spánek.

Lia protestovala, ale pak okamžitě usnula.
"Dobrou, dobrou, dítě," houkla na ni matka.

✳ ✳ ✳

S TARŠÍ MUŽ SE VRÁTIL do svého pokoje a zvedl telefon. Pak si vyžádal vnější linku.

"Je tady," zašeptal do telefonu. "Viděl jsem ji na vlastní oči - přímo tady v nemocnici na konci chodby od mého pokoje."

Rozhostilo se ticho a pak se na druhém konci ozvalo cvaknutí. Starý muž se dostal do postele. Dálkovým ovladačem zapnul televizi.

Jeho oblíbený program: Právě začínal pořad Now or Neverland (známý také jako Fear Factor). Chtěl se podívat, co ti blázniví blázni v tomto díle vymyslí.

KAPITOLA 3

E-Z SE STÁLE TÍSNIL ve stříbrné kulce a už se necítil tak sám. V duchu si totiž povídal s malou holčičkou.

Do mysli mu vstoupila v doprovodu záblesku světla a výkřiku. Byla zraněná. Sledoval, jak jí anděl Haniel pomáhá. Poslouchal, jak Haniel zpívá holčičce píseň, zatímco odstraňuje sklo.

To, co následovalo, bylo nečekané. Anděl Haniel nakreslil holčičce na dlaň a prsty čáry. Haniel daroval dítěti nový druh zraku. A oči na dlani.

Hned věděl, že osud holčičky je spojen s jeho osudem.

Zpočátku ji sice v duchu viděl, ale nedokázal s ní komunikovat. Bylo to, jako by v duchu sledoval televizní program bez zvuku. Pak, když se dítěti zdál sen, přišla k němu a položila mu ruce na kulku, v níž byl uvězněn. Pak věděl, co ví ona, a ona věděla, co ví on, a byli propojeni.

První slova, která mu řekla, zněla: "Nemám ráda tmu." V tu chvíli se jí zdálo, že se jí to nelíbí.

E-Z odpověděl: "Neboj se. Jsem tady. Jmenuji se E-Z. A jak se jmenuješ ty?"

"Jmenuji se Cecilie," odpovědělo dítě. "Ale kamarádi mi říkají Lia. Můžete mi říkat Lia. Je mi sedm let. Kolik je tobě?"

E-Z si myslel, že je dítě mladší. "Je mi třináct," řekl. "Jsem ze Severní Ameriky."

"Já žiju v Nizozemsku," řekla Lia.

Oba mlčeli, když Lia použila dlaně a podívala se na něj uvnitř ocelové kulky.

"Co tam děláš?" zeptala se.

E-Z se zamyslel, než odpověděl. Nechtěl dítě vyděsit, s pravdivým příběhem v tom, že byl unesen jako zkouška archandělem. Chtěl jí říct pravdu, ale nebyl si jistý, jestli ji zvládne, když je tak malá.

Řekl: "Nejsem si úplně jistý, proč jsem se sem dostal, ale myslím si, že to bylo tak, že jsem se sem dostal, abych se s tebou setkal." "A proč?" zeptal se. Zaváhal, poškrábal se na hlavě a zeptal se: "Znáš Eriel?" "Ano," odpověděla.

Lia byla polichocena, že za ní přišel, ale zároveň se obávala, že byl takto převezen kvůli ní. "Je mi moc líto, jestli jsi proti své vůli nucen cestovat tudy, abys mě poznal. A ne, tohle jméno mi není známé." "Ahoj.

E-Z byl na Liu velmi zvědavý. Protože říkala, že je Holanďanka, nesmírně ho zaujalo, jak skvěle umí anglicky.

"Cítila jsem tě, ale nemohla jsem tě vidět, dokud mi nenarostly oči, mé nové oči. Předtím jsem mohla číst tvé myšlenky. Mohla bys číst ty moje? Jo, a děkuji, co se týče mé angličtiny."

"Viděla jsem, co se ti stalo, tu nehodu. Je mi hluboce líto, že se ti něco stalo. Kvůli téhle věci jsem ti nemohl pomoct." "To je pravda. Tloukl pěstmi do stěn. Zakryl si uši, protože se ozývaly dunivé zvuky. "Když se ti to zdálo, byl jsi se mnou. V mé hlavě."

Lia sevřela pravou pěst, levou nechala otevřenou a dotýkala se vnější stěny. Její dlaň se mihla otevřená a pak zavřená, otevřená a pak zavřená. Neřekla nic, jen se dívala před sebe jako někdo, kdo je v transu.

E-Z se v tu chvíli rozhodl, že jí poví svůj příběh.

"Moji rodiče zahynuli při autonehodě. A já jsem přišel o nohu."

Na tomto místě se zastavil. Přemýšlel, kolik jí toho má říct.

Toto zaváhání rozhodlo za něj.

Spala tvrdě.

KAPITOLA 4

V NEMOCNICI MĚL SLUŽBU nový lékař. Krátce se podíval do Liainy karty. Když viděl, že Cecelie stále spí, pošeptal její matce.

"Musíme vaši dceru odvézt do druhého patra na další vyšetření."

"Je to naléhavé?" Zeptala se Liaina matka. "Spí tak klidně, byla by škoda ji budit." "Ne," odpověděl.

Lékař, jehož jmenovku zakrýval límec lékařského saka, se usmál. "Není třeba ji budit. Můžeme ji zasunout do přístroje, dokud spí. Někteří pacienti, zejména ti mladší, to tak mají raději."

Samantha se podívala na hodinky. "Jistě, půjdu s ní dolů."

"To není třeba," řekl doktor. "Za chvíli mi přijdou asistenti. Využijte čas a dejte si sendvič nebo šálek heřmánkového čaje - moje žena na něj přísahá. Pomáhá jí uvolnit se a usnout."

"Děkuji," řekla Samantha, když přišli dva ošetřovatelé. Dva statní muži v pouličním oblečení zvedli Liu z postele a položili ji na nosítka s kolečky. Lékař vytáhl zespodu nosítek přikrývku a přikryl Liu. "Udržíme ji v teple a za chvíli jsme zpátky. Nezapomeňte využít této chvíle a dopřát si čaj nebo kávu." Všichni se usmáli.

Zatímco Hannah spala dál, Samantha sledovala ošetřovatele a lékaře, jak tlačí její dceru chodbou. Nyní u čekajícího výtahu sledovala pozorněji. Když se dveře výtahu zavřely, procházela chodbou a ignorovala vnitřní pocit, který ji hlodal. Zahnala ho, řekla si, že má hlad, a zamířila do jídelny. Bylo tam velmi rušno. Převážně s personálem, který měl na sobě křoví.

Když si připravovala a usrkávala čaj, napadlo ji, že žádný ze zaměstnanců nenosí pouliční oblečení.

"Promiňte," řekla jednomu z lékařů. "Co je ve druhém patře? Tam se dělají rentgenové snímky a tělesné skeny?" "Ano," odpověděla.

"Druhé patro je porodnice," zavrtěl hlavou.

Samantha se zvedla ze židle, převrhla horký čaj a vylila si ho na klín. Když vykřikla, ze všech stran se sjeli pomocníci.

"Moje dcera!" vykřikla. "Doktor se dvěma asistentkami právě odvezli mou dceru Liu na nosítkách. Říkali, že ji vezou do druhého patra na nějaké testy. Pokud je druhé patro určeno pro porodnici, proč by ji odváželi?

Její výbuch přitahoval příliš mnoho pozornosti. A tak ji lékař, kterého oslovila jako prvního, přemluvil, aby vyšla ven.

Vrátili se do Liaina pokoje. Samantha jí vše podrobněji vysvětlila. Ještě že se podívala na hodinky, aby jim mohla říct přesný čas, kdy se to všechno stalo.

"Tohle je vážná věc," řekl doktor Brown. "Nechte to na mně. Po celé nemocnici máme bezpečnostní kamery. Možná jste se přeslechla ohledně druhého patra? Možná je v sedmém patře a právě teď ji skenují. Nechte to na mně. Sedněte si tady a já se k vám co nejdříve vrátím."

Samantha se posadila a všechno Haně vysvětlila. Podělily se o sendvič s tuňákem a usilovně se snažily nedělat si starosti.

ZATÍMCO LIA SPALA DÁL, muž, který ve skutečnosti nebyl lékařem, a stážisté, kteří nebyli stážisty, opustili budovu. Šli k čekajícímu autu. Nosítka nechali na parkovišti.

Doktor Brown svolal schůzku se správcem. Pomocí kamerového systému se stali svědky Liaina únosu. Upozornili policii a uvedli popis vozidla. Kamery bohužel nezachytily údaje o poznávací značce.

"Chvíli počkáme," řekla Helen Mitchellová, správkyně nemocnice. Za několik dní odcházela do důchodu. "Než budeme informovat matku té holčičky. Nechceme jí přidělávat starosti."

"To nemůžu udělat," řekl doktor Brown.

"Policie by mohla dítě přivést zpět co nevidět."

"Doufám, že máte pravdu. Přesto je to starost. Doufejme, že se nedostanou daleko."

Zazvonil telefon, byla to policie. Vyhlásili po holčičce pátrání na všech místech (APB). Požádali o její aktuální fotografii.

"Chtějí aktuální fotku," řekla Helen Mitchellová.

"Jediný způsob, jak ji získat, je požádat její matku," řekl doktor Brown.

Helen přikývla, když se Brown otočil k odchodu.

"Řekněte jim, že jim ji co nejdřív pošleme faxem."

"Pošlu tam někoho z traumatologického týmu," řekla Helen. Pak k policii do telefonu: "Je slepá a je jí teprve sedm let. Proč se proboha ti tři muži tak složitě snažili, aby ji takhle odvezli z nemocnice?"

"To nedokážu říct," řekl policista na druhém konci.

KAPITOLA 5

E-Z OKAMŽITĚ POZNAL, ŽE s jeho novou kamarádkou Liamou není něco v pořádku. Měla spát na nemocničním lůžku, ale její postel byla v pohybu. Co se to děje?

Uvažoval, že ji vzbudí, ale co by mohla dělat, i kdyby to udělal? Ne, nejlepší bude, když bude spát dál - dokud ji nenajde a nezachrání. Už takhle se jí pilně zdálo o tom, jak předvádí baletní tanec. Nikdy předtím baletu nevěnoval velkou pozornost, ale zdálo se mu, že tahle holčička má talent. A tančila pomocí očí v rukou, když se pohybovala po jevišti.

E-Z se v duchu přenesl na její místo bez větší námahy. Byla tam, tvrdě spala na zadním sedadle jedoucího vozidla. Vypadala tak klidně, protože byla ve své mysli pryč a dělala něco, co milovala - tančila.

Rozšířil svůj pohled a uviděl tři hlavy. Ta, která řídila, byla normální velikosti a postavy. Kdežto zbylí dva muži vypadali jako fotbalisté.

"Zrychlete!" E-Z přikázal svému křeslu, ale to už tak učinilo.

Jak jí chtěl pomoci, když byl stále uvězněný uvnitř stříbrné kulky? Potřeboval ji rozbít na padrť - a to raději dříve než později. Zatím každá snaha o její rozbití nefungovala.

Přemýšlel, proč ji ti muži unesli. Věděli snad o jejích schopnostech? Jak to mohli vědět? Většina nemocnic měla kamerový systém, mohli ji sledovat? Nedávalo to však žádný smysl. Byla to sedmiletá slepá dívka. Co od ní chtěli?

Zatímco E-Z pálil rychlostí oblohy, nemohl si pomoct a přemýšlel, proč ji unesli. Chtěli snad požadovat výkupné?

Každopádně pokud jim šlo o tohle, dávalo mu to větší smysl. Lepší, než kdyby věděli, že ji viděli. Se zvláštními schopnostmi k tomu. Přesto bylo jeho prioritou číslo jedna dostat se z kulky.

Vykřikl. "POMOC!" jako už mnohokrát předtím.

POP.

"Ahoj," řekl Hadz, zatímco seděl E-Zovi na rameni. "Co tady sakra děláš? Tohle místo je pro tebe příliš malé." Hadz vykulila oči.

E-Z byla víc než nadšená, že Hadz vidí. Popadl malé stvoření a pevně si ho přitiskl k hrudi.

"Ehm, pozor na křídla," řekla Hadz.

E-Z stvoření pustil. "Děkuji, že jsi přišla a odpověděla na mé volání. Rozhodně potřebuju, abys mi pomohl přijít na to, jak se z téhle věci dostat. Vím, že jsi byl z mého případu vyřazen, ale je tu malá holčička jménem Lia a ta je v nebezpečí a potřebuje mě. Prostě mi musíš pomoct. Eriel to určitě pochopí."

"Aha, takže ty v té věci nechceš být?" "Ano," odpověděla jsem. Hadz se zeptal.

"Ne, nechci tady být. Chci ven, ale jak?"

"Prostě to udělej," řekl Hadz.

"Už jsem zkusil všechno. Strany se nechtějí pohnout. Přivolala jsem na pomoc Eriela, ale ten mi řekl, že jsem v tomhle sama." "Cože?" zeptala jsem se.

"Ach, to by se mu nelíbilo. Nemám ti pomáhat, ale jedno ti říct můžu: ber ohled na své okolí." "Cože?" zeptal se.

"To ti nepomůže," řekl E-Z a snažil se úplně neztratit nervy. "Požádal jsem křeslo, aby mě odvezlo ke strýčkovi Samovi. Ten by mě z toho určitě dostal. Ale křeslo mé přání ignorovalo. Teď má malá holčička potíže a potřebuje mou pomoc. Když se nemůžu dostat ven, nemůžu pomoct sám sobě, a když nemůžu pomoct sám sobě, nemůžu pomoct ani jí. Prosím. Řekni mi, jak se odsud dostanu. Vypusť mě ven nebo tak něco."

Stvoření zavrtělo hlavou a pak vyletělo na vrchol kulky. Dotkla se špičky. "Vezmi v úvahu fyziku. Pokud jsi uvnitř kulky, které se tahle věc podobá, pak musíš být vybitá. Vystřelit. Správně?"

E-Z zvažoval své možnosti. Mohl říct křeslu, aby ho upustilo a vystřelilo k zemi. Země by jeho pád přerušila. Zlomila by kulku dokořán? Rozhodl se, že to za to riziko stojí. "Dobře," řekl E-Z, "musím židli přimět, aby mě pustila, ne?" "Dobře," řekl.

Tvor se zasmál. "Jsi vtipný, E-Z. Kdybys spadl z téhle výšky, tahle věc by se zapíchla do země. Tedy za předpokladu, že by při dopadu nevybuchla. A s tebou v ní." Znovu se zasmála. "Nebo bys při pádu nezemřel. Kdybys zemřel, nemohl bys tu holčičku zachránit. Hej, o jaké holčičce to vlastně mluvíš?"

"Jmenuje se Cecelie, Lia, a je v Nizozemsku, nedaleko místa, kde jsme teď my." "A co se stalo s tou holčičkou?" zeptal jsem se.

Hadz nahmatal špičku kontejneru, kterou E-Z neviděl a ani na ni nemohl dosáhnout. Stvoření do něj strčilo. Válec se uvolnil a vyskočil jako tulipán. Hadz pomohl E-Zovi z náboje ven a za chvíli už seděl v křesle a držel tu věc na klíně. E-Zova křídla se rozevřela. Bylo příjemné je protáhnout.

E-Z vzlétl po obloze a nesl válec, který upustil do Severního moře.

Trojice, E-Z, křeslo a Hadz, letěla velkou rychlostí a letěla směrem k Severnímu Holandsku, kde se řítilo auto.

"Díky," řekl E-Z.

"Není zač," odpověděl Hadz. "Zůstanu tady, kdybys mě potřeboval."

"Úžasné!"

KAPITOLA 6

E-Z DOHÁNĚL AUTO, KTERÉ se blížilo k Zaandamu. Zkontroloval, že Lia stále spí na zadním sedadle. Už ale nesnila, takže se obával, že se brzy probudí.

Jeho vozítko změnilo kurz, zrychlilo a vynulovalo se na auto, pak se nad ním vzneslo. Falešný doktor, který řídil, zahlédl v bočním zrcátku vozík za nimi.

"Wat is dat vliegende contraptie?" zeptal se. (V překladu: "Vozíčkářský vozík: Co je to za létající udělátko?"

Oba zločinci otočili hlavy.

Jeden z nich řekl: "Ik weet het niet, maar versnel het!" (Překlad: Nevím, co to je, ale je to v pořádku: "Nevím, ale urychlete to!" (Nevím, ale urychlete to!)

Druhý grázl se zasmál a pak vytáhl z palubní desky pistoli. (V překladu: přihrádka na rukavice.) Zkontroloval, zda v ní nejsou náboje. Zaklapl ji a cvakl pojistkou.

E-Zův invalidní vozík s cinknutím přistál na střeše auta.

Řidič prudce zabrzdil, čímž způsobil, že vozík sklouzl dopředu. Sjel po čelním skle směrem dopředu a pak po kapotě.

E-Z se zvedl, zavěsil se a otočil se k nim čelem.

"Co to?" vykřikl řidič, když ztratil kontrolu nad autem, což způsobilo jeho smyk a kličkování.

E-Z a vozík se zvedli, couvli a chytili se nárazníku auta, což způsobilo jeho úplné zastavení.

Okamžitě se otevřel prostor pro spolujezdce a ozvaly se výstřely.

Na zadním sedadle Lia chrápala dál.

Hromotluk s pistolí se vykutálel ze dveří a pak se na kolenou připravil vystřelit na E-Za.

Odněkud se vynořil Hadz a vyrazil zločinci zbraň z ruky. Pak mu svázala ruce za zády a nohy za zády jako teleti na rodeu.

Druhý grázl se vydal přímo na E-Z, který ho chytl lasem za opasek. Grázl upadl, takže si mohl snadno omotat pásek kolem nohou.

Chlap se pokusil odskočit, ale daleko se nedostal. Teď, když byl zastaven, šli po doktorovi pomocí klecového mechanismu křesla. Doktor byl chycen a znehybněn.

Lia to všechno prospala, dokonce i když ji Hadz zvedl z vozidla a odnesl do bezpečí.

E-Z umístil všechny tři muže vedle sebe na zadní sedadla auta.

"Pro koho pracujete?" zeptal se.

"Nerozumějí anglicky," přelétl ho Hadz. Mužům E-Zovu otázku přeložila. Poté, co falešný doktor odpověděl, Hadz překládala. "Říká, že nevědí, pro koho pracují." "Pro koho pracují?" zeptal se.

"To je směšné. Unesli dítě z nemocnice. Zeptej se jich, kam ji tedy odváděli? A jak se o ní dozvěděli?" "Ano," zeptal se.

Hadz to přeložil. Falešný doktor opět odpověděl: "Řekli nám, že ji máme odvést do přístavu a že tam na ni někdo bude čekat. To je všechno, co víme."

E-Z jim nevěřil, ale Hadz potvrdil, že skutečně mluví pravdu. "Co s nimi chcete dělat?" zeptala se.

"Můžete jim vymazat mozek? A mysli těch, na které jsou napojeni. Tihle tři jsou kolečka ve stroji. Chceme vymazat mysl toho člověka v docích. Aby na ni všichni zapomněli - navždy."

"Hotovo," řekla.

"Páni, jsi rychlá!"

E-Z a Hadz v křesle zamířili zpátky do nemocnice, právě když se Lia začala probouzet. Pohnula hlavou, ucítila, jak jí vítr čechrá vlasy, a přitulila se k E-Zově hrudi. Otevřela pravou dlaň a podívala se na svého přítele, chlapce/anděla. Zasmála se a pevně ho objala. Když si všimla malé vílí bytosti na E-Zově rameni, použila oči dlaně, aby se na ni podívala.

"Jsi tak malý a roztomilý," řekla.

"Těší mě, že jsi to ty," řekl Hadz. "A děkuji ti."

Letěli směrem k nemocnici.

"Už jsi v bezpečí," řekl E-Z.

"A už nejsi v té věci," řekla Lia.

"Hadz mi pomohl dostat se ven," řekl E-Z a zamával křídly.

"Kde jsi je vzal?" Lia se zeptala. "Můžu si je vzít?"

E-Z se usmál. Nebyl si jistý, kolik jí toho má říct. Obával se, co by Eriel řekla, kdyby toho prozradil příliš. "Dostal jsem je po smrti rodičů."

"Ale proč?" vyzvídala malá Lia.

"Začal jsem zachraňovat lidi," řekl E-Z.

"Chceš říct, že nejsem první člověk, kterého jsi zachránil?" "Ano," odpověděl.

"Ne, to nejsi."

Hadz si odkašlala, což byl signál pro E-Z, aby přestala mluvit.

Letěli dál mlčky. Holčička objímala E-Zovu hruď. Vozíčkářka věděla, kam má jet. Hadz se opět cítila potřebná.

E-Z byl ztracený ve svých myšlenkách. Přemýšlel, jestli byla záchrana Lii tou hlavní zkouškou. Nebo jestli tím, že se dostal z kulky, byl úkol splněn. Možná to bylo dva za jednoho! Kolik by jich tedy bylo? Musel si je zapsat, aby měl přehled. To dělal do svého deníku, ale v poslední době neměl na zapisování moc času.

"Slyším, jak přemýšlíš," řekla Lia. Obě dlaně měla otevřené. Sledovala E-Zův zevnějšek a zároveň poslouchala, na co myslí uvnitř. "Chci se o těch zkouškách dozvědět víc. A chci vědět, proč vidím rukama, a ne očima. Myslíš, že to ten Eriel bude vědět?"

POP

Hadz na odpověď nečekal.

"Nemocnice je dole," řekl E-Z.

Křeslo se pomalu spustilo dolů a oni vešli dovnitř nemocnice. E-Z a křídla křesla zmizela. Prodíral se chodbou a našel Liain pokoj. Čekala tam její matka.

"Zatkněte toho chlapce," křikla Liaina matka.

E-Z byl ohromen. Proč by ho měla chtít zatknout? Právě jí zachránil dceru.

"Ale mami," začala Lia.

Přišla policie. Sáhli za E-Z a nasadili mu pouta.

Než je zavřeli, Lia vykřikla. Pak rozevřela dlaně a natáhla je před sebe. Z očí jejích dlaní vyšlo oslepující bílé světlo, které způsobilo, že se všichni v místnosti kromě ní a E-Z včas zastavili. Malá Lia zastavila čas.

"Super! Jak jsi to udělala?" E-Z vykřikl, když pouta s cinknutím spadla na podlahu.

"Já, já nevím. Chtěla jsem tě ochránit. Zachránit tě." Zastavila se a poslouchala. "Někdo přichází, musíš odsud vypadnout. Cítím, že přichází někdo další, a ty musíš být pryč."

"Někdo?" E-Z se zeptal. "Víš kdo?"

"Nevím. Vím jen, že přichází někdo jiný a ty musíš jít - okamžitě."

"Budeš, dobře? Chtějí ti ublížit?"

"Budu v pořádku - jdou si pro tebe - ne pro mě. Okamžitě odsud vypadni."

"Kdy tě zase uvidím?" E-Z se zeptal, když rozbil nemocniční okno, vyletěl ven a čekal, až odpoví.

"Vždycky mě uvidíš, E-Z. Jsme propojeni. Jsme přátelé. Vypadni odsud a já už se postarám o zbytek." Políbila ho.

Lia si vlezla do postele, přitáhla si peřinu až ke krku a předstírala, že tvrdě spí, než se svět opět dal do pohybu.

"Co se stalo?" zeptala se jí matka.

Všechno bylo zase v pořádku. Lia ležela v posteli nezraněná.

Svět pokračoval stejně jako předtím, zatímco E-Z opět okřídleně zamířil domů.

"Díky, Hadz za pomoc," řekl E-Z, i když už byla pryč. Nějak věděl, že ať je kdekoli, slyší ho.

KAPITOLA 7

K DYŽ E-Z LETĚL PO obloze, uvědomil si, že má hlad. Pod ním byl Big Ben. Rozhodl se přistát a dát si anglickou rybu s hranolky.

Když křeslo klesalo, všiml si bílé dodávky, která se rychle pohybovala po silnici. Stála souběžně se školou. Viděl rodiče ve vozidlech i pěší, kteří čekali, až si vyzvednou své děti.

Když dodávka zahnula za roh, zrychlila.

Jeho vozík se řítil dopředu a zapadl za vozidlo. Jízda byla čím dál bezohlednější, jak se blížil ke škole. Děti začaly vycházet ven.

E-Z se chytil zadní části dodávky. S vypětím všech sil ji s kvílením zastavil.

Řidič šlápl na plyn a snažil se odjet. Měl nulové štěstí. Neviděli, co nebo kdo je zdržuje.

E-Z rozbil zámek na kufru, sáhl dovnitř a vytáhl startovací kabely. Židle se vymrštila dopředu a přistála na střeše vozidla. E-Z použil startovací kabely k přivření dveří kabiny. Řidič se nemohl dostat ven.

Vzduch naplnily zvuky sirén.

E-Z vzlétl a všiml si, že si ho několik lidí fotí na telefony, a letěl stále výš a výš.

V žaludku mu kručelo a vzpomněl si na rybu s hranolky. Protože neměl britskou měnu, stejně za ně nemohl zaplatit, a tak se vydal na cestu domů.

Pomyslel na strýce, který se divil, kde je, a napadlo ho, že by mohl zanechat vzkaz, a začal tak činit: "Jsem na cestě domů." "Ahoj," řekl.

Klik.

"Kde jsi?" Strýček Sam se zeptal.

E-Z byl rád, že to není vzkaz!

"Právě letím nad Británií. Je příjemný den na létání, nemyslíš?"

"Cože? Jak?"

"To je na dlouhé povídání, vysvětlím ti to, až se vrátím."

"Vy jste v letadle?"

"Ne, jsem tu jen já a moje židle."

Dole E-Z viděl, jak si ho lidé fotí. Když zahlédl, že se k němu blíží letadlo 747 místního dopravce, uvědomil si, že má problém. Než stačil vyletět výš, už ho fotily kamery a zveřejňovaly je na všech sociálních sítích.

"Promiň, Eriel," řekl a vznesl se výš. "Znáš to rčení, že každá reklama je dobrá reklama? No..." E-Z se zasmál. Když ho Eriel viděl každý den a každou hodinu, proč ho musel volat na pomoc? Něco mu na tom nesedělo. Ne já, archandělé chtěli, aby dokončil zkoušky.

Projel jím mráz, když se obloha změnila, jak černá mračna vířila a pulzovala všude kolem něj. Letěl dál a snažil se zrychlit, ale pak začaly létat blesky a on se jim musel vyhýbat. Pak si vzpomněl na letadlo. Viděl, že úspěšně přistává a lidem se nic nestalo. Pokračoval směrem k domovu.

Po bouřce vyšly hvězdy. Jeho křeslo stále mávalo křídly, zatímco E-Z si zdřímnul.

"E-Z?" Lia se mu ozvala v hlavě. "Jsi tam?"

Trhnutím se probral, zapomněl, že sedí v křesle, a vypadl. Začal padat, ale jeho křídla se roztočila a za chvíli byl zase zpátky v křesle.

"Je všechno v pořádku, maličká?" zeptal se.

"Ano, myslí si, že to byl jen sen, že jsem s tebou mluvil. Kreslil jsem ti obrázky. Maminka ví, jaká je pravda, ale nechce se k tomu postavit čelem."

"Aha, dělá ti to starosti?"

"Ne, moje síly rostou. Cítím je a vím, že se něco blíží. Něco, s čím budeš potřebovat mou pomoc. Brzy se vrátím domů. Zeptám se maminky, jestli tě můžeme navštívit. Brzy."

"Cože?" "Tvoje máma by měla zavolat mému strýčkovi Samovi a mohli by si popovídat?" "Ano," odpověděl jsem.

"Ano, to je chytrý nápad. Máma viděla fotky a už se s tebou setkala, ale nepamatuje si to. Jako by jí někdo vyčistil mysl, nebo její vzpomínky na tebe spí."

"Jsi si jistý, že je to správné?" "Ano.

"Určitě. Musím být tam, kde jsi ty. Musím ti pomoct."

E-Z se v hlavě rozhostilo prázdno. Lia byla pryč.

Dospívající myslel na Liu, jak přichází do Severní Ameriky. Byla to malá holčička, vidící rukama, to ano, ale jak by mu mohla pomoci? Pomohla mu utéct, ale on byl z jejího zapojení zmatený. Nechtěl ji vystavit nebezpečí. Znovu zavolal na Eriel. Vyvolal zpěv, ale nic se nestalo.

Prohlížel si krajinu a na chvíli se zbavil myšlenek na malou holčičku. Už byl skoro doma. Díky bohu, že měl upravenou židli a mohl cestovat F-A-S-T!

KAPITOLA 8

Těsně PŘED NÍM E-Z spatřil pobřeží. S úlevou si povzdechl, dokud si nevšiml velkého ptáka, který mířil přímo k němu. Když se přiblížil, uvědomil si, že je to labuť. Nebyla to ale labuť normální velikosti. Byla obrovská, stejně jako její rozpětí křídel, které odhadoval na více než sto padesát centimetrů. Byla to ta samá labuť, která k němu předtím promluvila. A nejen to, všiml si také jasného červeného světla, které se mihotalo na ptačím rameni.

Labuť se stočila a pak mu ztěžka dosedla na ramena. Přistoupila na něj.

"Tak ahoj," řekl E-Z a pohlédl na krásného tvora, když se ustálil.

"Húúú," řekla labuť. Pak zavrtěla hlavou, otevřela zobák a řekla: "Ahoj E-Z."

"Myslím, že ti dlužím poděkování," řekl.

"Oh, nemáš zač. A doufám, že ti nevadí, že jsem si stopla," řekla labuť a načechrala si peří.

"Ehm, žádný problém," odpověděl E-Z.

"Tohle je můj mentor Ariel," řekla labuť.

WHOOPEE

Červené světlo nahradil anděl.

"Ahoj," řekla a sedla si E-Zovi na koleno.

"Uh, rád tě poznávám," řekl.

"Čím ti mohu být prospěšný?" zeptal se.

"Doufám, že vy a tady můj přítel labuť budete moci navázat partnerství."

"Jak to?" zeptal se.

"Můj chráněnec toho má za sebou hodně. Až se bude cítit připravený, může tě zasvětit do podrobností, ale zatím potřebuji, abys mu pomohl tím, že mu dovolíš, aby ti pomohl se zkouškami. Pomoc by se ti hodila, že?"

"Podle toho, co jsem pochopil," řekl směrem k Ariel. Pak k labuti: "Nic proti tobě, kamaráde." Nyní k Arielovi: "Je to tak, že mi nikdo nemůže pomoci v mých zkouškách. To přišlo přímo od Eriel a Ophaniela."

"Už jsem si to s nimi vyjasnil. Takže jestli je to tvá jediná námitka," odmlčela se a pak se zeptala

WHOOPEE

a byla pryč.

Poté E-Z a labuť pokračovali přes Atlantický oceán dál do Severní Ameriky. Protože vždycky chtěl vidět Grand Canyon. Bude se na něj muset podívat jindy. Labuť chrápala a přitulila se k E-Zovu krku.

E-Z sáhl do kapsy a vytáhl telefon. Udělal si s labutí selfie. Držel telefon v ruce a plánoval, že až labuť příště promluví, nahraje ji. Potřeboval důkaz, že se nezbláznil.

O něco později E-Z vynuloval svůj dům. Byl sice školní den, ale on byl příliš unavený, než aby tam šel. Když křeslo začalo klesat, labuť se probudila. "Už jsme tam?"

"Ano, jsme u mě doma," řekl E-Z a stiskl tlačítko nahrávání na svém telefonu. "Chceš, abych tě někde vysadil?" "Ano," odpověděl.

"Ne, děkuji. Zůstanu s tebou," řekla labuť a prodloužila krk, aby si prohlédla dům, ve kterém bude bydlet. "My dva si musíme promluvit."

E-Z stiskl tlačítko play, ale bylo to mrtvé vysílání. Labuť se nedala nahrát. Bylo to zvláštní.

Přistáli u vchodových dveří. E-Z strčil klíč do zámku, ale než stačil otevřít, byl tam strýček Sam. Objal svého synovce a řekl: "Vítej doma." "Ahoj," odpověděl. Poškrábal se na bradě a vypadal trochu ustaraně, když uviděl E-Zova společníka, mimořádně velkou labuť.

"Jsem rád, že jsem zpátky," řekl E-Z a zamířil dovnitř.

Labuť ho následovala a její pavučinové nohy se za ním ploužily.

"A kdo je tvůj, ehm, opeřený přítel?" Zeptal se strýček Sam.

E-Z si uvědomil, že ani neví, jak se labuť jmenuje.

"Jmenuji se Alfred," odpověděla labuť.

E-Z se formálně představil.

Pak labuť odcupitala chodbou do E-Zova pokoje a vletěla mu na postel, aby si zaslouženě zdřímla.

E-Z šel do kuchyně se strýčkem Samem na kolečkách.

"Co tady proboha dělá ta labut?" zeptal se. Zastavil se a vytáhl z lednice mléko. Nalil synovci plnou sklenici. "Tady nemůže zůstat. Museli bychom ji dát do vany. To jestli se tam vejde. Je to největší labuť, jakou jsem kdy viděl. Kde jsi ji našel a proč jsi ji sem přinesl?" "Ano," řekl.

E-Z polkl zpátky mléko. Otřel si mléčný knír. "Já ji nenašel, ona si našla mě. A umí to mluvit. Ono, on, byl u toho, když jsem zachránil tu malou holčičku a když jsem zachránil to letadlo. Říká, že si musíme promluvit."

Strýček Sam bez odpovědi odkráčel chodbou. E-Z šel těsně za ním, aniž by promluvil.

"Mluv!" Strýček Sam se dožadoval.

Labuť Alfréd otevřela oči, zívla a pak znovu usnula, aniž by vydala jediný zvuk.

"Řekl jsem, mluv," řekl strýček Sam a zkusil to znovu.

Labuť Alfréd otevřela zobák a zachrochtala.

"To je v pořádku, Alfréde," řekl E-Z. "To je můj strýček Sam."

"On mi nerozumí. A myslím, že to ani nikdy nedokáže. Jsem tu jen a jen pro tebe," řekl labutí Alfréd. Zachrčel, pak se zachumlal do peřiny a znovu usnul.

Strýček Sam se na to díval, zatímco labuť byla oživlá a upřeně si E-Z prohlížela.

Cestou ven zavřeli se strýčkem Samem dveře a vrátili se do kuchyně, aby si popovídali.

E-Z byl tak unavený, že sotva udržel oči otevřené.

"Nemůže to počkat do rána?" zeptal se.

Sam zavrtěl hlavou.

"Tak jo, jdeme na to. Nejdřív jsem odpálil baseballový míček z parku. A pak jsem běžel nebo jezdil na kole kolem mety. Pak jsem byl uvězněný uvnitř kontejneru ve tvaru kulky bez možnosti úniku. Pak jsem mohl mluvit s malou holčičkou v Nizozemsku. Jel jsem ji tam zachránit. Jmenuje se Lia a její matka vám bude volat. V Londýně v Anglii jsem zabránil vozidlu, aby ublížilo dětem. Pak jsem se setkal s labutí trubačem Alfrédem. A teď už jsi v obraze - můžu jít prosím spát?"

"A co mám říct, až zavolá?" Sam se zeptal. "Vždyť ty lidi ani neznáme, ale máme je nechat bydlet tady v domě s námi. My a labuť Alfred?"

"Ano, prosím tě, jdi do toho. Je tu nějaký plán a já ještě neznám všechny podrobnosti. Lia má schopnosti, oči v dlaních a dokáže číst mé myšlenky a zastavit čas. Labuť Alfréd má také schopnosti, dokáže číst mé myšlenky a umí mluvit. Myslím, že jsme my tři nějakým způsobem propojeni, možná kvůli těm zkouškám. Nevím. Když mě Eriel špehuje 24 hodin denně, může se stát cokoli," řekl E-Z.

Když přicházeli chodbou, slyšeli klapot labutích nohou, jak se kymácel. "Mám příliš velký hlad na to, abych spal," řekl labuť Alfréd.

"Co to jíš za věci?"

"Dobrá je kukuřice, nebo mě můžete pustit dozadu a já si seženu trochu trávy."

"Máme nějakou kukuřici?" E-Z se zeptal.

"Jen mraženou," řekl strýček Sam. "Ale můžu prohnat zrnka pod teplou vodou a budou za chvilku hotová."

"Vyřiď mu, že děkuju," řekl labutí Alfréd. "To je od něj moc milé."

Strýček Sam dal kukuřici na talíř a Alfréd snědl, co mu bylo nabídnuto. Měl však stále hlad a potřeboval se jít vyprázdnit, takže přece jen požádal, aby mohl jít ven. Když už byl venku, podíval se na trávník.

E-Z a strýček Sam několik vteřin pozorovali labuť.

"Doufám, že se u nich neobjeví sousedova čivava," řekl strýček Sam. "Ta labuť je tak velká, že ho vyděsí k smrti."

E-Z se zasmál. "Představ si, co by udělala, kdyby jí ten pes rozuměl jako já?"

Labuť Alfréd se cítil jako doma. Byl si jistý, že tu bude šťastný.

KAPITOLA 9

P OZDĚJI POŽÁDAL LABUTĚ ALFRED, aby si s E-Z promluvil v soukromí.

"Tady si můžeš říct, co chceš," řekl E-Z. "Strýček Sam ti nerozumí, pamatuješ?"

"Ano, já vím. Ale je to otázka slušného chování. S člověkem se nemluví, když je přítomen někdo jiný, zvlášť když je hostem v cizím domě. Bylo by to, no, spíš nezdvořilé. Vlastně velmi nezdvořilé."

E-Z si teprve teď uvědomil, že labuť Alfréd mluví s britským přízvukem.

"Mohl bych být omluven?" E-Z se zeptal.

Strýček Sam přikývl a E-Z odešel do svého pokoje a labuť Alfred ho následoval.

"Dobře," řekl E-Z. "Řekni mi, proč tě sem Ariel poslal a co přesně máš v úmyslu udělat, abys mi pomohl?"

Teď, když E-Z ležel ve své posteli, labuť se rozvalovala, jak se hnětla v peřinách a snažila se uvelebit.

"Můžeš spát v dolní části postele," řekl E-Z a hodil tam polštář.

"Děkuji," řekl labuť Alfréd. Přikolébal se na polštář a mlátil do něj svýma pavučinovýma nohama, dokud nebyl pohodlný. Pak si dřepnul.

"A teď začneme," řekl Alfréd.

E-Z, teď už v pyžamu, poslouchal, jak Alfréd vypráví svůj příběh.

"Kdysi jsem byl člověk."

E-Z zalapal po dechu.

"Nejlepší bude, když mě nebudeš přerušovat, dokud neskončím," okřikla ho labuť. "Jinak bude moje vyprávění pokračovat dál a dál a ani jeden z nás se nevyspí."

"Promiň," řekl E-Z.

Labuť pokračovala. "Žil jsem se svou ženou a dvěma dětmi. Byli jsme neuvěřitelně šťastní, dokud se nepřehnala bouře, nezbořila nám dům a všechny nezabila. Přežil jsem, ale bez nich jsem nechtěl. Pak ke mně přišel anděl, Ariel, kterou jsi potkal, a řekla mi, že je mohu všechny ještě jednou vidět, pokud budu souhlasit, že budu pomáhat ostatním. Ráda pomáhám druhým a taková činnost by mi dávala smysl. Kromě toho jsem neměla jinou možnost, a tak jsem souhlasila."

"Ty máš zkoušky?" Zeptal se E-Z. Mylně se domníval, že Alfrédův příběh byl dokončen.

"Můj příběh ještě neskončil," řekl labutí Alfréd poněkud rozzlobeně. Pak pokračoval. "To je jádro mého příběhu. Nemám zkoušky, protože nejsem anděl ve výcviku. Moje křídla nejsou jako ta vaše. Jsem labuť, i když větší než obvykle. Mé plemeno se jmenuje Cygnus Falconeri, což je také známé jako obří labuť. Můj druh už dávno vyhynul. Můj účel byl neurčitý. Uvízl jsem v meziprostoru, unášen časem, protože jsem udělal chybu. Ale o tom teď nechci mluvit. Když jsem viděla, jak zachraňuješ tu malou holčičku, zavolala jsem Ariel a zeptala se, jestli ti můžu být užitečná. Vynadala mi, že jsem utekla, a poslala mě zpátky do meziprostoru. Znovu jsem odtamtud utekl a pomohl ti s letadlem a Ariel požádala Ophaniela, aby mi dal další šanci. Teď mám cíl - pomáhat ti."

"A Ofaniel souhlasil? Ale co Eriel?"

"Nejdřív nechtěli. To proto, že mě Hadz a Reiki nahlásili za to, že jsem ti pomohla tím, že jsem přivolala své ptačí přátele. Když jsem se dozvěděla, že je poslali do dolů a oni zase utekli, Ariel můj případ přednesl a Ofaniel souhlasil. O Erielovi nic nevím. Je to tvůj mentor?"

"Ano, převzal to za Hadze a Reikiho. Ti si sem tam odskočili, zatímco on říká, že vždycky vidí, kde jsem a co dělám."

"To zní jako přehnaná snaha. Přesto bych se s ním jednou rád setkal. Zatím jsme tým. Můžu ti pomáhat, abych i já byla jednoho dne zase se svou rodinou. Takže kam půjdeš ty, E-Z, půjdu i já."

E-Z si položil hlavu na polštář a zavřel oči. Cítil se vděčný za jakoukoli pomoc. Koneckonců labuť mu v minulosti pomohla s letadlem.

"Nebudu se ti plést do cesty," řekl labuť Alfréd. "Já vím, myslíš si, že jsme nelogická dvojice, a až dorazí Lia, budeme ještě nelogičtější trojice, ale..."

"Počkej," řekl E-Z. "Ty víš o Lia? Jak?"

"Ach ano, vím o tobě všechno a vím o ní taky všechno a vím toho ještě víc. Že jsme my tři propojeni. Předurčeni ke spolupráci." Protáhl čelisti, které vypadaly, jako by se snažil zívnout. "Jsem příliš unavený na to, abych dnes večer ještě mluvil." Netrvalo dlouho a Alfréd, labuť, chrápal dál.

E-Z si v duchu prošel všechno, co o labutích věděl. Což nebylo mnoho. Ráno se pustí do výzkumu Alfrédova druhu.

Přemýšlel, jak se k Alfrédovi postaví PJ a Arden. Musel je seznámit, nebo by Alfred mohl zůstat tajemstvím?

Pěstmi si načechral polštář a chystal se jít spát.

Probudil Alfréda a ten byl kvůli tomu rozmrzelý.

"Musíš to dělat?" Alfréd se zeptal.

"Promiň," řekl E-Z.

KAPITOLA 10

D RUHÝ DEN RÁNO SE E-Z probudil a na dveře mu bušil strýček Sam. "Probuď se, E-Z! PJ a Arden už jsou na cestě, aby tě odvezli do školy."

E-Z zívl a protáhl se. Oblékl se a posadil se na židli. Protože Alfred ještě spal, vyplížil se za ním po škole.

"Beze mě nikam nemůžeš!" Alfréd řekl. Roztřásl si peří po celém těle a pak seskočil na podlahu.

"Nemůžeš se mnou jít do školy. Domácí zvířata nejsou povolena."

"E-Z, no tak, chlapče!" Strýček Sam křičel z kuchyně. "Jinak přijdeš o snídani."

E-Zovi zakručelo v břiše, když se jeho směrem linula vůně toastů. "Už jdu!"

E-Z neměl čas se hádat a otevřel dveře. Zamířil do kuchyně právě ve chvíli, kdy dorazili Arden a PJ. Zatroubení zvenčí mu dalo vědět, že jsou tam.

"Dobře, dobře!" E-Z zavolal a popadl kus toastu. Vydal se chodbou a jeho nový společník s pavučinou na nohou ho doprovázel.

PJ vystoupil z auta, aby E-Zovi pomohl nastoupit, a upevnil jeho vozík v kufru. Když ho zavíral, všiml si Alfreda, který se pokoušel dostat do vozu.

"Hm, ta věc se do auta nedostane," vykřikl PJ.

Arden stáhl okénko.

"Co to sakra je? Nepřehlédl jsem snad zprávu, že dneska budeme mít Show and Tell?" "Ne," řekl. Ušklíbl se.

"To je labut?" Zeptala se matka paní Handle PJ.

"Nebo je ta věc předsedkyně tvého fanklubu?" PJ se zeptal s úsměvem.

Jakmile se ocitli uvnitř auta, E-Z odpověděl. "Na předvádění a vyprávění jsme už moc staří," zasmál se. "Ta labuť je můj projekt. Experiment, něco jako vodicí pes pro slepce. Je to můj společník na vozíku." Připoutal Alfréda bezpečnostním pásem.

PJ si šel sednout dopředu vedle matky.

"Nepředstavíš mě?" zeptal se labutě Alfred.

Paní Handlová vytáhla auto a vydali se na cestu do školy.

"Alfréde," E-Z se podíval na své kamarády, "seznam se s paní Handlovou. A s mými dvěma nejlepšími kamarády PJ a Ardenem. Všichni, tohle je Alfréd, labuť trubač." E-Z zkřížil ruce.

E-Z řekl: "Jsem neuvěřitelně rád, že vás poznávám. Můžeš mi překládat."

"Odkud znáš jeho jméno?" PJ se zeptal.

"Teď se z tebe nestane, jak se jmenoval, ten chlápek, co uměl mluvit se zvířaty, že ne E-Z? Prosím, řekni mi, že nejsi. I když by se z toho mohla stát pořádná dojná kráva. Mohli bychom tvůj talent prodávat. Ptát se na otázky a zveřejňovat odpovědi na našem vlastním kanálu YouTube. Mohli bychom ho nazvat "E-Z Dickens, zaříkávač labutí".

"Výborný nápad!" PJ řekl, když se jeho matka zastavila na přechodu. "Před pár lety bychom na internetu nejspíš vydělali miliony. V dnešní době je vydělávání peněz na internetu drsné. Pořádně to utáhli."

"Nebuď hrubý," řekla paní Handlová a jela dál.

"Ten člověk, o kterém mluví, je doktor Dolittle," nabídl se Alfréd. "Byla to série románů o dvanácti knihách, kterou napsal Hugh Lofting. První kniha vyšla v roce 1920 a další následovaly až do roku 1952. Hugh Lofting zemřel v roce 1947. Byl to také Brit. Narodil se a vyrostl v Berkshire."

"Já vím, koho myslí," řekl E-Z Alfredovi. "A ne, já nejsem."

Arden řekl: "Doufám, že nám ten tvůj labutí společník dneska neukradne všechny holky. Víš přece, jak holky milují opeřence."

Paní Handlová si odkašlala.

PJ řekl: "Tvoje společnice labuť mě vážně rozesmála."

Arden se zeptal: "Který ptačí film získal Oscara?"

PJ odpověděl: "Pán křídel."

Arden se zeptal: "Kam ptáci investují své peníze?"

PJ odpověděl: "Na čapím trhu!"

"Tvoji přátelé se snadno pobaví," řekl Alfréd. "Jsou to dva plonkové, střižení ze stejného těsta. Chápu, proč je máš rád. Mně se líbí paní Handlová. Je tichá a výborná řidička."

E-Z se zasmál.

"Jsem rád, že si užíváš ranní humor," řekl PJ.

"To opravdu ne," řekl Alfréd. "Kromě toho vy dva jste opravdoví plonkové."

Arden a PJ udělali dvojí záběr.

E-Z se při jejich dvojím záběru také dvakrát zarazil. "Cože?"

"Copak jste to neslyšeli?" řekli ti dva jednohlasně. "Labuť umí mluvit - a s britským přízvukem. Páni, holky ho budou vážně milovat."

Paní Handlová zavrtěla hlavou. "Nehrajte si na hloupé žebráky, vy dva!"

E-Z se podíval na labuť Alfréda, který vypadal zmateně.

Alfréd se pokusil o vlastní vtip, aby zjistil, jestli mu opravdu rozumí. "Proč kolibříci bzučí?" zeptal se.

Tři kluci se na něj dívali, bylo jasné, že Arden i PJ mu teď rozumí.

"Protože neznají slova, samozřejmě." Alfred řekl pointu.

PJ a Arden se tak trochu zasmáli, ale hlavně byli vyděšení.

"Jak to, že ti teď taky rozumějí?" zeptal se Arden. Zeptal se E-Z. "Nejdřív nemohli, teď už můžou. Myslel jsem, že jsi říkal, že to dělám jenom já. A proč ti nerozuměl strýček Sam?"

Teď, když mu rozuměli, se Alfréd cítil nesvůj. Zašeptal E-Zovi: "Upřímně řečeno, nevím. Ledaže by to, kvůli čemu jsem tady, mělo něco společného i s nimi."

"A nezahrnuje to strýčka Sama? Nebo paní Handlová?"

"Možná ne," odpověděl Alfréd.

"A kde jsi našel tuhle mluvící labut?" "Nevím," odpověděl Alfréd. Arden se zeptal.

"A proč ho taháš do školy?" "Ne," odpověděl. Zeptal se PJ.

Paní Handlová si odfrkla. "Všichni jste hrozně hloupí. E-Z říká, že je to společník labutě. Neumí mluvit."

"Zaprvé, není to jen labuť, je to Cygnus Falconeri. Také známý jako labuť obrovská a druh, který je už po staletí vyhynulý."

"V životě jsem moc labutí neviděl," řekl Arden. "Ty, které jsem viděl na přírodovědném kanálu, mi ale nepřipadaly tak velké jako on. Má obrovské nohy! A co se stane, když se mu bude chtít, však víš, na záchod?"

"Průměrná labuť obrovská měla délku od zobáku k ocasu mezi 190-210 centimetry," nabídl Alfred. "A kdyby náhodou ano, použiji trávu - sportovní hřiště by mi mělo poskytnout dostatek prostoru na krmení a vyřizování záležitostí, pokud to bude nutné."

"Chceš říct, že žereš trávu a pak na ni chodíš?" "Ano," odpověděl. PJ řekl.

"Fuj!" Arden se zarazil.

Byli teď strašně blízko školy, a tak E-Z vysvětlil. "Nemůžu ti říct podrobnosti, protože je vlastně neznám. Jediné, co vím jistě, je, že Alfred je tady, aby mi pomohl, a budeš ho vídat často."

"Myslím, že ho do školy nepustí," řekl Arden.

"To nebude problém, protože jsem tvůj společník," řekl Alfred.

PJ, Arden a Alfred se zasmáli, když auto zastavilo před školou.

"Zavolejte mi, kdybyste chtěli, abych vás po škole vyzvedla," řekla paní Handlová.

"Díky," odpověděli.

Poté, co byla E-Zova židle vyndána z kufru, se paní Handlová odlepila od obrubníku.

Kamarádi mu do ní pomohli nasednout, zatímco Alfréd vyletěl nahoru a sedl si mu na rameno. Zamířili ke vchodu do školy, kde ředitel Pearson uváděl studenty dovnitř.

"Dobré ráno, chlapci," řekl s obrovským úsměvem na tváři. Dokud si nevšiml labutě Alfréda. "Co je to za věc?" zeptal se.

"Je to doprovodná labuť," řekl E-Z.

"Přesněji řečeno Cygnus Falconerie," řekl Arden.

"Je s námi," řekl PJ.

Ředitel Pearson zkřížil ruce. "Ta věc, ten Cygnus whatchamacallit, sem nepůjde!" "To je pravda," řekl.

Alfred řekl: "To je v pořádku, E-Z. Nebudeme dělat scény. Budu tady, až vám skončí vyučování. Uvidíme se později." Alfred vzlétl a přistál na střeše budovy. Pokochal se výhledem a pak sletěl dolů na fotbalové hřiště. Bylo tam spousta trávy k chroupání. Až se nasytí, najde si stinné místo pod stromem a zdřímne si.

Ředitel Pearson zavrtěl hlavou a pak podržel E-Zovi a jeho kamarádům dveře. Uvnitř zazněl pětiminutový varovný zvonek.

Tento školní den byl pro E-Z a jeho kamarády bezproblémový.

Eriel se stále neozýval, že by měl nějaké nové zkoušky.

KAPITOLA 11

Alfred se zabydlel v novém režimu. Děti ve škole ho poznaly - i když jen E-Z a jeho kamarádi věděli, že umí mluvit.

Toho dne čekal Alfred před školou na E-Z a zeptal se: "Můžeme si promluvit?" "Ano," odpověděl E-Z.

E-Z se rozhlédl; stále nechtěl, aby ho ostatní žáci zaslechli, jak si povídá s labutí. Zašeptal: "Ehm, může to počkat, až se vrátíme domů?" "Ne," odpověděl.

"Aha, chápu," řekl Alfréd. "Pořád se cítíš nesvůj, když si povídáme. Což je pochopitelné, ale děti mě tu mají rády. Stojí frontu, aby mě pohladily, aby mě nakrmily. Kromě toho, nebude strýček Sam doma? Potřebuju s tebou mluvit o samotě."

"Protože ti pořád nerozumí, tak se mnou mluvíš o samotě, i když jsme doma."

"Ale tohle je záležitost, která mě trochu znepokojuje, a je to dost citlivé na čas," řekl Alfréd.

PJ zastavil u obrubníku vedle nich. Arden se zeptal, jestli chtějí jet domů.

"Ehm, lidi. Promiň, ale dneska půjdu domů pěšky s Alfredem. Má pro mě nějaké zásadní informace, které mi chce sdělit." "Cože?" zeptal se Alfred.

PJ a Arden zavrtěli hlavami. "Čekali jsme, že nás jednou přehodí kvůli holce - ne kvůli ptákovi," řekl Arden. Ušklíbl se.

"A co ta hra?" Arden se zeptal.

"Dneska je dnešek a hra je až zítra. Omlouvám se, kluci." E-Z přidal do kroku. Auto se vedle něj plazilo a pak se s kvílením pneumatik rozjelo.

"Plonkeři," řekl Alfred.

"Myslí to dobře. Co je teď tak důležité?"

"Neslyšel jsi v poslední době něco o Lii? Mám o ni strach." Alfréd kličkoval vedle E-Z a cestou ukusoval hlavičku pampelišky.

"Proč si děláš starosti? Žádné zprávy jsou přece dobré zprávy, ne?"

"No, vlastně se mi ozvala a došlo k, ehm, no, ke zmatenému novému vývoji."

E-Z se zastavil. "Řekni mi víc."

"Pokračuj v chůzi," řekl Alfréd, který teď ukusoval hlavičku kopretiny. "Lia a její matka už jsou na cestě sem. Měly by dorazit někdy zítra."

"Proč ten velký spěch? Vždyť ano, to je překvapení. Věděli jsme, že přijedou brzy. Co je na tom matoucího?"

"To není to, co by mě mátlo."

"Přestaň zdržovat a vyklop to!"

"Lii už není sedm let - je jí teď deset." "To je pravda.

"Cože? To není možné."

"Myslíš, že by lhala?"

"Ne, nemyslím si, že by lhala, ale - to nedává absolutně žádný smysl. Lidé nevyrostou ze sedmi na deset během několika týdnů." "To je nesmysl.

"Říkala, že šla spát. Druhý den ráno vešla do kuchyně na snídani a chůva začala křičet. Tak zjistila, že přes noc zestárla o tři roky."

"Páni!" E-Z vykřikl.

"A je toho víc."

"Ještě víc. Nic víc si nedokážu představit."

"Dokázala matku přesvědčit, že není nutné, aby tu zůstala po celou dobu návštěvy. Je to zaneprázdněná podnikatelka. Dalo to dost práce ji přesvědčit. Lia říkala, že by jí bylo lépe, vzhledem k Samovým zkušenostem s tebou a se zkouškami. Její matka s tím souhlasila, ovšem pod několika podmínkami."

"Jako například?"

"Že má ráda strýčka Sama."

"Každý má rád strýčka Sama."

"A také, že jí vysvětlíš, jak mohla její dcera přes noc takhle zestárnout."

"A jak přesně to mám udělat?"

"Abych byl upřímný," řekl Alfred, "nemám tušení. Proto jsem si s tebou chtěl promluvit o samotě. Strýček Sam přece ví, že Lia přijede, ne?" "Ne," řekl jsem.

E-Z přikývl: "Asi ano, když jsou na cestě."

"Ale on očekává sedmiletou holčičku, když se mu na prahu objeví desetiletá." "To je v pořádku."

E-Z se znovu zarazil. Strýček Sam se zamyslel. Ani ho nenapadlo, že by strýček Sam měl co do činění s desetiletou holčičkou. "Nejsem si jistý, jestli jsem se mu někdy zmínil o Liaině věku!"

Alfred se rozčiloval. "Slyšel jsem, že lidé rychle stárnou. Existuje nemoc, která se jmenuje progerie. Je to genetické onemocnění, docela vzácné a dost smrtelné. Většina dětí se nedožívá třinácti let a Lia už má deset, takže to musíme vyřešit."

"Jak je to s tím, co jsi říkala?"

"Progerie."

"Ano, progerie, jak se jí nakazíš?" Zeptal se E-Z.

"Podle mých informací k ní dochází během prvních pár let. A děti jsou většinou znetvořené."

"Lia je znetvořená kvůli sklu, ne kvůli nemoci. Existuje nějaký lék?"

"Žádný lék. Ale E-Z, je tu ještě něco jiného. Má to něco společného s očima v jejích rukou. Jsou nové a ta nemoc je nová. Příliš velká shoda okolností, nemyslíš?"

E-Z to zvážil a usoudil, že Alfréd má pravdu. Byla to příliš velká náhoda. Ale co s tím měl dělat? Měl by zavolat Erielovi? "Znáš Eriela?"

Alfred zpomalil tempo a E-Z také. Už byli skoro doma a potřebovali si to vyříkat, než se setkají se strýčkem Samem. "Ano, slyšel jsem o něm. Ale jak víš, Eriel není můj anděl. Setkal ses s mým mentorem Arielem a ten je andělem přírody, proto jsem ve stavu vzácné labutě. Možná by mi mohla pomoci, ale na to si budeme muset počkat na její další vystoupení."

"Chceš říct, že ji nemůžeš přivolat?"

Alfréd přikývl. "Dokážeš Eriel přivolat podle libosti?" "Ano," odpověděl Alfréd.

E-Z se zasmál. "Ne tak docela podle libosti, ale je dosažitelný. I když je s tím víte co a nemá rád, když ho někdo vyvolává nebo přivolává." E-Z se tiše zamyslel a Alfréd také. Jejich dům už byl na dohled a strýček Sam byl doma, protože jeho auto stálo na příjezdové cestě. "Myslím, že bychom měli počkat, co se stane s Liamou."

"Souhlasím," řekl Alfréd, sešel z cesty, vytáhl ze země trochu trávy a žvýkal ji. E-Z se díval. "Já raději trávu moc nejím, myslím trávník. Tu jím celý den, když jsi ve škole - kromě těch pár kytek, které najdu. Zrovna teď mám chuť na trochu toho mokrého, co roste pod vodou. Je to čerstvější a šťavnatější."

"To naprosto chápu," řekl E-Z. "Rád jím salát, když je čerstvý a křupavý. Nemám ho moc rád, když je v sáčcích a jediný způsob, jak ho dostat dolů, je zalít ho salátovou zálivkou."

"Chybí mi lidské jídlo."

"Co ti chybí nejvíc?"

"Bezpochyby cheeseburgery a hranolky. A kečup. Jak já jsem milovala tu hustou, červenou lepkavou omáčku, která jde na všechno."

"Možná by to nebylo tak špatné, na trávě?" E-Z se zasmál, ale Alfred o tom přemýšlel.

"Já bych to klidně zkusil."

"Zapišme si to na tvůj seznam," řekl E-Z.

"Co je to seznam kbelíků?" Alfred se zeptal.

KAPITOLA 12

E-Z SE ZAMYSLEL NAD Alfrédovou otázkou. Alfred nevěděl, co je to seznam kbelíků... a toto slovní spojení vzniklo v roce 2007. Ve stejnojmenném filmu Nicholson/Freeman. Vysvětlil, aniž by zašel do přílišných podrobností.

"To je opravdu zajímavý nápad," řekl Alfred a načechral si peří. "Ale jaký smysl má vést si seznam kbelíků? Určitě by sis vzpomněl na všechno, co bys opravdu chtěl udělat?"

"Víš, Alfréde, nejsem si tím tak úplně jistá. Asi to bude mít něco společného s věkem. Stárnutí a ztráta paměti."

"To dává smysl."

Pokračovali v cestě a dorazili domů. Když E-Z vyjel na rampu, Alfred naskočil. Labuť zamávala křídly, aby mu pomohla s rozjezdem. Nahoře, když E-Z otevřel dveře, uslyšeli neznámý hlas.

"Ale ne, oni už jsou tady!" Alfréd řekl.

"Mohl jsi mě varovat!" E-Z odpověděl a cestou do obývacího pokoje si ukládal batoh na háček.

"Samozřejmě, že bych to udělal, kdybych to věděl!"

Lia se postavila.

E-Zovi připadala desetiletá Lia pozoruhodně jiná, dokud nezvedla otevřené dlaně.

Lia vypískla, rozběhla se k němu a objala ho. Pak objala Alfréda a řekla, že je neuvěřitelně šťastná, že ho konečně poznala.

Liaina maminka Samantha také stála a sledovala, jak její dcera objímá chlapce, který jí zachránil život. Anděl/chlapec na vozíku. Její dcera se zmínila o Alfredovi, ale ne o tom, že je to obrovská labuť.

Strýček Sam se postavil a řekl: "Ach, E-Z! Díky bohu, že jsi doma!" Přistoupil blíž ke svému synovci. Pak rozpačitě navrhl, aby šli do kuchyně pro občerstvení.

"Jsme v pohodě," řekla Samantha.

Sam přesto trvala na tom, aby šli do kuchyně.

"Ehm," vykoktal E-Z. "Dal bych si něco k pití."

Sam si povzdechla.

"Nedělej nám problémy," řekla Samantha.

"Vůbec žádné potíže," řekla Sam a postrčila E-Zovu židli k východu z obýváku.

"Lio, jsi moc krásná," řekl Alfred a sklonil hlavu, aby ho mohla pohladit.

"Děkuju," řekla Lia a začervenala se. Když odcházeli z pokoje, pohlédla E-Zovým směrem, ale ten si toho nevšiml, protože měl oči upřené na strýce.

Jakmile byli v kuchyni, Sam svého synovce zaparkoval. Otevřel ledničku a zase ji zavřel. Přešel ke skříňce, otevřel dvířka a zase je zavřel.

"Co se děje?" E-Z se zeptal.

"Já, já jsem je nečekal tak brzy a co vůbec lidi z Nizozemska jedí a pijí? Myslím, že doma nic vhodného nemám. Mám jít ven a koupit něco speciálního?"

"Jsou to lidé jako my, určitě ochutnají všechno, co máš. Nepřemýšlej nad tím."

"Pomoz mi, chlapče. Jaké věci bychom měli podávat? Sýr a krekry? Něco teplého, sendviče se smaženým sýrem? Máme vodu a džus a nealkoholické nápoje."

"Dobře, zatím to bude sýr a krekry. Uvidíme, jak nám to půjde. A tác s různými nápoji."

Sam si povzdechl a všechno to poskládal na tác. "Aha, ubrousky!" řekl a vytáhl jich ze zásuvky hromádku.

"Všechno připraveno?" Zeptal se E-Z.

"Díky, chlapče," řekl Sam a zvedl tác plný jídla a pití. Zamířil do obývacího pokoje a synovec ho následoval. Sam všechno položil na stůl, pak vyskočil a řekl: "Přídavné talíře!" a odešel z místnosti, aby se vzápětí vrátil se zmíněnými věcmi.

E-Z se podíval Liainým směrem, když se napil svého nápoje. Pořád ji viděl jako malou holčičku, i když už jí nebyla. Měla delší vlasy.

Liina máma vypadala ještě rozpačitěji než strýček Sam. Pohrávala si se sušenkou, ale nezakousla se do ní. Pohybovala sklenicí s nápojem sem a tam, ale nenapila se z ní. Tu a tam se podívala směrem ke strýčkovi Samovi, ale ne na dlouho. Pak si velmi hlasitě povzdechla a vrátila se k pohrávání si s jídlem.

"Jaký byl váš let?" E-Z se zeptal.

"Bylo to snadné - snadné ve srovnání s letem s tebou," řekla Lia. Zasmála se a nealkoholický nápoj jí málem vytekl z nosu. Brzy se všichni smáli a cítili se uvolněněji.

Alfred si volně povídal, protože věděl, že mu rozumí jen Lia a E-Z. "Teď jsme spolu, Tři. Jak to mělo být."

Lia a E-Z si vyměnily pohledy.

Alfred pokračoval. "Pořád přemýšlím, proč nás svedli dohromady. E-Z umíš zachraňovat lidi a jsi super-duper silná, navíc umíš létat a tvoje křeslo taky. Lia, tvoje schopnosti jsou v tvém pohledu. Umíš číst myšlenky. Podle toho, co mi E-Z řekl, máš sílu světla a dokážeš zastavit čas.

"Já, já umím cestovat, létat v oblacích a někdy dokážu říct, kdy se něco stane, ještě než se to stane. Umím také číst myšlenky, ne vždycky. Také většina lidí miluje labutě. Někteří říkají, že jsme andělské. Jsou dokonce tací, kteří věří, že labutě mají moc proměňovat lidi v anděly. Nevím, jestli je to pravda. Já sama dokážu pomoci všem živým, dýchajícím věcem, aby se uzdravily."

Poslední část byla pro E-Z nová. Chtěl se dozvědět víc.

Alfréd se nabídl: "Odevzdat se je první krok." "A co?" zeptal se.

E-Z a Lia se ztratili v myšlenkách ohledně Alfrédova přiznání.

"Co budeme dělat teď?" Lia se zeptala.

"Každý tým potřebuje vůdce, kapitána. Jmenuji E-Z," řekl Alfred.

"Podporuji jeho nominaci," řekla Lia.

Lia a Alfréd pozvedli sklenky na E-Z. Strýček Sam a Liaina máma Samantha se k přípitku připojili. I když netušili, na co si všichni připíjejí.

E-Z jim všem poděkoval. Uvnitř mu ale vrtalo hlavou, jak to všechno bude fungovat. Jak, měl vést malou holčičku a labuť trubače? Jak je měl udržet v bezpečí a mimo nebezpečí?

Strýček Sam a Samantha se nabídli, že uklidí, zatímco trojice se vrátila do obývacího pokoje.

"Bude to pro ně dobrá příležitost, aby se trochu lépe poznali," řekl Alfred.

"Ano, matka ještě nikdy nebyla takhle nervózní. Díky své práci se setkává se spoustou lidí a mluví s nimi, i s úplně cizími, jako by je znala odjakživa. Myslím, že je to jedno z tajemství jejího úspěchu. Se Samem je ale tichá jako myška a nervózní."

"Možná je to jetlag," nadhodil E-Z.

Alfred se zasmál. "Ne, přitahují se navzájem. Oba jste příliš mladí, abyste si toho všimli, ale ve vzduchu byla cítit atmosféra."

"Vážně, moje máma se zakoukala do Sama?"

"Strýček Sam byl taky trapný - ale on se dneska s moc holkama nesetkává, protože pracuje z domova a většinu času tráví tím, že mi pomáhá. Hlasuju pro to, abychom změnili téma."

"Já taky," řekla Lia.

"S vámi dvěma není žádná legrace."

"Myslím, že by bylo načase, abychom přivolali Eriela," řekl E-Z. "On je určitě ten, kdo nás všechny svedl dohromady. Musí nás zasvětit do plánu. Abychom věděli, co se od nás bude očekávat a kdy."

"Kdo je Eriel?" Lia se zeptala. "Vzpomínám si, že ses mě předtím ptala, jestli ho znám."

"Je to archanděl a byl mentorem mých zkoušek. Tedy alespoň těch posledních pár."

"Můj anděl, ten, který mi dal dar vidění rukou, se jmenuje Haniel. Je to také archanděl. Je to pečovatelka o zemi." "A co je to?" zeptal jsem se.

To E-Z překvapilo. Pokud všichni pracovali pro své vlastní anděly, proč je tedy svedli dohromady? Byl jeden anděl mocnější než druhý? Kdo byl šéfem andělů? Kdo se komu zodpovídal?

"Určitě bych rád věděl, co se děje," řekl Alfréd.

"Jediné, co vím," řekla Lia, "je, že po té nehodě jsem byla požádána, jestli bych se nestala jedním z těch tří. A teď, voila, jsme tady."

Do místnosti vešli strýček Sam a Samantha. Ještě chvíli si spolu povídali, dokud Samantha, která byla z letu unavená, neodešla do svého pokoje. Strýček Sam šel také do svého pokoje.

"Pojďme do mého pokoje a promluvíme si," řekl E-Z.

Lia a Alfred je následovali. Po několika hodinách diskuse si trojice uvědomila, že má spoustu otázek, ale málo odpovědí. Lia šla do svého pokoje, který sdílela s matkou. Alfred spal na kraji E-Zovy postele. E-Z chrápal dál. Zítra byl další den - pak to všechno vyřeší.

KAPITOLA 13

D RUHÝ DEN RÁNO LIA vynesla na zahradu misky s cereáliemi. Na obloze vycházelo slunce, byl den bez mráčku a blížila se desátá hodina dopoledne. Alfred chroupal na trávě u cesty.

Lia podala E-Zovi jeho misku, pak se posadila pod slunečník na terase a nabrala si lžíci kukuřičných lupínků.

"Severoamerické kukuřičné lupínky chutnají jinak než ty, které máme v Nizozemsku." "A co ty?" zeptala se.

"Jaký je v tom rozdíl?" Zeptal se E-Z.

"Všechno tady chutná sladčeji."

"Slyšela jsem, že v různých zemích používají různé recepty. Chceš něco jiného?" Odmítla zavrtěním hlavy. "Včera jsem nemohla spát," řekla E-Z a vzala si další lžíci Captain Crunch.

"Promiň, moc jsem chrápala?" Alfred se zeptal, když strčil obličej do orosené trávy.

"Ne, byl jsi v pohodě. Měl jsem toho hodně na srdci. Vždyť jsme tu všichni. Ti tři - a já už jsem dlouho neměl zkoušku... Od té doby, co Hadze a Reikiho degradovali, nevím, co se děje. Po té poslední bitvě s Eriel - kterou jsem mimochodem vyhrála - jsem od Eriel nic neslyšela. Jsem z toho nervózní. Přemýšlím, co si vymyslel, aby mi znepříjemnil život."

Alfréd se odpotácel dál do zahrady, když na trávě přistál jednorožec.

"K vašim službám," řekla malá Dorrit.

Jednorožec se přitiskl k Lii, zatímco ona se postavila a políbila ho na čelo.

Nad nimi se začaly objevovat modré pruhy psané na obloze. Psala se v něm slova:

NÁSLEDOVAT MĚ.

E-Zova židle se zvedla: "Pojď!" zvolal.

Malá Dorrit se sklonila a dovolila Lia, aby na ni nasedla.

Alfréd zamával křídly a připojil se k ostatním.

"Už víte, kam máme namířeno?" Alfréd se zeptal.

"Vím jen, že si musíme pospíšit! Vibrace se zvyšují, takže už musíme být blízko."

"Podívej se před sebe," zavolala Lia. "Myslím, že nás potřebují v zábavním parku."

E-Zovi bylo okamžitě jasné, jak je potřebují. Horská dráha byla vykolejená. Vagony visely napůl na kolejích a napůl mimo ně. A cestující všech věkových kategorií křičeli. Jeden kluk visel s nohama tak nejistě přes bok vozíku, že bylo jasné, že spadne jako první.

"Chytíme toho kluka," řekla Lia a rozjela se. S Malou Dorrit se vydaly přímo k chlapci. Ten se pustil, spadl a bezpečně přistál před Lia na jednorožci.

"Děkuju," řekl chlapec. "Je to opravdu jednorožec, nebo se mi to jen zdá?"

"Opravdu je," řekla Lia. "Jmenuje se Malá Dorritka."

"Moje máma má knížku s tímhle jménem. Myslím, že ji napsal Charles Dickens."

"To je pravda," řekla Lia.

"Jsou v Malé Dorritce jednorožci? Jestli ano, tak si ji budu muset přečíst!"

"To nemůžu říct jistě," řekla Lia. "Ale jestli to zjistíš, dej mi vědět."

E-Z popadl převislá auta jedno po druhém. Chvíli trvalo, než se mu podařilo udržet rovnováhu, zpočátku to bylo trochu jako slina, celá nakloněná jedním směrem. Ale jeho zkušenosti s letadlem mu pomohly a inspirovaly ho, když zvedal vagony zpátky na koleje. Udržel je v klidu, dokud nebyli všichni cestující bezpečně uvnitř.

Díky Alfrédově pomoci proběhl tento proces hladce. Alfréd je díky svým křídlům, zobáku a velikosti dokázal pákou dostat do bezpečí.

"Jsou všichni v pořádku?" E-Z zavolal a všichni cestující mu zatleskali.

Úkol byl úspěšně splněn a Alfréd vzlétl k místu, kde se nacházela Lia a ostatní. Bylo to vynikající místo pro pozorování.

"Můžeme teď toho chlapce sundat?" "Ano," řekl. Lia se zeptala.

E-Z jí zvedl palec.

Dole byl přivezen jeřáb, který měl být vyzdvižen kvůli záchraně. Ještě nebyl zdaleka připravený. Pozoroval, jak se kolem něj šinou dělníci ve žlutých ochranných čepicích.

E-Z zapískal na chlápka, který obsluhoval horskou dráhu, aby ji spustil.

Obsluha horské dráhy znovu nastartovala motor. Vozíky se nejprve trochu rozjely dopředu, pak se zastavily. Cestující křičeli; báli se, že zase vykolejí. Někteří se drželi za krk, který měli při původní události naražený.

E-Z umístil svůj invalidní vozík do přední části vozů, aby pozoroval, že se jejich poloha nezměnila. Všiml si, že se zvedá vítr, jak cestujícím ve vagonech vlají vlasy. Jeden starší muž přišel o svou baseballovou čepici LA Dodgers. Všichni sledovali, jak padá k zemi.

"Zkuste to znovu," zakřičel E-Z a doufal v nejlepší, ale pro jistotu vymyslel plán B.

Operátor nahodil motor. Horská dráha se opět rozjela vpřed. Tentokrát o kousek dál, ale opět se úplně zastavila.

E-Z zavolal rozkazy na Malou Dorritku: "Prosím, položte Liu na zem. Pak popadni nějaký řetězový článek s hákem na obou koncích a přiveď ho ke mně."

Jednorožec přikývl a za "óóó" a "ááá" davu, který se shromáždil dole, se spustil dolů. Jeden chlapík se ji pokusil chytit a svézt se, ona ho odstrčila nosem a policie se přesunula, aby oblast uzavřela.

"Tady!" ozval se jeden stavební dělník. Slyšel, o co E-Z žádá. Vložil část řetězu Malé Dorrit do úst a zbytek jí obtočil kolem krku.

"Není to moc těžké?" zeptal se, když Malá Dorrit bez problémů vzlétla a okřídlená se vydala nahoru, kde teď po E-Zově boku čekal Alfred.

Alfréd pomocí zobáku zasunul háček do přední části vozu horské dráhy. Zajistil ho na místě a připevnil k E-Zovu vozíku.

"Zůstaňte prosím sedět," vyzval E-Z. "Pomalu, ale jistě tě dostanu dolů. Snažte se příliš neposouvat, chtěl bych, aby váha byla umístěna rovnoměrně. Na tři, přetočíme se," řekl. "Raz, dva, tři." Zatáhl, dal do toho všechno a auto se valilo s ním. Sjíždět dolů bylo snadné, nahoru musel zajistit, aby vozík nenabral příliš velkou rychlost a znovu se nevymrštil. Malá Dorritka a Alfréd letěli vedle vozu, připraveni jednat, kdyby se něco pokazilo.

Lia byla strašně vyděšená, nervózní a vzrušená.

"Dokážeš to, E-Z!" křičela a zapomněla, že ta slova může vyslovit v duchu a on je uslyší.

"Díky," řekl a udržoval pomalé a klidné tempo. I když byl E-Z unavený, musel splnit úkol, který měl před sebou. Když auto zahnulo za roh a úplně zastavilo, vrátilo se do tunelu. Zpátky tam, kde jeho cesta poprvé začala.

"Děkuji vám!" zavolal operátor.

Hasiči, záchranáři a zdravotní sestry se připravili na nápor cestujících. Vystupovali současně.

"E-Z! E-Z! E-Z!" skandoval dav se zdviženými telefony, které celý incident natáčely.

"Myslíte, že máme čas vzít si nějakou cukrovou vatu?" Lia se zeptala.

"A karamelovou kukuřici?" Alfréd se přidal. "Nejsem si jistý, jestli mi to bude chutnat, ale jsem ochotný to zkusit!" "To je v pořádku."

"Jasně," řekl E-Z, "bez obav ti seženu obojí! Možná si koupím i Candy Apple."

Když šel nakoupit, všiml si, že dorazili novináři. Shromáždili se kolem někoho, kdo byl velmi vysoký a měl černé vlasy. Muž držel před sebou cylindr a připomínal Abrahama Lincolna. Při bližším pohledu si uvědomil, že je to Eriel v přestrojení. Přistoupil blíž, aby mohl poslouchat.

"Ano, to já jsem dal dohromady tuhle dynamickou trojici. Vůdce se jmenuje E-Z Dickens a je mu třináct let a je to superhvězda. Kromě toho, že je nejzkušenějším členem Trojice, je i jejím vůdcem. Jak jste si jistě všimli, dokáže si poradit téměř se vším. Je to skvělý kluk!"

E-Z cítil, jak se mu rozpalují tváře.

"A co ta dívka a jednorožec?" ozval se reportér.

"Jmenuje se Lia a tohle byl její první podnik ve světě superhrdinů. Její jednorožec se jmenuje Malá Dorrit a ti dva jsou úžasný tým. Zachránila toho kluka," chytil se chlapce. Postavil ho před kamery a doprostřed.

Když se na něj upřely všechny oči, dokončil větu. "S lehkostí. Lia a Malý Dorrit jsou úžasnými posilami týmu a budou E-Zovi nesmírně nápomocni ve všech jeho budoucích snahách."

"Jaké to bylo?" zeptal se chlapce jeden z reportérů.

"Lia byla opravdu milá," řekl mladík.

Temná postava chlapce odstrčila. Oprášil se.

"Labuť trubač se jmenuje Alfréd. Tohle byla jeho první příležitost pomáhat E-Z. Statečně se vystavil riziku. Alfred je dalším skvělým členem tohoto superhrdinského týmu Tří. V budoucnu se s nimi budete často setkávat." Zaváhal: "Jo, a jmenuji se Eriel, kdybyste mě chtěli citovat ve svém článku."

Teď si E-Z přál, aby nesouhlasil s tím, že bude sbírat pouťové dobroty. Přikrčil se stranou a doufal, že si ho nikdo nevšimne.

"Tady je!" vykřikl někdo.

Ostatní, kteří stáli ve frontě za ním, ho postrkovali do čela fronty.

"Je na účet podniku," řekl prodavač a podal mu od všeho jeden.

"Děkuji," řekl a zvedl se.

"To je on! Ten kluk na vozíku! Náš hrdina!" křičel někdo zespodu.

"Tady je, vyfoťte si ho."

"Vraťte se pro selfie, prosím!"

E-Z se podíval směrem k místu, kde byl Eriel, ale teď, když ho zahlédli, se o něj nikdo nezajímal. Vzápětí si uvědomil, že Eriel je pryč.

"Vypadneme odsud!" E-Z vykřikl a přemýšlel, kam přesně by měli jít. Kdyby šli k němu domů, novináři a fanoušci by ho s velkou pravděpodobností následovali. Svým způsobem se mu stýskalo po dobách, kdy Hadz a Reiki všem zúčastněným vytřeli zrak - rozhodně to věci nekomplikovalo.

Cestou zpátky se E-Z nestačil divit, co má Eriel za lubem. Koneckonců o jeho zkouškách neměl nikdo vědět. Bylo to velmi zvláštní - ale byl příliš vyčerpaný, než aby o tom mluvil se svými přáteli. Místo toho přemýšlel, proč už není důležité, aby své zkoušky tajil - a jak se to změní. Bylo dobře, že mu už nepálila křídla, a jeho křesadlo nevypadalo, že by mělo zájem pít krev.

"No, to bylo docela snadné," řekl Alfréd.

Lia se zasmála: "A byla to docela zábava, vidět tě v akci E-Z."

"Hele, a co já, já jsem taky pomáhal!"

"To určitě," řekl E-Z. "A Malá Dorritko, děkuju ti! Bez tebe bych to nezvládl!"

Malá Dorritka se zasmála. "Rád jsem pomohl."

"Byla jsi úžasná!" Lia ji pohladila po krku.

Ale něco je trápilo. Bylo zřejmé, že E-Z by to všechno zvládl sám. Nepotřeboval pomoc.

Zvlášť Alfred měl pocit, že jako labutí trubač udělal všechno, co mohl. Ale při takové záchraně mu moc nepomohl. Ne že by mu mohl pomoci někdo, kdo má ruce. Vynaložil veškeré úsilí, ale stačilo to? Byl tou nejlepší volbou pro členství ve Třech?

Lia přemýšlela o tom, že Malá Dorritka mohla přistát pod chlapcem a zachránit ho, aniž by byla na jeho zádech. Jednorožec byl chytrý a mohl se řídit E-Zovým vedením a pokyny. Připadalo jí, že vážila takovou cestu, a kvůli čemu? Vlastně to nedávalo žádný smysl.

Znovu se vrátili domů. Přestože společně dokázali něco úžasného, jejich nálada byla slabá.

Malá Dorrit odešla a odešla tam, kde žila, když ji nepotřebovali.

E-Z se okamžitě odebral do své kanceláře, kde trochu zapracoval na své knize. Chtěl aktualizovat seznam zkoušek, aby věděl, jak na tom je. Rozhodl se, že je všechny napíše znovu od začátku:

1/ zachránil malou holčičku

2/ zachránil letadlo před pádem

3/ zastavil střelce na střeše

4/ zastavil dívku v obchodě

5/ zastavil střelce před jeho domem

6/ utkal se v souboji s Erielem

7. dostal se z té kulky

8/ zachránil Lia

9/ vrátil horskou dráhu zpět na trať.

Nebyl si jistý, jestli záchrana strýčka Sama byla zkouška, nebo ne. Hadz a Reiki mu vymazali myšlenky. E-Z měl pocit, že záchrana strýčka Sama nebyla zkouškou.

Posadil se zpátky do křesla. Přemýšlel o blížícím se termínu. Musel v omezeném čase dokončit další tři zkoušky. Na jednu stranu je chtěl mít hotové, za sebou. Na druhou stranu ho dokončení závazku děsilo.

Alfred se mezitím rozhodl jít si zaplavat k jezeru.

Zatímco Lia a její matka se šly projít.

***

"TAK JAKé TO BYLO?" Samantha se zeptala.

"Bylo to nesmírně vzrušující a zároveň děsivé. E-Z je pozoruhodný. Nebojácný," vysvětlila Lia.

"A jaký byl tvůj přínos?"

Zahnuly za roh a společně se posadily na lavičku v parku. Děti si hrály, běhaly sem a tam a křičely. Matka i dcera si vzpomněly, jak si Lia takhle bezstarostně hrála, když jí bylo sedm let. Teď, když jí bylo deset, její zájem o hraní značně poklesl.

"Chybí ti to?" Samantha se zeptala.

Lia se usmála. "Vždycky víš, na co myslím. Vlastně ne, ale někdy brzy bych chtěla tanec zase zkusit. Abych zjistila, jak a jestli vůbec se dokážu přizpůsobit."

Seděly spolu a dívaly se, aniž by cokoli řekly.

"Co se týče mého příspěvku, jeden malý chlapec visel z auta a bez pomoci Malé Dorrit by možná spadl."

"Mohl?"

"Ano, myslím, že E-Z by ho zachránil a pak by zvládl i zbytek, kdybychom tam nebyli. Je zvyklý dělat zkoušky sám."

"Myslíš, že tebe nebo Alfréda nebylo potřeba?"

"To, že jsme tam byli jako morální podpora, bylo užitečné, nevím. Archandělé si dali práci, aby nás dali dohromady. Aby s námi letěli až z Nizozemska, našeho domova. Když na základě tohoto procesu si myslím, že nejsme potřeba." "To je pravda.

Samantha vzala dceru za ruku, zvedly se z lavičky a obrátily se k domovu.

"Myslím, že mít tým, zálohu, je dobrá věc, a jsem si jistá, že E-Z to ví a oceňuje. Nevypadá jako kluk, který by byl samotář. Hrál baseball, podle toho, co mi Sam říkal, ho pořád hraje. Ví, že týmy spolu dobře fungují a staví na silných stránkách každého hráče. Pokud jde o tebe, nedělal bych si starosti s tím, že jsi v tomhle procesu nebyl tím nejzásadnějším faktorem. A nikdy nepodceňuj svou hodnotu."

"Díky, mami," řekla Lia, když zahnuly za roh do jejich ulice. "Teď si promluvíme o Samovi. Máš ho opravdu ráda, že?"

Samantha se usmála, ale neodpověděla.

✳✳✳

Současně Sam kontroloval E-Z. "Je všechno v pořádku?" zeptal se a strčil hlavu do synovcovy kanceláře.

"Nejsem si jistý. Můžeme si promluvit?"

"Jasně, chlapče."

"Zavři dveře, prosím."

"Co se děje? Nedopadl první týmový test dobře?"

"Nejdřív se tě chci zeptat, co se děje mezi tebou a Liliinou mámou?"

Sam šoupal nohama a čistil si brýle. "Nedělejme z toho něco o mně a Samantě. To je jen mezi námi."

"Aha, takže je tu tedy USA?" usmál se.

"Změň téma," řekla Sam.

"Tak dobře, jak myslíš. Co se týče toho soudu, dopadl dobře a nemysli si o mně nic špatného. Neříkám to proto, že bych byl velkohubý, ale mohl jsem ji dokončit i bez ostatních." "To je pravda," řekl Sam.

"Řekni mi, co přesně se stalo. Jaký byl tvůj úkol? A musím říct, že mě to překvapuje, protože jsi vždycky byl týmový hráč." "A co?" zeptal jsem se.

"Já vím. To mě taky trápí. Bylo to v zábavním parku. Z dráhy vyjela horská dráha. Její přední část visela z okraje a cestující se rozsypali. Jen jeden byl ve skutečném nebezpečí - dítě, které Lia chytila s pomocí jednorožce Malého Dorrita."

"Vypadá to, že ta záchrana byla užitečná."

"Byla, protože ten kluk měl čas, ale já tam byl a mohl jsem ho zachránit. Pak jsem vrátil vozík na koleje a pomohl ostatním dovnitř. Jako by se pro mě zastavil čas - takže jsem tuhle situaci mohl snadno vyřešit i bez cizí pomoci."

"Zdá se, že ti Alfréd nebyl moc platný. Naznačuješ snad, že by ses bez něj obešel?"

E-Z si prohrábl prsty tmavý střed vlasů. Štětinatý pocit ho nějak zbavoval stresu.

"Alfred mi pomohl. Ale já jsem hledal způsoby, jak by mohl pomoci on. Tak moc se snaží. Tolik mu chceme pomoct, ale upřímně, je dost chytrý na to, aby věděl, že jsem mu přidělal práci. Takže by mohl pomoct, a já z toho nemám dobrý pocit." "To je pravda.

"To je to, co dělají týmoví hráči. Dávají na sebe pozor. Pomáhají si navzájem."

"Já vím, ale když jde o život, je na mně, abych se postaral o to, aby nikdo nezemřel. Pokud pro ostatní hledám úkoly, aby se cítili potřební, je to handicap, ne pomoc." Zhluboka si povzdechl a cvakal prsty po klávesnici. Zahanbeně se vyhýbal očnímu kontaktu se strýcem.

Po několika minutách ticha se E-Z vrátil k práci na své knize, aby nechal strýce přemýšlet. Procházel si podrobnosti o událostech toho dne.

Když podával hlášení. Rozebíral věci. Rozebíral proces a zase ho skládal dohromady, a tak se mu dostalo odhalení. Tohle bylo něco, co nikdy předtím nedělal. Mohl o tom diskutovat se svým týmem. Mohli by mu říct, jak si vedl, dát mu návrhy, aby se mohl zlepšit. Ano, být jedním ze tří mělo mnoho výhod. S tímto vědomím se cítil uvolněnější a šťastnější.

"Myslím, že bys téhle týmové situaci měl dát víc času, než se rozhodneš. Musí být pro tebe přínosné vědět, že každý z nich má své zvláštní schopnosti, aby ti pomohl. V této situaci byly v popředí vaše schopnosti. To ale neznamená, že to tak bude vždycky. Při dalším úkolu se může situace změnit. Všechno se děje z nějakého důvodu."

"Přemýšlíš stejně jako já teď. Všechno je vždycky lepší, když tomu nemusíš čelit sám. To jsi mě naučil ty."

"Ještě někdo v tomhle domě má hlad?" Alfréd zavolal, když si klestil cestu chodbou.

E-Z odsunul židli a odpověděl: "Já!"

"Cože?" zeptal se Sam.

"Aha, Alfred se ptal, jestli má někdo hlad."

"Já taky!" Sam zavolal.

"Já mám," řekla Lia. "Co je k večeři?"

Samantha navrhla, aby si objednaly pizzu. Všichni zajásali, až na Alfréda. Nebyl příznivcem žilnatého sýra.

Večer strávili společně, plnili si obličeje a sledovali seriál o zombících.

"Není to pro tebe moc děsivé, že ne, Lio?" Zeptal se E-Z,

"Pro mě je to moc děsivé!" Samantha odpověděla. Sam ji objal kolem ramen, zatímco Lia se chichotala a držela matku za ruku.

KAPITOLA 14

B RZY RÁNO SE ALFRED probudil s křikem. Pokud jste nikdy neslyšeli labutí křik, pak máte štěstí. Byl tak hlasitý, že vzbudil všechny.

E-Z se snažil Alfréda uklidnit. Labuť jen víc mávala křídly a vydávala příšerný zvuk. Bylo to, jako by ho někdo mučil. Buď to, nebo konec světa!

Strýček Sam přijel zkontrolovat, co se děje.

"To je Alfréd, ale neboj se. Zvládnu to," řekl E-Z.

Zanedlouho to přišly prozkoumat Lia a Samantha. Lia přesvědčila Samanthu, aby se vrátila ke spánku.

Lia zůstala, aby pomohla E-Z utěšit Alfréda. Ten okamžitě přistoupil k oknu, otevřel ho zobákem a vyletěl do noci.

Nad nimi E-Z a Lia poslouchali, jak Alfredovy pavučinové nohy plácají o střechu.

"Na co vy dva čekáte!" zakřičel. "Musíme jít - TEĎ!"

Lia vylezla oknem a roztřeseně se postavila na římsu. Počkala, až se E-Zovi podaří nasednout do vozíku a vmanévrovat ho do vznášející se polohy.

"Počkej, myslím, že jednorožec je konečně na cestě," řekl Alfred. "Proto jsem tady nahoře. Abych se podíval, jestli už jede."

Malá Dorrit přistála, strčila nos pod Liu a hodila ji na záda.

Odletěli s Alfrédem v čele.

"Zpomal!" E-Z zakřičel. Alfred ho ignoroval. Pokračoval dál, nabíral výšku a rychlost. E-Zova křesadlová křídla začala mávat stejně jako jeho andělská křídla. Musel pracovat rychle, aby se udržel Alfredovi na dohled.

Lia se zachvěla. "Kéž bych s sebou měla svetr."

"Přitul se mi ke krku," řekla Malá Dorrit. "Zahřeju tě."

E-Z zrychlil tempo a přibližoval se, pak si uvědomil, že Alfred zpomaluje. Nebo si to alespoň myslel. Místo toho se mu naskytl pohled, který už nikdy nevymaže z paměti. Alfréd ztuhl ve vzduchu s roztaženými křídly a nohama. Jako by byl vymodelovaný do X.

Pak se celé jeho tělo začalo chvět, což přerostlo v třes. Vypadalo to, jako by ho zasáhl elektrický proud. A jeho tvář, v níž se zračila nesnesitelná bolest, vehnala přátelům slzy do očí.

"Co se s ním děje?" Lia se zeptala. "Už se na něj nemůžu dívat. Prostě nemůžu," vzlykla.

"Je to, jako by ho někdo šokoval. Kdo by něco takového udělal?" Když to vyslovil, věděl to. Takhle krutý mohl být jen Eriel. Eriel je přivolával. Používal tuhle techniku elektrošoků, aby je donutil následovat svého přítele Alfréda. Jenže co když ty šoky nepřežil? Jak to říkal, hrst Alfredových per se odpojila od jeho těla a vznášela se ve vzduchu. Přestal se třást a začal létat. Přes rameno řekl: "No tak, držte se, než mě to zase zasáhne." A pak se rozběhl.

"Jsi v pořádku?" Lia se zeptala.

"To už bylo potřetí a pokaždé je to horší. Musíme se dostat tam, kde nás chtějí mít, a to rychle. Nevím, jestli přežiju další - ne horší než ten poslední. To byla hrůza."

Letěli dál a cestou si povídali.

"Omlouvám se, že jsem všechny vzbudil," řekl Alfred, když otřesy ustaly.

"Nebyla to tvoje chyba." E-Z řekl. "Jsem si docela jistý, že vím, čí je to vina - a až ho uvidíme, dám mu co proto."

"Jak to myslíš?" Lia se zeptala a přitulila se k Dorritčině krku. Byla taková tma a zima; nemohla se přestat třást.

Alfred řekl: "Byli jsme přivoláni tím, že jsem do celého těla vyslal elektrické šoky. Bylo to, jako by mi zevnitř hořelo peří. Bylo to tak hrubé. Tak strašně hrubé a na chvíli jsem si myslela, že jsem zase zpátky v meziprostoru." "A co?" zeptala se.

Celé jeho labutí tělo se při pomyšlení na to zachvělo. "Ať už to udělal kdokoli, dám mu, co si zaslouží, až ho taky uvidím!"

Alfréd dál letěl v závěsu za ostatními. "Předtím mi Ariel zašeptala do ucha, aby mě probudila. Pak jsme spolu vymýšleli plán. Dělala to i tehdy, když jsem byl v meziprostoru. Vždycky ke mně byla něžná a laskavá. Tohle předvolání bylo jiné."

"To zní jako Erielina práce," připustil E-Z. "Není moc taktní a umí být trochu melodramatický a dost necitlivý. Nemluvě o tom, že má zvrácený smysl pro humor."

"Trochu melodramatický, to ani zdaleka neznamená," řekl Alfréd.

"Budeš nám muset někdy o tomhle mezičase povědět víc. To jméno zní roztomile, ale mám pocit, že je to oxymóron," řekl E-Z.

"Nerad o tom mluvím," odpověděl Alfréd.

"Na setkání s touhle Eriel se opravdu těším. NE." Lia se přiznala. "Je to jako těšit se na setkání s Voldemortem. Jeho pověst ho předchází."

"Aha, takže fanoušek Harryho Pottera?" Alfréd se zarazil.

"Určitě," připustila Lia.

Hvězdy na obloze nad ní vysílaly pomyslné teplo. Přesto se v nočním vzduchu nepřipravení třásli.

"Už tam skoro jsme?" Zeptal se E-Z.

"To nevím jistě," řekl Alfred. "V tom šoku nebylo řečeno, kam jsme byli přivoláni, a já nemůžu zachytit žádné vibrace ve vzduchu. Jediné, co by naznačovalo, že neděláme to, co se od nás očekává, je další šok. Bohužel."

"To nechceme, aby se stalo. Zrychlíme tempo."

"Ale zdá se, že se blížíme." Alfred se zastavil uprostřed vzduchu; křídla měl plně roztažená. "Ale ne!" zašeptal a čekal, až ho zasáhne nový šok. Čekal a čekal, ale nic se nestalo. "Hádám, že už jsme skoro..."

Labutí tělo se tentokrát nejen třáslo a chvělo. Alfrédovo tělo se převalovalo stále dokola. Jako by na obloze dělal kotrmelce.

Ztracené peří létalo kolem něj a tančilo ve větru, jak labuť přecházela do volného pádu.

E-Z vletěl pod labuť trubače a zachytil ho. "Alfréde? Alfréde?" Ubohá labuť omdlela. "Eriel! Ty! Ty velký chlupatý supe!" E-Z vykřikl a zvedl pěst k nebi. "Nemusíš Alfréda zabíjet. Řekni nám, kde jsi, a my tam budeme, ale jen když budeš souhlasit s tím, že to odbouchneš elektrickými výboji. Je to barbarské. Je to labuť, proboha. Dej mu pokoj."

"Jak řekl," odpověděla Lia s otevřenými dlaněmi obrácenými k nebi.

Na vteřinu se vznášely, stále na místě.

Pak vozík zasáhl šok. Pak zasáhl jednorožce Dorrita. A všichni se dostali do volného pádu.

Erielův smích naplnil vzduch kolem nich. Svět byl jeho Sensurround a on se Třem vysmíval tak, jak by to nikdo jiný nedokázal. Nebo by to udělal.

KAPITOLA 15

J EŠTĚ NĚJAKOU DOBU KLESALY. Žádný z nich neovládal své zvláštní schopnosti ani vlastnosti.

Napůl očekávali, že se jejich těla rozprsknou na dlažbě pod nimi. Chodník se zvedal, aby je přivítal.

Najednou sestup skončil. Bylo to, jako by byli všichni připoutáni k nějakému neviditelnému loutkáři.

Po několika vteřinách se pohyb obnovil Ale tentokrát byl mírný.

Vedl je, dokud nemohli bezpečně klesnout k nohám archandělů Eriela, Ariela a Haniela.

"Šťastnou cestu?" Eriel se zeptal. Ten se rozesmál. Jeho společníci se dívali, aniž by se smáli nebo promluvili.

Alfréd, který se nyní probral, vzlétl a přistál, následován jednorožcem Dorritem nesoucím Liu.

Jednorožec se uklonil ostatním hostům a pak ustoupil na druhou stranu místnosti.

Eriel, nejvyšší z ostatních tří, stál s rukama v bok a ujišťoval se, že není pochyb o tom, kdo tu velí.

Ariel se naproti tomu tvářil jako víla.

Haniel byl sošný a vyzařovala z něj krása.

Eriel vykročil vpřed, zvedl se ze země, takže byl nad nimi. Zařval: "Trvalo vám dost dlouho, než jste se sem dostali! V budoucnu, až ti přikážu, budeš tu jako na zavolanou!"

Haniel přiletěl blíž k Alfrédovi. Dotkla se ho na čele. Pak se otočila k E-Z a udělala totéž. Usmála se. "Ráda vás oba poznávám." Otočila se k Lii. Lia otevřela dlaň a obě si vyměnily doteky prstů otevřených dlaní. Lia se vrhla Hanielovi do náruče. Haniel ji obtočila křídly a prohlížela si vzhled nové desetileté dívky.

Ariel se třepotala v blízkosti E-Z. Mrkla na něj a usmála se na Lia. Přiletěla k Alfrédovi a ulevila mu od bolesti.

"Už dost povyku!" Eriel rozkázal hlasem hřímajícím tak hlasitě, že se E-Z bál, že zvedne střechu.

"Počkejte," řekl Alfréd a za zvuku klapání pavučinových nohou po betonové podlaze odkráčel. "Málem mě zasáhl elektrický proud a chtěl bych se omluvit."

Eriel rozevřel křídla doširoka, do šířky, jak jen to šlo. Vznášel se nad Alfrédem, který se třásl, ale držel se na místě. Jejich oči se spojily.

E-Z cítil, že labuťtrubač Alfréd je buď velmi statečný, nebo velmi hloupý. V každém případě potřeboval pomoc.

E-Z se přetočil dopředu a umístil mezi ně svou židli. "Co se stalo, stalo se." Oslovil Alfréda: "Odstupte." Alfred to udělal. Pak se obrátil k Erielovi: "Vím, že jsi tyran a to, co jsi udělal našemu příteli, bylo neodpustitelné a kruté. Jsme uprostřed noci, tak přejdi k věci - řekni nám, proč jsme tady? Co je to za velkou pohotovost?"

Eriel přistál a křídla se mu složila za tělem. Zavrčel: "Mé pokusy spojit se s tebou osobně, můj chráněnče, zůstaly bez odezvy. Ať jsem dělal, co jsem dělal, tvé chrápání ti bránilo se probudit. Poslal jsem Haniel pro Liu, ale ta ji nedokázala probudit, aniž by vyrušila svou matku, která spala vedle ní. Proto jsme zavolali Alfréda, který také nějakou dobu nereagoval. Jeho mentorka se k němu pokusila přiblížit svým obvyklým způsobem - ale její šepot nebyl dost silný na to, aby ho probudil."

"Měla jsem o tebe strach," řekla Ariel.

"Je mi to líto," řekl Alfréd. "E-Zova postel je úžasně pohodlná a on opravdu chrápe dost hlasitě. Už je to dlouho, co jsem zase spal v opravdové posteli."

"TICHO!" Eriel vyjekla.

Alfréd ustoupil, zatímco E-Z si posunul židli ještě mnohem blíž k tvoru.

Eriel ztišil hlas. "Haniel si myslel, že jsi mrtvá, labutěnko. A proto jsem já, využil této příležitosti k posouzení naší nejnovější technologie."

"Na lidech se to ještě neprovádělo," připustil Haniel.

"Mysleli jsme, že bude nejlepší vyzkoušet to na někom, kdo není člověk - Alfréde, ty jsi se na to hodil a fungovalo to jako kouzlo. Pravda, všichni jste přišli pozdě, ale dostali jste se sem. Jak se říká, lepší pozdě než nikdy."

"Použil jsi mě jako pokusného králíka?" Alfréd kývl krkem dopředu a dozadu s doširoka rozevřeným zobákem a postupoval po podlaze.

E-Z se opět postavil na vozík mezi ně. "Stoupni si dolů," řekl Alfrédovi.

Eriel, Haniel a Ariel vytvořili kolem trojice půlkruh.

"Máš pravdu, E-Z. Co se stalo, stalo se. Lepší, když to zkusili na mně, než na vás dvou. A teď se do toho dejte," žádal Alfréd.

"Ano, Eriel," řekl E-Z, "znovu se ptám, proč jsme tady?"
"Ano," řekl.

"Především," vyhrkl archanděl, "plán byl takový, že vy tři vytvoříte jakousi trojici." "A co?" zeptal se.

"Na to jsme už přišli sami," řekla Lia. Držela dlaně rozevřené, aby si mohla plně vychutnat pohled na tři archanděly najednou. Občas se také rozhlédla po místnosti, aby si prohlédla jejich okolí. Vypadala povědomě, s kovovými stěnami jako ta, ve které se poprvé setkala s E-Zem. Jen mnohem prostornější.

E-Z se rozhlédl a podíval se na Liu. Přemýšlel o tom samém. Čím víc se díval na stěny, tím víc se mu zdálo, že se k němu přibližují. Cítil chlad a klaustrofobii, přestože prostor byl obrovský. Přál si, aby jeho vozík měl tlačítko jako v některých autech, kterým by se dalo vyhřívat sedadlo.

"Ticho!" Eriel vykřikl. Protože všichni mlčeli, připadalo mu to nemístné. Samozřejmě nepočítali s tím, že dokáže číst i jejich myšlenky.

Alfréd se zasmál.

Eriel mezi nimi zavřel mezeru a Alfréd ustoupil. Eriel mezeru opět zavřel. A tak dále a tak dále, dokud Alfréd nezacouval ke zdi. Alfred se dal na útěk. Eriel ho zvedl nohama připomínajícíma drápy. Držel ho nad ostatními.

"Eriel, prosím," řekla Ariel. "Alfred je dobrá duše."

Eriel ho položil na zem a pak zvedl pěsti. Vyletěly z nich blesky a odrazily se od kovového stropu kontejneru. Všichni kromě Eriela si s létajícími elektrickými výboji hráli na vybíjenou. Eriel je pozoroval. Smál se. Dokud ho ta zábava neomrzela.

Sebevědomí Trojky bylo podrobeno zkoušce.

Eriel zachytil zbývající blesky. Udělal velkou parádu, když si je dával do kapes.

"Tak a teď," řekl se šibalským úsměvem. "Čeká tě nová zkouška. Dnes. Jeden z vás zemře."

E-Z se zvedl na židli.

Eriel pokračoval a nevšímal si jejich reakcí. "Jste tu, abyste si vybrali. Kdo z vás dnes zemře? Až si vyberete, vysvětlím vám následky, které vás čekají v důsledku zmíněné smrti." Eriel odletěl o několik stop dál a další dva andělé stáli vedle něj, každý z jedné strany.

Nejprve Ariel popsal Alfrédovu smrt:

"Nemohu ti říci žádné podrobnosti k tomuto soudu. Mohu ti jen říci, že Alfréde, pokud dnes zemřeš, nesplníš svou smluvní dohodu. Proto už svou rodinu neuvidíš, ani teď, ani nikdy jindy. Tvá smrt by však byla krásná. Stejně jako v životě je totiž smrt labutě vždy krásná. Majestátní. Když totiž labuť umírá, stává se andělem. Tvá proměna by pro tebe znamenala nový začátek. Tvůj účel by byl lepší pro lidi i zvířata. Dostal bys nové jméno a nový účel. Byli byste skutečně ceněni ve všech směrech. A tvá duše by se vrátila na místo svého věčného odpočinku."

Alfrédovi stékaly po tvářích labutě trubače slzy. Ariel ho utěšovala tím, že mu ovinula křídla.

Za druhé Haniel vyprávěl o Liaině smrti:

"Dítě, které se brzy stane ženou, stejně jako Ariel, nemohu ti říci žádné informace o úkolu, který máš před sebou. Jediné, co ti mohu říci, drahá Cecelie, známá také jako Lia, je, že kdybys dnes zemřela, pak už nebudeš. V žádné podobě. Tvá smrt bude právě jen smrtí. Konečná. Bude to stejné, jako by to bylo, kdyby vybuchla žárovka, zemřela bys. Váš ubohý život by tehdy skončil. A přesto jste teď tady a máte světu co nabídnout. Ještě jste se ani nepoškrábali na povrchu sil, které máte k dispozici.

Kdybyste však dnes zemřeli, zůstaly by tyto síly nevyužity. Zůstal bys v zemi, prach na prach. Pouhá vzpomínka pro ty, kteří tě znali a milovali. Ale i tvá duše by se vrátila na místo svého věčného odpočinku."

Lia sepjala ruce, aby zadržela slzy, které jí z nich stékaly. Stékaly i z očí. Jejích starých očí. Její tělo se při vzlycích chvělo. Byla příliš přemožená emocemi, než aby mohla mluvit.

Malá Dorrit se přiblížila a šťouchla holčičku do ramene. Haniel se ji také pokusil utěšit polibkem na čelo.

A pak Eriel začala vyprávět E-Zův příběh:

"E-Z, od smrti svých rodičů jsi dokázala mnoho věcí. Byly ti dány zkoušky. Někdy pro člověka často nepřekonatelné úkoly. Přesto jsi je úspěšně překonával. Zachránil jsi životy. Nezklamal jsi mě. Přesto to cítíme." Zaváhala a pohlédla ze strany na stranu. "Zejména cítím, že jsi zmařil své síly. Někdy je dokonce popíráš. Využil jsi čas, který jsme ti dali, abys udělal svět lepším, a promarnil jsi ho."

E-Z otevřel ústa, aby promluvil.

"Ticho!" Eriel vykřikl. "Nesnaž se ospravedlňovat. Sledovali jsme tě, jak hraješ baseball a ztrácíš čas s přáteli, jako bys měl všechen čas světa na splnění svých úkolů. No, čas vypršel. Kdybys dnes zemřela, tvé zkoušky by byly nedokončené."

E-Z tušil, co bude následovat, ale musel počkat, až to Eriel řekne. Aby to vyslovil, aby to byla pravda.

Jak předpokládal, Eriel ještě neskončil. "Zanechal nás s nedokončenými zkouškami, kvůli kterým ti zachránil život. To by bylo neodpustitelné. Kdybys dnes zemřel, přišel bys o křídla. To pro začátek. Ty zkoušky, které jsi ještě nedostal

- by nikdy nebyly. Byl jsi totiž jediný, kdo mohl tyto úkoly splnit. Naše jediná naděje.

"Proto by ty, které bys zachránil, nezachránil nikdo a nikdy. Zemřou kvůli tobě. Všichni, které jsi kdy zachránil během svých zkoušek, by zemřeli.

"Bylo by to, jako bys nikdy neexistoval. Jejich smrt by byla konečná. Úplná. Žádná možnost posmrtného života pro nikoho z nich. Ani poslat je do meziprostoru by nepřipadalo v úvahu. Tvá smrt by pak E-Z způsobila spoušť a vnesla do světa chaos. Jako v den, kdy jsme se utkali. Vzpomínáš si, jak tenkrát svět vypadal? Taková by byla Země - každý den."

"To je pravda. Eriel se otočil zády. Sledovali, jak roztahuje křídla, jako by se chystal odejít.

Všichni mlčeli. Přemýšleli o svých osudech.

Po nějaké době Eriel ticho přerušil. "Ariel, Haniel a já vás prozatím opustíme. Můžete si promluvit mezi sebou a rozhodnout se. Ale buďte v tom rychlí. Nemáme na to celý den."

Trojice archandělů zmizela ve stropě.

KAPITOLA 16

K DYŽ ARCHANDĚLÉ ODEŠLI, BYLI Tři příliš ohromeni, než aby něco řekli. Až E-Z prolomil ticho.

"Nedává mi smysl, aby nás sem všechny přivedli společně. Aby mučili Alfreda. Dostat nás sem. A pak nám říct, že jeden z nás musí zemřít. A my si musíme vybrat, který z nich to bude. Je to barbarské - dokonce i pro Eriela."

Lia přešlapovala se zaťatými pěstmi. Byla příliš rozzlobená, než aby mohla mluvit, a bylo jí jedno, jestli do něčeho narazí. Ve skutečnosti, když se jí to stalo, do toho kopla.

Alfréd se ozval. "Myslím, že jestli má někdo umřít, měl bych to být já. Moje síly jsou extrémně omezené. Vzhledem ke složitosti zkoušek by mě s největší pravděpodobností proměnili v labutí polévku. Stejně jako při poslední zkoušce. Vím, že jsi mi pomáhal E-Z. Bylo to od tebe milé, ale věděl jsem, že jsem přítěží."

E-Z se ho pokusil přerušit, ale Alfréd jen pokračoval. "Nemluvě o tom, že bych mohl překážet. Ohrozit jednoho z vás. Od té doby, co mi vzali rodinu, žiju smutný a osamělý život. Jednou je ta samota zdrcující. Být členem Trojky mi pomohlo, ale...

"I jako labuť jsem na ně mohla myslet. Vzpomínat na ně, milovat je. Už jen vědomí, že zemřeli společně a jsou někde spolu, mi dává klid. I když nejsem s nimi, Ale dneska budu, pokud budu ten, kdo zemře. Jsem ochotná to riziko podstoupit. Kromě toho, až odejdu, nebudu nikomu na zemi chybět."

"Budeš nám chybět!" Lia řekla.

"Samozřejmě, že nám budeš chybět!" E-Z souhlasil, přešel podlahu a všiml si stolu, který předtím splýval se stěnou. Přistoupil k němu blíž a objevil na něm štos papírů, které prolistoval.

"Oceňuji tvůj sentiment," řekl Alfréd. "Hej, co to děláš, E-Z? Kde se tu vzal ten stůl?"

Lia natáhla obě ruce před sebe, aby viděla na E-Z i Alfréda současně.

E-Z dál listoval stránkami. Brzy už létaly po celé místnosti. Točily se ve vzduchu, jako by se ocitly v oku tornáda.

Trojice se seskupila a sledovala příval papírů. Pak najednou spadly na dlažbu.

Lia jeden z nich popadla a přečetla si ho, zatímco E-Z a Alfred se dívali.

"Co to je?" vykřikla. "Jsou tam naše jména. Vypráví to naše příběhy. Naše příběhy. O našich smrtích."

"Píše se tam, že už jsme mrtví!" E-Z řekl, že čte jeden z papírů, který přelouskal.

"Aha," řekla Lia a po tváři jí stekla slza. "Taky se tam píše, že moje matka je mrtvá, stejně jako tvůj strýc Sam."

E-Z zavrtěl hlavou. "To nemůže být pravda. Není to pravda. Hrají si s námi." Rozhlédl se kolem sebe. Něco v místnosti se změnilo. Stěny. Byly teď červené. "Dostali jsme se snad do jiné dimenze nebo co? Podívej se na stěny? Jsme snad někde jinde, kde budoucnost je už minulostí?"

Alfréd zvedl další z upadlých stránek. Psalo se na ní o smrti jeho ženy, dětí a o jeho vlastní smrti. A přesto, když se na sebe podíval, cítil se, byl živý, s peřím: labuť trubač. "Chci ven," řekl.

Lia se usmála. "Myslíš z tohoto pokoje, nebo z tohoto života? Já chci taky ven, myslím z téhle děsivé kovové nádoby, ale nechci umřít. Vidět svět skrz dlaně je divné a zároveň super. Umět číst myšlenky, to je taky super. Ale když jsem zastavil čas, to bylo super. Představ si, že bys mohl tuhle sílu vyvolat, třeba kdyby byl někdo v nebezpečí nebo kdyby došlo k nějaké katastrofě. Představ si, kolik životů by se dalo zachránit? A teď je mi deset a kdoví, jaké další schopnosti mě čekají."

"Jako od Boha," řekl E-Z. "Vím, jak ses cítila, Lio. Tak jsem se cítil i já, když jsem zachránil tu první holčičku, když jsem zachránil ostatní a když jsem zachránil tebe."

Všichni tři se zformovali do kruhu a sepjali ruce, když odříkávali slova: "Máme moc. Dnes nikdo nezemře. Ať si říkají, co chtějí." Otáčeli se kolem dokola a odříkávali svou novou mantru. Dokud nebyli připraveni znovu přivolat archanděly.

KAPITOLA 17

ERIEL PŘIŠEL PRVNÍ, s povytaženým obočím a rty zkřivenými do opovržení. Pak dorazili Ariel a Haniel. Ti dva zůstali za ním ve stínu jeho obrovských křídel. Eriel zkřížil ruce, zatímco ostatní dva archandělé se přesunuli nahoru. Vznášeli se po opačných stranách jeho ramen.

"Rozhodli jsme se," řekl E-Z. "Dnes nikdo nezemře."

Erielův smích zahřměl kolem kovové ohrady. Vznesl se do vzduchu a pak zkřížil ruce na prsou. Ariel a Haniel mlčeli, zatímco Erielův smích nabýval na síle, dost vysoké na to, aby z něj Alfréda bolely uši.

Alfred omdlel, ale rychle se vzpamatoval. Lia a E-Z mu pomohly vstát. Drželi ho na nohou, dokud nepřilétla Malá Dorrit. O chvíli později už Alfred seděl vysoko nad nimi na jednorožci. Stál tváří v tvář Erielovi.

"Díky, kamaráde," řekl Alfréd.

"Rád jsem pomohl," řekl Malý Dorrit.

"Tak dost!" Eriel vykřikl a posunul se nad ně výš. Zastrašoval je svou velikostí, morbiditou a hromovým hlasem. "Myslíte si, že můžete změnit to, co bude? Řekl jsem vám, co se musí stát, a vy nemáte jinou možnost než mě poslechnout. Nebyl to průzkum. Ani demokracie. Byla to jistota. Je totiž psáno..."

Pak si všiml, že podlaha je pokryta papíry. Sletěl dolů a jeden sebral. Pak se zvedl, takže stál Alfrédovi tváří v tvář. V ruce držel Alfrédův příběh.

"Vidím, že jsi četl budoucnost. Teď už víš pravdu, že žiješ v paralelním vesmíru. To, co se děje tady, se vlní v ostatních vesmírech. V místech, kde existuje jak budoucnost, tak minulost."

Lia spustila pravou ruku a zvedla levou. Její ruce nebyly silné, protože si stále ještě zvykaly, že je musí držet nahoře.

Eriel přeletěl místnost k červené pohovce, na kterou se posadil. Ostatní andělé se k němu přidali, každý na jednu z opěrek. Eriel se pohodlně usadil s křídly ani úplně dovnitř, ani ven.

Poté, co si udělal pohodlí, pokračoval. "V jednom ze světů jste už všichni tři mrtví. Přečetli jste si pravdu. V tomto světě ještě existuje naděje. Naděje existuje díky nám, tedy mně, Arielovi, Hanielovi a Ofanielovi. Vybrali jsme si vás tři lidi, abyste s námi spolupracovali. Dali jsme vám cíle a pomáhali jsme vám, kde a kdy jsme mohli. Dokud jsme s vámi, jen my sami umožňujeme, aby vaše existence pokračovala. Jen my dáváme vašemu životu smysl. Odmítnete-li následovat cestu, kterou jsme pro vás vybrali, nebudete již existovat ani zde na tomto světě. Budete vymazáni, jako byste nikdy nebyli a nikdy nechtěli být."

E-Z zaťal pěsti a jeho židle se zakymácela dopředu. "V tom dokumentu, v dokumentu o mém druhém životě, stálo, že strýček Sam je taky mrtvý. Nebyl při té nehodě s mými rodiči. Není součástí téhle dohody. Zabil jsi ho, Eriel, abys mě tu udržel?"

Aniž by čekala na odpověď, ozvala se Lia. "V mém dokumentu stojí, že moje matka je mrtvá. Jak to může být pravda? Prosím, řekni mi, že to není pravda!"

Alfréd, který se teď cítil lépe, seskočil Malé Dorrit ze zad. Přikulhal blíž k pohovce a znovu se ocitl tváří v tvář Eriel.

E-Z se hrdě díval na svého přítele Alfréda, nebojácného trumpetistu.

"A v dokumentech jsou mé modlitby vyslyšeny. Už jsem mrtvý. Zemřel jsem se svou rodinou, jak to mělo být. Raději jsem zůstal mrtvý. Zemřít s nimi, místo abych se převtělil do labutě trubače. A to poté, co mě Haniel zachránil z meziprostoru." "To je pravda.

Eriel odstrčil Alfréda. "Ach, ano, mezi a mezi. Zapomněl jsem, že tě tam poslali. Neměl jsi to tam moc rád, co?"

Alfréd pohnul krkem a zašklebil se zobákem. Vycenil své malé, zubaté zuby, jako by chtěl Eriela kousnout.

"Stůj," řekl E-Z a přitočil se k pohovce.

Alfréd zavřel zobák. Lia se přiblížila. Teď stáli všichni tři společně před Eriel. Čekali, až archanděl něco řekne, cokoli. Pro jednou byli beze slov.

E-Z využil příležitosti, aby se dostal do situace.

"V novinách stálo, že strýc Sam zemřel při nehodě s mojí matkou, otcem a mnou. Nebyl s námi v autě, aby k tomu došlo, musel by být do vozidla nastrčen s námi. Za jakým účelem? Vysvětlete nám to, vy takzvaní archandělé. Proč byste měnili dějiny, aby vyhovovaly vašim záměrům? Mimochodem, kde je v tom všem Bůh? Chci s ním mluvit."

"Já také!" Lia vykřikla.

"Já taky!" Alfred se přidal.

Eriel zkřížil nohy a roztáhl křídla. Položil si ruku na bradu a odpověděl: "Bůh s námi ani s vámi nemá nic společného - už ne." Zívl, jako by ho tenhle úkol nudil.

"Co kdybych ti řekl, že tvůj dům právě teď hoří? Co kdybych ti řekl, že ani strýček Sam, ani tvoje matka Samantha, Lia se nedožijí dalšího dne?"

"Ty b-b-bastarde!" E-Z vykřikl.

"Ditto!" Lia odpověděla.

"Ale no tak," okřikl ji Eriel. "Všichni jsme tu přátelé. Přátelé, že ano? Tvůj dům může hořet, může se stát cokoli, zatímco jsme tady, na tomto místě, zavěšeni v čase. Čím déle budeš otálet s výběrem, tím větší chaos ve světě vytvoříš." Postavil se a roztáhl křídla, což přimělo trojici udělat několik kroků zpět.

Pokračoval: "E-Z, ty bys riskoval život pro svého strýčka Sama, je to tak?" Přikývl. "Samozřejmě, že bys to udělal. A Lia, ty bys riskovala život, abys zachránila život své matky, ano?" Lia přikývla.

"A Alfréda, mého milého trubače labutí. Můj opeřený opeřený přítel. Kterého z těch dvou bys zachránila. Kdybys mohl zachránit jen jednoho z nich?" Eriel se usmál, pyšný na rýmy, které vytvořil.

"Zachránil bych je obě," řekl Alfréd. "Riskoval bych svůj život, nebo bych při tom zemřel."

"Máš zvláštní přání zemřít, můj opeřený příteli."

Alfréd vyrazil k Erielovi.

"Y-o-u a-r-e n-o-t m-y f-r-i-e-n-d! Přestaň si s námi hrát. Ty jsi nás svedl dohromady. Proč? Abys nás zesměšnil. Abyste rozplakali malou holčičku. Nejsi nic jiného než, ale velký tyran."

"Ano," řekla Lia. "Přestaň nás šikanovat."

"To, co říkali," dodal E-Z.

Eriel se teď rozzuřil a změnil barvu z černé na červenou a z černé na červenou. Rozletěl se po místnosti a praštil pěstí do stolu.

"Chceš znát pravdu? Ty pravdu nezvládneš!" Usmál se. "Malá poznámka na okraj, miluju výkon Jacka Nicholsona ve filmu Pár správných chlapů."

To byla jediná věc, na které se Eriel i E-Z shodli. Nicholsonův výkon v tom filmu byl bezchybný.

"Přestaň s tím melodramatem a řekni nám, co od nás chceš."

"To už jsme udělali," řekl Eriel. "Říkal jsem vám, že jeden z vás musí dneska umřít. Řekla jsem vám, abyste si vybrali, který z nich to bude. Je napsáno, že jeden z vás musí zemřít. Musíte si vybrat. Teď."

Alfred vykročil vpřed s nataženým labutím krkem. "Tak to budu já."

Alfred poklekl a jeho tělo se chvělo. Sklonil hlavu, jako by čekal, že mu ji archanděl usekne.

Místo toho všichni tři archandělé zatleskali. Rozhoupali se po místnosti. Vřískali, jako by byli najatí klauni vystupující na dětské narozeninové oslavě.

Po několika minutách naprostého šílenství se archandělé zastavili.

"Je hotovo," řekl Eriel.

A pak zmizeli.

KAPITOLA 18

S E-Z NA VOZÍČKU, s Lia na Malé Dorritce a s labutí Alfrédem stále Tři, jak se vznášejí po obloze. Pokračovali dál několik kilometrů, až si pod sebou všimli obrovského kovového mostu.

Na římse se potácel mladý muž a dával najevo, že se chystá skočit.

E-Z vytáhl telefon a chystal se zavolat na tísňovou linku, zatímco Alfréd bez váhání letěl dolů k muži. Odložil telefon a spolu s Lia ho následovali.

"Jdi ode mě pryč!" křičel muž a mával na nebohého Alfréda, který se mu jen snažil pomoci, aby šel pryč.

Muž se přiblížil k okraji, zul si boty a sledoval, jak padají do řeky pod ním. Sledoval, jak je voda překonává a hladovou tlamou stahuje boty pod hladinu. Chtěl vidět víc, a tak si svlékl tričko - na jehož přední straně byl ironicky nápis "Konec".

Mladík se díval, jak se jeho oblíbené tričko na cestě dolů pohupuje a tančí. Když ho voda pohltila, muž si začal zpívat:

"Jdu kolem morušového keře.

Morušový keř, morušový keř.

Tady chodím kolem morušového keře,

Všichni na, na slunečné, ráno."

Alfréd ho slyšel zpívat. Říkanku dobře znal. Čekal, až muž zazpívá další sloku. Vlastně chtěl, aby zpíval dál. Ale bál se ho vyrušit. Muž by mu nerozuměl, ani kdyby se s ním snažil mluvit.

Tou dobou už E-Z čekal na Alfrédovo znamení. Nakonec ho dostal - Alfred jemu a Lii řekl, aby se nepřibližovali.

Alfréd si přál, aby mu mladík rozuměl. Kdyby se přiblížil, mohl by ho chytit? Přiblížil se a roztáhl křídla naplno.

Mladík ho spatřil. "Labuť," řekl. Pak vyskočil.

Labuť trubač byla větší než průměrná labuť. Ale ne dost velká na to, aby ulovila dospělého muže. Přesto se pokusil pád přerušit. Ohrozil svůj život, aby ho zachránil. Ale ať dělal, co dělal, muž stále padal jako olověný balonek. Do hladového ústí řeky.

Alfréd se za ním bezmyšlenkovitě vrhl. Jak hodlal muže vynést, nikdo nevěděl. Někdo říká, že důležitá je myšlenka. V tomto případě Alfreda stáhla pod hladinu samotná váha muže.

To už se E-Z vznášel nad vodou a hledal, jestli se muž nebo Alfred vynoří, aby jim mohl pomoci. Ani Lia, ani Malá Dorritka neuměly plavat. A E-Z pro ně nemohl jít ani s křeslem, ani bez něj.

Rozčileně letěl ke břehu a hledal jakoukoli známku života. Nakonec ho spatřil, něco se houpalo na druhé straně. Vrhl se k němu, odnesl ho k místu, kde čekala Lia, a jakmile si odkašlal, šel se podívat po jakýchkoli známkách labutě Alfréda.

Pak ho spatřil. Napůl ve vodě a napůl z vody. Plavil se s přílivem.

"Alfréde!" zavolal, když zvedl labutí hlavu, a hned si všiml, že má zlomený krk. Labuť trubač Alfréd, jeho přítel, už nebyl. Erielův čin byl dokonán.

Lia, která sledovala každý E-Zův pohyb, uviděla Alfrédův krk a vykřikla: "Néééééééééééééééééééééééééééééééééééééé!"

E-Z zvedl labutí bezvládné tělo na svůj vozík a držel ho. I on začal plakat.

Za nimi volal muž, který Alfréda zachránil,

"Nejsem mrtvý! To jsem já, Alfréde."

KAPITOLA 19

Z EMSKÁ PAUZA.

Ptáci se zastavili uprostřed letu. Stejně jako letadla. A další létající objekty, jako jsou balony a drony. Kulky přestaly střílet poté, co opustily nábojovou komoru. Nad Niagarskými vodopády přestala téct voda. Brouci přestali bzučet. Vzduch se zastavil.

Vedle Eriela, Ariela a Haniela se objevil Ophaniel. S rukama v bok a bradou vystrčenou dopředu bylo více než zřejmé, že je naštvaná.

Místo aby promluvila, otočila se směrem k E-Z.

Ten ztuhl, ústa dokořán. Jeho poslední vyřčené slovo znělo: "NÉÉÉÉÉÉÉÉÉÉÉÉÉÉÉÉÉÉÉÉÉÉÉÉÉÉÉÉÉÉÉÉÉ!"

Nyní pozorovala Liu. Dívce zamrzla na tváři slza. Stékala jí ze starého oka.

Teď zpátky k E-Z. Nesl tělo. Tělo mrtvé labutě.

Teď k Alfrédovi, který už nebyl labutí. Vzal na sebe podobu člověka. Utopeného muže.

Právě toho muže, který ho měl ve Třech nahradit.

"Tak co je na tom obrázku špatně?" Zeptal se Ophaniel, vládce Měsíce hvězd.

Nikdo se neodvážil promluvit.

"Eriel, ty tady velíš. Nejdřív jsi zpackal test sbližování s E-Z a Samem tím, že ses nechal, promiň mi ten výraz - odpálit z parku.

"A teď se díky tvé hlouposti labutí Alfréd zmocnil lidského těla. Tělo člověka, který, jak jsem ti řekl, by měl být členem Trojky.

"Víš, proti čemu stojíme. Chápeš, co nás čeká v budoucnosti, pokud nedáme věci do pořádku. Ty to víš!"

Eriel se uklonil k nohám Ofaniela, pak se zvedl ze země a teprve pak promluvil. "Pronesl jsem slova, stalo se."

"Ano, vyřkl jsi slova a pak jsi nezajistil, aby byl úkol splněn, ty imbecile!"

Vznášela se poblíž nového Alfreda. "Je mi líto, ale tohle komplikuje situaci i nám. Ani s našimi schopnostmi nebude tak snadné dostat ho z tohoto lidského těla zpět do jeho labutí podoby. Možná ho budeme muset poslat zpátky do meziprostoru! A to si nezaslouží. Vlastně,"

Ariel přiletěla k Ofanielovi a zeptala se: "Můžu mluvit?"

"Můžeš, pokud máš nějaký náhled na Alfréda, který by nám mohl pomoci dostat se z téhle šlamastyky."

"Znám Alfreda lépe než kdokoli jiný tady. Souhlasil s tím, že se obětuje. Udělal by to bez váhání znovu - i kdyby z toho pro něj nic nebylo. To je pro každého živého tvora obrovská oběť, položit život za záchranu jiného. Také by se mělo vzít v úvahu, kolik toho Alfred musel vytrpět, jak ve své lidské existenci, tak jako labuť. Je to výjimečná duše a měl by dostat druhou šanci, a třetí, a ještě další!"

Eriel se ušklíbla: "Měl by být pryč, zpátky na mezi a na věčnost. Není toho hoden..."

"Nedala jsem ti svolení, abys mě přerušovala!" Ophaniel se rozkřičela. Aby ho v budoucnu nepřerušovala, sevřela mu rty knoflíkem.

"To, co říkáš, je pravda, Ariel," řekl Ophaniel. "Alfréd dobře spolupracuje s Lia i s E-Zem. Měli bychom mu dát druhou šanci v tomto novém těle. Nebylo mu souzeno být v meziprostoru. Záleželo na Hadzovi a Reiki. Po tomhle bychom je okamžitě vykázali do dolů. Místo toho jsme jim dali další šanci s E-Z.

"Přesto je Eriel poslal do dolů. Takže konec dobrý, všechno dobré. Možná si Alfred zaslouží další šanci. Uvidíme, jak to dopadne, jak říkají lidé, hrajme podle sluchu. Jestli to vyjde, tak dobře. Pokud ne, může být toto tělo recyklováno, protože duch už opustil budovu."

"Děkuji," řekla Ariel a nízko se Ofanielovi uklonila. "Moc ti děkuji. Budu na situaci dohlížet. Nedovolím, aby tě Alfréd zklamal."

Ophaniel přikývl, zvedl se a řekl ta slova:

ZEMSKÉ OBNOVENÍ.

Čas začal běžet a svět se vrátil do starých kolejí.

Ophaniel zmizel jako první, ostatní tři počkali několik vteřin, než ho následovali.

KAPITOLA 20

"V žádném případě!" E-Z vykřikl a přiblížil se k novému Alfredovi. "Alfréde, jsi to ty? Můžeš to být opravdu ty?"

Lia se nemusela ptát, protože už to věděla. Rozběhla se k Alfredovi a vrhla se mu kolem krku.

"Eriel musel udělat výměnu." Alfréd řekl s anglickým přízvukem: "Eriel musel udělat výměnu."

Alfred, který měl na sobě jen džíny, se zavrtěl. "I když je mi zima, je to určitě příjemný pocit být zase v těle." Napnul svaly a rozběhl se na místě, aby se zahřál. Pak udělal několik kotrmelců přes trávník, zatímco E-Z a Lia stály a dívaly se s otevřenými ústy.

"To je ale parádník!" Malá Dorritka řekla.

Alfréd, který si jí právě všiml, k ní přistoupil a přejel jí rukou po srsti. Byla tak hebká a teplá, že se k ní přitiskl.

"To je dost zvláštní obrat," řekl E-Z a přistoupil blíž. "Nevím, co si o tom mám myslet."

"Já taky nevím," řekl Alfréd, "ale můžeme to probrat, až budeme jíst? Mám hlad a cheeseburger s kečupem a cibulí s obrovskou porcí hranolek by mi určitě přišel vhod."

"Počkej," řekl E-Z. "Jestli jsi tenhle chlap, tenhle chlap, jehož jméno ani neznáme - co když tě někdo pozná?"

Alfred se sehnul a dotkl se prstů na nohou. Nahmatal si kůži na obličeji. Jeho vlasy. "Přes ten most přejdeme, až se k němu dostaneme." Usmál se, zvedl hlavu směrem k nebi a řekl: "Děkuji ti, Eriel, ať už jsi kdekoli."

Letadlo nad jejich hlavami ta slova přepsalo na oblohu:

Ještě jednou k průlomu, drazí přátelé.

"To je poněkud zvláštní výraz pro nápis na obloze," poznamenala Lia. "Ví někdo z vás, co to znamená?"

"Můžu si to vygooglit." E-Z zavrtěl hlavou. Vytáhl telefon.

"To není potřeba," řekl Alfréd. "Je to ze Shakespeara, připisuje se to králi Jindřichovi. Doslova to znamená: 'Zkusíme to ještě jednou'. Myslím, že to bylo řečeno během bitvy. Takže předpokládám, že je to vzkaz od mého Ariela, který mi dává vědět, že jsem dostal další šanci." V očích se mu zaleskly slzy.

E-Zovi byla tato změna událostí podezřelá. Byl rád, že je Alfréd stále s nimi, ale zajímalo ho, za jakou cenu. "Dělám si starosti," přiznal E-Z.

Lia řekla, že ona taky.

"Ach, nedělej si starosti. Jestli mi Ariel poslala tuhle zprávu, pak je na naší straně. Kromě toho ten muž, v jehož těle jsem - už ho nechtěl. Snažila jsem se ho zachránit, ale on stejně skočil. Možná je to osud, abych ti pomohla s tvými zkouškami E-Z. Ať už je to cokoli, beru to. Dám do toho všechno. Tedy až budu mít na sobě košili a boty."

"Zajímalo by mě, jaké máš teď schopnosti, Alfréde. Myslím tím, jestli je ještě máš, nebo jestli máš ještě jiné schopnosti. Nebo žádné. Když už jsi zase člověk," zeptala se Lia.

Alfred se poškrábal na světlovlasé hlavě. "Ehm, to nevím. Jediné, co tady potřebuje vyléčit, je moje bývalé labutí tělo.

Nechci riskovat, že když ho vyléčím, skončím v něm zpátky." "A co?" zeptal se.

"To je fér," řekla Lia. "Ale nemůžeme tam přece nechat tvé staré labutí tělo, ne? Musíme ho pohřbít."

Když pohlédli na mrtvé tělo, rozplynulo se ve vzduchu.

"No, tím je problém vyřešen," řekl E-Z.

"Mám pocit, že bych měl říct pár slov, k odchodu mého starého těla. Vadí to někomu?"

E-Z i Lia sklonili hlavy.

Alfred zarecitoval úryvek z básně lorda Alfreda Tennysona s názvem:

Umírající labuť:

Planina byla travnatá, divoká a holá,

Široká, divoká a otevřená vzduchu,

který se všude vznášel

a pod střechou šedivou, bezútěšnou.

Vnitřním hlasem řeka běžela,

a po ní plavala umírající labuť,

a hlasitě naříkala.

Tu Alfréd houkal a houkal, až se jim při pokračování básně zalily oči slzami:

Bylo to uprostřed dne.

Vítr unavený šel stále dál,

a odnášel si vrcholky rákosu.

Stáli spolu a mlčeli.

Pak Lia řekla: "Teď si vezmeme čisté a suché oblečení, pak půjdeme všichni do hamburgrárny. Já mám taky hlad a žízeň."

E-Z zavrtěl hlavou. "Nějaké jídlo by se hodilo, ale Eriel je mi pořád podezřelá. Něco mi tu nesedí."

"Na to přijdeme - až se najíme! Doveď mě do nebe cheeseburgerů."

Začali se pohybovat po nábřežní promenádě. Nějakou dobu pokračovali v chůzi. Než si uvědomili, že se ztratili.

"Jsem výborná navigátorka," řekla jednorožka Dorrit, když je přiletěla pozdravit. "Nastupte si na palubu, Alfrede a Lio. E-Z můžete jít za mnou."

Alfred sáhl do kapsy džínů a vytáhl peněženku. Uvnitř našel několik bankovek a identifikační údaje těla, v němž nyní přebýval. Mladík se jmenoval David, James Parker, bylo mu čtyřiadvacet let. V ruce držel řidičský průkaz.

"Pěkná fotka," řekla Lia.

"Ano, jsem docela hezký."

"Ach, bratře," řekl E-Z a tlačil se dál.

Vzhůru, vzhůru do vzduchu letěli pasažéři Malé Dorrit. E-Z je následoval, dokud nevěděl, kde je. Rozhodl se, že požádá, aby mu na vozík přidali GPS. Škoda, že na to nemysleli, když ho upravovali.

Po sestupu následoval rychlý výlet do obchodu s použitým zbožím. Alfred měl nyní na sobě nové tričko, džíny, běžky a ponožky. Následovala krátká fronta, než se začalo objednávat jídlo.

Malá Dorrit se zatvářila skromně, zatímco trojice se pustila do jídla. Všichni měli velký hlad.

Alfréd vydával vrkavé zvuky, kterých bylo příliš mnoho na to, aby se daly podrobně popsat. Když dojedli, odložili odpadky do příslušných košů. A vydali se na cestu domů.

Když už byli skoro na místě, zavolal Alfréd na E-Z: "Musíme si promluvit!"

"Nemůže to počkat, až přistanete?" Malá Dorritka se zeptala. "Až tady skončím, musím jít na nějaká místa a za lidmi."

"Jak nezdvořilé," řekl E-Z. "Jen do toho, Alfréde nebo Davide nebo jak se teď jmenuješ."

"O tom jsem s tebou chtěl mluvit," řekl Alfred. "Jak vysvětlíš mou proměnu strýčkovi Samovi a Samantě? Uh, strýčku Same a Samantho, rád bych vám představil labutě trubače Alfréda. Teď se jmenuje David James Parker. Díky tělu, do kterého vstoupil a v němž momentálně přebývá. Protože mladý muž, který byl předchozím majitelem těla, spáchal sebevraždu. Na mostě na Jonesově ulici."

"Ježíšmarjá," řekl E-Z. "Je to stoprocentní pravda, jak ji známe, ale nemůžeme jim říct pravdu."

"Moje matka by omdlela, kdybychom to řekli. Proč jim neřekneme, že labuť Alfred odletěla na jih? Za slunečnějším počasím. Nebo že potkal družku? Pak můžeme Alfréda představit jako D. J., což zní mnohem přátelštěji než David James."

"Jsi génius," řekl E-Z. "I když vzhledem k tomu, že můj kamarád se jmenuje PJ, mohlo by to být s dýdžejem a PJ trochu matoucí. Co myslíš, Alfrede? Máš nějaké preference?"

"DJ se mi nelíbí. Zní to příliš obyčejně. Raději bych se jmenoval Parker. Komorník Parker byl jednou z mých nejoblíbenějších postav v seriálu Thunderbirds."

"Tak tedy Parker," dokončil E-Z, když Lia vydala výkřik a Alfred omdlel - jejich domov byl pryč. Shořel do základů.

KAPITOLA 21

"**A**LE NE!" E-Z VYKŘIKL a rozběhl se k hořícím troskám. "Musím najít strýčka Sama a Samanthu. Prostě musím."

Jeho židle se vznášela nad ostatky; byla celá ohořelá do černa. Nerozeznatelná změť zkázy bez známek lidského života. Ojedinělé předměty byly nasáklé vodou. Mezi vyhaslými uhlíky tu a tam stoupaly občasné kouřové signály.

E-Z zvedl pěsti do vzduchu. "Pojď sem, Eriel, ty gargantuovská..."

"Létající tupče!" Parker dokončil urážku.

Lia se snažila všechny uklidnit.

"Proč jsi to musel udělat? Proč? Proč?" E-Z se rozplakala.

Lia padla na zem. Opřela si hlavu o E-Zovo koleno a Parker ji objal právě ve chvíli, kdy za nimi se skřípěním zastavilo auto.

Dvoje dveře se rozletěly: Sam a Samantha.

Rozběhly se a přitiskly se k sobě; jako by nikdy nečekaly, že se ještě uvidí. Všichni uronili jednu nebo dvě slzy, než se od sebe rozešli. Když si uvědomili, že ve skupinovém objetí je i muž, kterého neznali.

Ten cizinec byl vysoký muž, který by neměl problém získat místo u Raptorů. Byl od hlavy až k patě oblečený do tmavě černého pruhovaného obleku s odpovídajícími botami.

Rozepnuté knoflíky saka odhalovaly černý oblek s lesklou látkou, možná hedvábnou. Jeho černé oči a větrem ošlehané kadeře kontrastovaly s břečťanovou pletí. Připomínal křížence hrobníka a kouzelníka.

"Ahoj, já jsem Samův pojišťovák." Natáhl ruku.

Strýček Sam vysvětlil, že si se Samanthou vyšli na jídlo. Když viděl E-Zův výraz, zdůvodnil to: "Nemohla se vyspat kvůli jet lagu." "To je pravda," řekl. Samantha a Sam si vyměnili pohledy a přikývli. "Samantha a já..."

"Ach, mami!"

E-Z: "Samantha a strýček Sam sedí na stromě - k-i-s-s-i-n-g." "Aha," řekl Sam.

"Přestaň," řekl Parker. "Přivádíš je do rozpaků."

Všechny oči se upřely na pojišťováka. Jmenoval se Reginald Oxworthy. Právě telefonoval. Křičel. "Jak to myslíte, že nemá nárok?"

"Ale ne!" Sam řekl.

"Je naším zákazníkem už léta, nejdřív když žil v jiném státě a pak se přestěhoval sem. Je krytý, tím jsem si jistý." Nastala pauza. "Tak se podívejte znovu!" Zaklapl telefon. "Tohle všechno mě mrzí."

Sam přistoupil blíž a ostatní ho následovali. "V čem přesně je problém?"

"No, žádný problém, abych tak řekl."

"Mně to rozhodně jako problém znělo," řekla Samantha. Ostatní přikývli.

Oxworthy si odkašlal. "Řekl jsem jim, ať si znovu prověří vaši pojistku. Dej mi," zazvonil mu telefon. "Vteřinku," řekl a odešel od nich. Následovali ho jako skupina fotbalistů v chumlu a poslouchali každé jeho slovo. "Ehm, ano. Righto. Tak to potvrdili. Žádný problém, to se stává."

Usmál se směrem k Samovi a pak mu ukázal palec nahoru. Vzdálil se od doprovodu a pokračoval v rozhovoru.

Stáli v hloučku a dívali se na to, co zbylo z jejich domu. Domu, ve kterém E-Z žil celý svůj život. Co by se stalo teď? Museli by na tomto místě stavět znovu? Nový dům bez historie a významu. Nový dům, který by pro něj nikdy nebyl domovem. Nikdy by se nestal místem, kam by mohli chodit duchové jeho rodičů, pokud duchové existovali.

Oxworthy se vydal směrem k nim. "Tak tedy. Omlouvám se za zpoždění. Ale vaše rezervace v hotelu byla potvrzena. Můžeme vyrazit. Ubytujte se, až budete připraveni."

"Děkuji," řekl Sam. "Už víte, co bylo příčinou toho požáru?"

"Po předběžném vyšetřování jsou si na devadesát procent jistí, že výbuch způsobil únik plynu. Ale s tím si teď nedělejte starosti. Vaše pojistka pokrývá veškeré náklady na pobyt v hotelu. Zamluvil jsem vám tři pokoje. To by mělo stačit, ne?"

"To by mělo být v pořádku," řekl Sam. "Děkuji, Regi."

"Tvoje pojistka kryje i výdaje na náhradní věci, nezbytnosti, jídlo. V hotelu nebudete muset zaplatit ani cent. Pokud něco koupíte, pošlete mi účtenky. Udělej si kopie, originály si nech. Postarám se o to, aby ti byly proplaceny."

Sam a Oxworthy si potřásli rukama.

"Potřebuje někdo odvézt do hotelu?" Oxworthy se zeptal a Lia se Samanthou nastoupily na zadní sedadlo jeho černého mercedesu.

E-Z a Parker nastoupili do auta strýčka Sama.

"Myslím, že jsme se ještě nepředstavili," řekl strýček Sam a natáhl ruku k Parkerovi, který seděl na zadním sedadle.

"Rád tě poznávám," řekl Parker.

"Aha, ty jsi taky Brit," řekl strýček Sam. "Když už o tom mluvíme, kde je Alfred?"

E-Z zavrtěl hlavou. "Ráno ti to vysvětlím. A ty můžeš pokračovat v tom, co jsi nám chtěl říct, o tobě a Samantě."

"To je fér," řekl Sam a podíval se do zpětného zrcátka, aby viděl, že Parker tvrdě spí. Zapnul auto a rozjel se.

"Všichni jsme měli docela rušný den," řekl E-Z.

"To mi povídej."

Promiň Eriel, že jsem ti to vyčítal, pomyslel si E-Z. Ačkoli tušení v koutku mysli mu naznačovalo, že porota je v této věci stále ještě mimo hru.

KAPITOLA 22

P o příjezdu do hotelu se všichni ubytovali ve svých pokojích s tím, že se později v 18 hodin sejdou na večeři.

Strýček Sam měl pokoj sám pro sebe, ale mezi jeho pokojem a pokojem jeho synovce byly sousední dveře. Parker spal na palandě také v pokoji E-Z, zatímco Lia a její matka sdílely pokoj o několik dveří dál.

Po zabydlení se Lia a Samantha rozhodly nakoupit nejnutnější věci. Nejvyšší prioritou bylo nové oblečení, protože všechno, co si s sebou přivezly, se ztratilo při požáru.

"A co naše pasy?" Lia se zeptala.

"Ještě že je mám vždycky u sebe v kabelce."

"Uf!" Oba vešli do značkového obchodu a okamžitě si začali zkoušet nejnovější severoamerickou módu.

"Tohle by měla být extra zábava, když všechno platí pojišťovna!" Samantha vykřikla přes zeď na dceru ve vedlejší převlékárně.

"Nic nemáme radši než nákupní horečku!" Lia se přidala. "Určitě si koupím tohle a tohle a tohle."

✶✶✶

V HOTELU PARKER CHRÁPAL na posteli. E-Z se motal po pokoji a přemýšlel o svém ztraceném počítači. Ještě že se s románem Tattoo Angel nedostal příliš daleko, ale nejvíc mu ležely na srdci věci jeho rodičů. Nemohl uvěřit, že jsou všechny - Pryč. Nepomohlo mu ani to, že se na ně už strašně dlouho nepodíval. Ale proč si to vyčítal? Lidé z pojišťovny tvrdili, že příčinou byl únik plynu. Prý si tím byli na devadesát procent jistí. Proč měl pořád pocit, že je to všechno jeho vina, protože tomu mohl zabránit, zastavit Eriela, když měl příležitost.

Sam strčil hlavu do pokoje. "Vy dva jste slušní?"

Parker se protáhl.

"Jo, jsme slušní. Pojďte dál."

"Jdu dolů do obchodu pro nějaké základní věci. Chcete mi dát seznam toho, co potřebujete, nebo se ke mně přidáte?"

"Jestli to zahrnuje jídlo, tak se mnou počítejte!" Alfred řekl.

"Ty máš pořád hlad!"

"Co na to říct, už nějakou dobu se živím jenom trávou."

E-Z zachytil Samův pohled a předstíral, že kouří imaginární cigaretu.

Strýček Sam se ušklíbl a divil se, jak se jeho třináctiletý synovec v takových věcech vyzná. Aby změnili téma, zamkli své pokoje a zamířili na chodbu.

"Kam přesně jdeme?" Zeptal se E-Z.

"Přesně tak, do města na nákupy moc často nechodíme. Je tu jedno fantastické nákupní centrum, kam jsem se chtěla podívat od chvíle, co jsem se sem přestěhovala. Není to daleko, tak mě napadlo, že bychom si mohli cestou popovídat."

"Můžeš nám říct, co se stalo?" Parker se zeptal.

"Jo, jak jste se se Samanthou tak rychle dali dohromady?" "Jo," odpověděl Parker. Zeptal se E-Z.

"Hmmm," řekla Sam.

"Myslel jsem ten požár," řekl Parker a podíval se E-Zovi přes rameno křížem přes oči.

Dorazili do obchodu. Parker a Sam vešli dovnitř otáčivými dveřmi, zatímco E-Z použil tlačítko na otevírání dveří.

Jakmile vstoupili dovnitř, Parker se sehnul, aby si znovu zavázal boty. E-Z stáhl z věšáku elegantní džínovou bundu a vyzkoušel si ji. Otočil se před zrcadlem, aby zkontroloval, jak mu sedí. "Tohle vypadá docela dobře."

Sam přišel zhodnotit situaci: "Souhlasím, sedí přesně. Vypadá to, jako by to bylo šité pro tebe."

"Co myslíš, Alfréde?"

Sam si ho dvakrát prohlédl. Parker řekl: "Mohl bys mi přestat říkat Alfréde! Kdo byl vlastně ten Alfred?" "Ne," odpověděl.

"Ehm, promiň, to je ten britský přízvuk. On ho měl taky. Alfred byl, no, náš kamarád." "Aha," odpověděl.

Sam se vrátil k prohlížení oblečení. Plnil koš spodním prádlem a toaletními potřebami.

"Co myslíš, Parkerová?"

Přešel podlahu, aby si ji prohlédl zblízka. "Dobře se hodí. Myslím, že by sis ho měla vzít. Ale bude škoda, až ti prasknou křídla a zničí se to." "Aha," řekl.

Sam prošel kolem a E-Z hodil bundu do košíku. "Myslím, že byste si měli pořídit i nějaké nezbytnosti, třeba spodní prádlo. Pokud tedy nemáte v úmyslu jít jako komando."

"Fuj!" E-Z vykřikl.

"Aha, tuhle frázi znám. Jsem si naprosto jistý, že jeho původ je ve Velké Británii." "Aha.

"Už chápu, proč ti můj synovec pořád říká Alfréde. Přesně takhle by to řekl."

E-Z se na Parkera na okamžik zadíval. Pak následoval strýce na cestě k pokladně, kde se zastavil, vyzkoušel si klobouk a hodil ho do košíku.

"Tak kam se Parker dostal?" zeptal se. Sam si dál prohlížel spony na kravaty, zatímco E-Z prohledával obchod a hledal svého zmizelého kamaráda.

Parker stál nehybně uprostřed čtvrté uličky s pravou rukou nahoře a levou dole. Výraz v jeho tváři byl neomylně podobný zombie.

"Ale ne!" E-Z se otočil a řekl. "Ehm, Parkerová," zašeptal. "Co se děje? Měl by sis dávat pozor, nebo si tě někdo splete s figurínou." "Cože?" zeptal se.

Parker zůstal nehybně stát.

"Vzpamatuj se," řekl E-Z a vrazil do Parkera židlí. Parkerovo tělo se naklonilo a pak se převrátilo. E-Z ho chytil právě včas a přidržel ho za záda košile. Snažil se přítele narovnat, aby nevypadal tak strnule a jako figurína, ale nebyl to snadný úkol.

Strýček Sam mu přispěchal na pomoc. "Co je s Parkerem?"

"Já nevím. Musíme ho odsud dostat."

"Bere drogy? Má divný výraz ve tváři, jako by viděl ducha nebo tak něco."

"Ne, žádné drogy, kromě sem tam nějaké trávy. A duchové neexistují - nemluvě o tom, že je den. Možná bych ho mohl převézt na své židli? Musíme ho odsud dostat dřív, než si toho někdo všimne a zavolá policii.

"Souhlasím. Nevím, jaký důvod by uvedli policii, kdyby ji zavolali. V našem obchodě je chlap, který napodobuje figurínu! Pojďte rychle."

"Vtipné," řekl E-Z. "Ty se běž podívat ven a já zůstanu tady. Vymyslíme, jak ho odsud dostaneme, aniž bychom vzbudili příliš pozornosti."

Strýček Sam šel zaplatit, zatímco E-Z zůstal s Parkerem. Zákazníci, kteří přicházeli uličkou, měli problémy dostat se dovnitř a kolem nich. E-Z otáčel židlí doleva a pak doprava, aby se přizpůsobil nakupujícím.

Nakonec, když bylo zákazníků několik najednou, přitlačil Parkera ke zdi. Alespoň mu nepřekážel. Pak se posadil a čekal na Sama.

"Jsme tady!" E-Z zavolal, když ho spatřil.

"Proč stojí čelem ke zdi? A co děláte tady?" "Ne," řekl.

"Bylo tu hodně zákazníků a my jsme stáli v cestě. Přemýšleli jste, jak ho odsud dostaneme?" "Ano," řekl.

"Ano, jdu si pro jednu z těch plošin," řekl Sam.

"Proč si nevezmeš vozík?" Zeptal se E-Z. "Je to méně nápadné."

"Do vozíku bychom ho nikdy nedostali. Ne, pokud si nechceš vylomit křídla, zvednout ho a hodit do něj."

"Musím se zamyslet." Po několika minutách si uvědomil, že sehnat plošinový vozík je nejlepší nápad. "Ano, sežeň plošinový vozík a já ti ho do něj pomůžu naložit. Až budeme venku z obchodu, můžu s ním letět zpátky do hotelu. Jediný problém bude, až tam dorazím, co s ním pak udělám."

"Cože?" zeptal se.

"To vyřešíme, až se dostaneme z obchodu." Sam šel pro vozík. Místo toho se vrátil s plošinou. Ukázalo se, že je to lepší varianta. Snadno na ni Parkera naložili a zamířili zpátky do hotelu.

"Půjdeme zpátky pěšky, pomalu a klidně," řekl E-Z. "Nakonec nemusím letět. Půjdeme pěkně v klidu, půjdeme nahoru do našeho pokoje a položíme ho na postel."

"Pak vrátím plošinu, musel jsem slíbit, že ji osobně vrátím."

"To zní jako plán. Ups."

Většinu chodníku zabírala skupinka nakupujících. Zastavili se, aby je nechali projít, pak zase pokračovali v cestě a brzy byli zpátky u hotelu.

Jakmile se ocitli uvnitř, plošina se nevešla do normálního výtahu, takže museli použít služební výtah. To je muselo trochu přesvědčit, tj. podplatit recepčního. Jakmile peníze změnily dlaň, pomohl jim dokonce dostat plošinu z výtahu. Nabídl jim také, že až skončí, vrátí ji do obchodu. Nabídku, kterou Sam zdvořile odmítl.

Nyní se před E-Z a Parkerovým pokojem otevřel výtah a vystoupila Lia s matkou. Každá z nich nesla spoustu tašek, když si všimly chlapů a plošinového vozu.

"Ale ne! Co se stalo? Lia se zeptala.

"Nevím," řekl E-Z. "Nějak divně odbočil."

"Vezmeme ho dovnitř," řekl Sam.

Poté, co odložily tašky, pomohly dívky E-Z a Samovi dostat Parkera na postel.

"Možná je očarovaný?" Navrhla Lia.

"To je od tebe dost zvláštní skok," řekla Samantha. "Asi ses moc dívala na reprízy Čarodějek."

Lia se zasmála. "Ano, byl to jeden z mých nejoblíbenějších seriálů. Myslím tu předchozí verzi, tu s tou holkou z Kdo je tady šéf."

"Je dobré vědět, že se díváš i na oldies kanál v Nizozemsku," řekl E-Z. Pak se k Parkerovi přiblížil. "Počkej chvilku. Ještě dýchá?"

Sledovali, jak se Parkerův hrudník zvedá a klesá. Nestalo se tak.

"Zkontrolujte, jestli mu bije srdce - nebo jestli má puls," navrhla Samantha.

"Srdce bije," řekla Sam. "A dýchá, ale sporadicky."

Samantha se naklonila a nahmatala Parkerovo čelo. "Panebože, on hoří horečkou!"

"Přineste led!" Sam vykřikl a pak podle vlastního rozkazu vyběhl na chodbu s kbelíkem ledu v ruce.

"Neměli bychom zavolat doktora?" Samantha se zeptala.

KAPITOLA 23

"**S**OUHLASÍM S MÁMOU. MUSÍME zavolat záchranku, nebo tu možná v hotelu bydlí lékař," řekla Lia.

E-Z se ušklíbl a ESP předal Lii zprávu - musíme se zbavit strýčka Sama a tvé mámy.

Sam se vrátil s kbelíkem plným ledu. "Potřebujeme ho dostat do vany." Spolu se Samanthou začali Parkera zvedat.

"Počkej!" Lia se ozvala. "Ehm, Same a mami, co kdybyste vy dva šli pro spoustu a spoustu ledu? Chci říct, že musíme naplnit vanu, než ho do ní dáme, ne?"

"Uh, myslím, že se nás chtějí zbavit," řekl Sam.

"Promiň," řekl E-Z. "Můžeš nám dát pár minut, abychom se pokusili vyřešit tuhle Parkerovu situaci?"

Samantha a Sam přikývly a pak opustily místnost.

E-Z odříkal kouzelná slova, která přivolala Eriela:

Roch-Ah-Or, A, Ra-Du, EE, El.

Archanděl se přesto neobjevil. To, že si ho nikdo nevšímá, E-Z neskutečně rozčilovalo, když teď věděl, že ho Eriel neustále sleduje.

Lia zkusila Haniela, ale nedostala žádnou odpověď.

E-Z a Lia nevěděli, co mají dělat, když Parkerovo srdce zpomalilo svůj tlukot a téměř se úplně zastavilo.

Bez vyzvání a s fanfárami dorazil Ariel. Přiletěla přímo k Parkerovi. Položila mu ruce na čelo. Sledovali, jak jí z očí padají kapky slz a dopadají na jeho tváře. Zpívala tichou píseň a čekala. Když se nepohnul ani nenabyl vědomí, otočila se k odletu. Než však odešla, naříkala: "Je pryč." "Ne," odpověděla. A o několik vteřin později byla pryč i ona.

Přestože byli ve 45. patře a přestože Alfred/Parker byl mrtvý. Znovu. E-Z ho zvedl z postele a odnesl k oknu. Přes rameno se ohlédl na Liu.

Plakala, když s Parkerem klesali.

Padali, padali. Dokud se E-Zovi nevysunula křídla invalidního vozíku. Vzlétli, on a Alfred, on a Parker. Oba byli stejní. Dva za cenu jednoho.

Jak stoupal výš a výš, začínal blouznit. Kovové části jeho křesla byly čím dál tím víc horké.

Bál se, že se samy vznítí.

Musel to napravit. Prostě musel. Musel najít Eriel.

Invalidní vozík se začal zmítat, což způsobilo, že E-Z a Alfred/Parker spadli.

Přistáli bez křesla v silu, kde se E-Z přitiskl k mrtvému tělu svého přítele.

Netrvalo dlouho a Eriel dorazil a zavěšený ve vzduchu před nimi zavolal: "Říkal jsem ti, že se to stane. Říkal jsem ti to a on souhlasil. Dohoda byla uzavřena."

E-Z věděl, že je to pravda, a přesto. "Proč jsi mu tedy dávala naději a proč ten Shakespearův citát o tom, že mu máš dát druhou šanci?"

Eriel se podíval na bezvládné tělo, které E-Z držel. "To nebyla moje práce."

"Tak s kým si mám promluvit?" E-Z se zeptal. "Přiveď ho ke mně. Bůh nebo kdokoli, kdo tomu velí. Chci ho vidět!"

KAPITOLA 24

E RIEL SI ODFRKL A zmizel.

E-Z a Alfred/Parker zůstali. Jméno Parker pro něj neznamenalo nic a nikoho. Alfred byl jeho přítel a teď, když byl pryč, si ho hodlal pamatovat jako Alfreda a jenom jako Alfreda.

Čekal na něco a zároveň na nic. E-Z svíral postavu svého mrtvého přítele a přál si, aby znovu ožil.

"Dáš si něco k pití?" zeptal se hlas ve zdi.

"Rád bych, aby můj přítel zase žil. Můžeš ho znovu přivést k životu? Můžeš mi prosím pomoci ho zachránit?"

"Zůstaňte prosím sedět."

PFFT.

Vzduch naplnila uklidňující vůně levandule. Unášel se do stavu podobného snu, v němž znovu prožíval vzpomínky, vzpomínky, které se posunuly a změnily tak, aby vyhovovaly jeho současné situaci.

Byli tam E-Zova matka a otec, živí a zdraví, ale mladší. Vraceli se z nemocnice v autě, které nikdy předtím neviděl. Jeho otec Martin spěchal ze sedadla řidiče, aby pomohl matce Laurel z auta.

Společně sáhli na zadní sedadlo a zvedli z něj dětskou sedačku. Láskyplně se podívali na dítě v ní, které tvrdě spalo.

"Je jako jeho starší bratr," řekl Martin.

"Ano, E-Z vždycky usnul v autě," řekla Laurel.

"Pojď dovnitř," zabručel Martin.

"A seznam se se svým starším bráškou," řekla Laurel, když miminko krátce otevřelo oči a pak zase usnulo.

E-Z, který se díval z okna a vedle něj stál strýček Sam. Chtěl jít ven a přivítat svého nového bratříčka nebo sestřičku.

"Počkej, až přijdou dovnitř," řekl strýček Sam.

"Dobře," řekl sedmiletý E-Z s obličejem přitisknutým k oknu sevřeným ve dvou rukou.

Vchodové dveře se otevřely: "Jsme doma!" zavolala jeho matka Laurel.

E-Z doběhl ke vchodovým dveřím, kde ho matka s otcem objali. Dřepla si, aby představila nejnovějšího člena rodiny Dickensových.

"Je tak malý," řekl E-Z.

"Je to on," řekl jeho otec.

"Aha."

"Chtěl by sis ho pochovat?" zeptala se matka.

"Dobře," řekl E-Z a přidržel si ruce, aby do nich matka mohla jeho bratříčka položit. "Nechci ho ale budit. Vadilo by mu to?"

"Ne, nevzbudí se," řekla Laurel.

"Pokud ano, tak proto, že se chce seznámit se svým starším bratrem."

"Má nějaké jméno?" Zeptal se E-Z, vzal novorozence do náruče a kolébal mu hlavičku.

"Ještě ne, chceš mu dát jméno?" zeptala se matka. "Dobře, drž mu krk, jen tak... moc dobře. Jak jsi věděl, že to máš udělat? Ty jsi tak hodný starší bráška."

"Skvělá práce, kamaráde," řekl jeho táta.

E-Z se podíval cygnetovi do obličeje a řekl: "Mně připadá jako Alfréd." "A co?" zeptal se.

E-Zovi se po tvářích kutálely slzy, jak se oba světy střetly. V jednom z nich svíral svého malého bratříčka jménem Alfred. Ve druhém kolébal Alfrédovo mrtvé tělo v silu.

"Doba čekání je nyní sedm minut," řekl hlas ve zdi.

"Sedm minut," zopakoval E-Z.

Přemýšlel o Alfredovi, o jeho schopnostech. O tom, jak dokázal léčit jiné formy života, včetně lidí. Přemýšlel, jestli Alfred toho mladíka vyléčil. Provedl tu výměnu sám? Bylo by to možné?

"Alfréde," řekl E-Z. "Alfréde, slyšíš mě?" Zatřásl přítelovým tělem. "Alfréde!" opakoval stále dokola a doufal, že ho přítel nějak slyší.

Když hodiny na stěně odpočítávaly, objevil se Ariel. "Takhle s tělem zacházet nemůžeš. Je to ostuda." Roztáhla křídla a šla zvednout Alfrédovo bezvládné tělo z E-Zovy náruče s úmyslem odnést ho pryč.

"Ne!" E-Z řekl. "Nedostaneš ho."

Ariel mávla křídly a pak ukazováčkem na E-Z.

"Alfred opustil budovu, ty držíš kůži, oblek, který ho držel. Alfred je teď tam, kde má být. Nech jeho tělo odejít."

E-Z se posadil. Pokud byl Alfred někde se svou rodinou, pokud to byla pravda, pak ano, mohl ho nechat jít. Do té doby se držel.

"Kde přesně je? Je se svou rodinou?"

Ariel přelétl těsně, pozoruhodně těsně, skoro si sedl E-Zovi na nos. "To nemohu říct."

"Tak ho nepustím."

"Dobře," řekla Ariel. Zafuněla a zmizela.

Nad ním se v silu objevily dvě postavy - muž a žena. Přiblížily se k němu a snesly se dolů. Stále blíž a blíž.

Protřel si oči. Zase se mu to zdálo? Byla to jeho matka a otec. Martin a Laurel. Andělé, kteří ho přišli pozdravit. Zavrtěl hlavou. To nemohli být oni. To nemohli být oni. Zdálo se mu o nich - o tom, jak si domů přivádějí bratříčka. Teď byli tady, s ním v silu. Jasné jako facka - ale spal snad ještě? Snil?

"E-Z," řekla jeho matka. "Ten člověk, tvůj přítel Alfred, je mrtvý. Musíš ho nechat jít a pokračovat ve své práci. Musíš dokončit zkoušky a čas běží. Čas se ti krátí."

E-Zův otec Martin řekl: "Je to jediný způsob, jak můžeme být zase všichni pohromadě." E-Z se na to podíval.

"Ale oni mu lhali," řekl E-Z. "Řekli mu, že bude se svou rodinou. Teď nemůže být se svou rodinou, ne takhle. Jak mám vědět, že mi nelžou, že bude s tebou? Jak mám vědět, že s tebou Eriel nemanipuluje, aby mě přiměl plnit jeho příkazy?"

"Kdo je Eriel?" zeptala se jeho matka.

"My Eriela neznáme," řekl jeho otec.

To nedávalo smysl. Tohle bylo Erielovo místo. Nezáleželo na tom, jestli ho znali, nebo ne, on byl zodpovědný za to, že tam jsou. Věděl, jak - jak zatahat za struny E-Zova srdce. Věděl, jak ho přimět, aby udělal to, co po něm chce.

Co přesně chtěl? A proč k tomu využíval jeho rodiče? Bylo to nestydaté. Ve vzduchu nad ním se vznášeli jeho rodiče a zapínali a vypínali úsměvy, jako by byli loutky. V tu chvíli s jistotou věděl, že ti dva duchové, nebo co to bylo, přece jen nejsou jeho rodiče. Byli to výplody jeho fantazie, nebo možná Erielovy. Nemohl však přijít na to proč. Proč s ním někdo tak krutě a bezostyšně manipuluje?

"Probuď se, E-Z!"

Byl zpátky ve své posteli. Ve svém domě.

Překulil se a znovu usnul... a přistál zpátky v silu - znovu.

KAPITOLA 25

Tři věci PODOBNÉ SILŮM se vznášely po místnosti, jako by hrály hru Follow the Leader.

Nebyla to sila. Byla to autentická místa věčného odpočinku zvaná Lapače duší.

Pokaždé, když živá bytost zahynula, za předpokladu, že se tělo, v němž žila, narodilo s duší, bude jednoho dne žít dál. Lapačů duší bylo mnoho, příliš mnoho na to, aby se daly spočítat. Jejich počet byl mnohem větší, než si my lidé dokážeme představit. Více než googolplex, což je největší známé číslo.

Když E-Z dorazil, stejně jako předtím byl uložen do svého čekajícího lapače duší.

Jako další dorazil Alfred, stále mrtvý, jeho tělo bylo uloženo do lapače duší.

Lia dorazila jako poslední, stále ještě spící do svého lapače duší.

Netrvalo dlouho a E-Z se začal cítit klaustrofobicky.

"Dáte si něco k pití?" zeptal se hlas ve zdi.

"Ne, děkuji," řekl a bubnoval prsty na rameno vozíku, když se objevil anděl. Nový anděl, kterého ještě neviděl.

Tento anděl byla žena. Byla oblečená do splývavých černých šatů a čepce - jako by se účastnila slavnostní promoce. Na přísně vyhlížející tváři měla brýle. Podobné těm, které nosila Marilyn Monroe na plakátu v kavárně. Rozdíl byl v tom, že v těchto obroučkách pulzovala červená tekutina, která připomínala krev.

"E-Z," řekla třesoucím se hlasem. Její hlas se odrážel. "Vítej zpátky ve svém Lovci duší."

"Lovec duší?" řekl. "Takhle se ta věc jmenuje? Mně to připadá spíš jako silo. Co je to vlastně Lapač duší?" "Ne," odpověděl.

"Je to místo věčného odpočinku duší," řekla, jako by na stejnou otázku odpovídala už milionkrát.

"Ale není to pro případ, že by lidé zemřeli? Já nejsem mrtvá." Určitě doufal, že není mrtvý!

"Počkej!" vykřikla.

Znovu se při řeči otřásala stěnami. A jeho zuby vibrovaly také. Tak moc, že by nejraději byl venku ve sněhu, a pak by musel slyšet, jak pronese další slovo.

"Neřekla jsem ti, že je čas na otázky a odpovědi. Jak vidím, většinu zkoušek jsi úspěšně absolvoval. I když Alfred asistoval u zkoušky číslo dvě. Jak víte, nesankcionovaná pomoc není povolena."

E-Z otevřel ústa, aby Alfréda obhájil, ale jen je zase zavřel. Nechtěl riskovat, že znovu zvýší hlas. Určitě si přál, aby tam zvýšili teplotu. Na druhou stranu to bylo místo pro duše. Možná měly duše raději chladné skladiště.

TICK-TOCK.

Přikrývku měl nyní přehozenou přes ramena.

"Děkuji."

"Máš pravdu, až zemřeš, tvoje duše spočine tady. Nebo by tu spočinula, kdybychom tě nechali zemřít. Ale my jsme tě nechali naživu. Měli jsme k tomu dobrý důvod. Věci se však změnily. Nevyšlo to. Proto bychom rádi naši původní dohodu zrušili."

"Jak to myslíte, že ji rušíte? Vy máte ale drzost! Snažit se zrušit dohodu, co je to jen proto, že jsem dítě? Existují zákony proti dětské práci. Kromě toho jsem udělal všechno, co se po mně chtělo. Jasně, musel jsem se to všechno naučit za pochodu. Ale v dobrém i zlém jsem to zvládl. Dodržel jsem svou část dohody a ty bys měl dodržet tu svou!"

"Ach ano, udělal jsi, co se po tobě chtělo. V tom je ten problém - chybí ti iniciativa." "To je pravda.

"Chybí mi iniciativa!" E-Z vykřikl a udeřil pěstmi do opěrek svého vozíku. "Dohoda zněla, že mi pošlete zkoušky a já vymyslím, jak je zdolat. Zachránil jsem životy. Nemůžeš měnit pravidla v polovině hry." "To je pravda.

"Pravda, taková byla původní dohoda. Pak se to s Hadzem a Reiki zvrtlo - zapomněli vymazat myšlenky -, to za prvé, a Eriel se do toho musel vložit."

"Poslal mi zkoušky, já je dokončila. Dokonce jsem ho porazil v souboji."

"Ano, porazil. Požádal jsem ho, aby posoudil pouta mezi tebou a tvým strýčkem Samem."

"Aby nás zhodnotil?"

"Ano. archanděl není určen k tomu, aby VYTVOŘIL zkoušky pro anděla ve výcviku. Kvůli tvé, no, nedostatečné iniciativě se Eriel musel zapojit víc, než měl."

"Počkej chvíli! Takže říkáš, že jsem měl jít ven a najít si své vlastní zkoušky? Proč mě nikdo neseznámil s těmito požadavky?" "Ne," odpověděla jsem.

"Doufali jsme, že na to přijdeš sám. Byly tu nějaké nápovědy. Vodítka týkající se celkového obrazu. Společné rysy. Doufali jsme, že když budeš mít další lidi, se kterými budeš moci ty zkoušky probrat. Zkoušky, které jste již absolvovali. Že se na problém zaměříte. Dojdete ke stejnému závěru.

Pomůžete nám. Možná ho dokonce překonáte - aniž bychom vám ho museli podsouvat. Dali jsme ti všechny možnosti, ale ty jsi to neudělal. Takže jdeme jinou cestou."

"Společné rysy? Možná vím, co myslíte."

"Když na to přijdeš a zvolíš možnost superhrdiny... To by šlo. Dokud by bylo všechno křišťálově čisté. Měl jsi úplný přehled. Znal rizika."

"Takže pořád budeme tým? Proč to nevysvětlíš? Usnadnit mi to?"

"V minulosti, i když tvoji společníci dostali schopnosti, které jsi ty neměl - nevyužíval jsi je. Místo toho jste všichni tři seděli - ztráceli čas - a čekali, až se všechno stane.

Nepřišlo ti divné, když se Eriel objevil v zábavním parku? Zvedal profily Tří. To není práce archanděla. Je to tvoje práce."

Zavrtěl hlavou. "Nebyl jsem si stoprocentně jistý, že je to Eriel, dokud se na konci nepředstavil. Předtím jsem měl podezření. Kdo jiný by se oblékal jako Abraham Lincoln?

"Kromě toho jsem si myslel, že to nikdo nemá vědět. Až do té doby jsem si myslela, že procesy jsou tajemství. Bál jsem se, že poruším dohodu s vámi. Ophaniel říkal, že kdybych to někomu řekla, ztratila bych šanci znovu vidět rodiče. Řídila jsem se pravidly, která mi byla stanovena. Myslím, že nerozumíš pojmu fair play." "Ne, ne, ne, ne, ne, ne, ne, ne, ne, ne, ne, ne, ne, ne.

"Tohle není hra. Archandělé si můžeme dělat, co chceme!" vykřikla a přistoupila blíž k místu, kde seděl E-Zet.

Vystrčila bradu dopředu. "Rozhodli jsme se, že se víc hodíš na hru na superhrdiny než na anděly. Tehdy ti pomáhali v PR oddělení. Abychom vás povzbudili, abyste si našli vlastní lidi, kteří vám pomohou. Bůh ví, že Země je jich plná. Jak jim říkal Shakespeare, těm, co se mrouskají a zvracejí v náručí své ošetřovatelky."

"Shakespeara jsem nečetl, ale jsem příbuzný Charlese Dickense. Ne že by to bylo relevantní. Ale dobře, takže chceš, abych pokračoval, jako superhrdina s Alfredem, pokud žije, a s Liamou po boku. Snadno získáme velkou podporu a publicitu v médiích.

"Pořád jsem ti zavázaná. Pokud nám dovolíš volnou ruku, proč, nebe bude limitem. Známe se se spoustou dětí ve škole a ve sportovním odvětví. Můžeme založit superhrdinskou horkou linku a webové stránky. Můžeme využít sociální média a spojit se s lidmi z celého světa. Lidé budou stát fronty, abychom jim pomohli. Bude to úplně nová hra."

"Ach, konečně mluví o iniciativě... ale můj milý chlapče, je to příliš málo a příliš pozdě. Jak už jsem řekl, chceme se zbavit závazků vůči tobě. Už k nám nejsi vázán. Už nemáš žádný dluh, který bys musel splácet."

"Ale..."

"Všichni tři jste dokázali, že v tom jedete jen pro sebe. Když nám andělé poprvé navrhli, že byste nám mohli pomoci, zastupovat nás tady na Zemi - měli jsme plán. S Alfrédem to bylo stejné. Pak přišla Lia. Od té doby jsme s vámi dvěma měli úspěch. Zařadili jsme ji do trojice... ale teď jste se stali zbytečnými."

"Zachraňujeme lidi, pomáháme lidem."

"To mi neříkej. Kdybych ti nabídl možnost být s tvými rodiči dnes, tady a teď. Hodil bys ručník do ringu. Odešel bys, aniž by ses staral nebo myslel na ty životy, které jsi mohl zachránit, kdyby zkoušky pokračovaly.

"Předpokládám, že s Alfredem to bude stejné - pokud tedy přežije. Bez mrknutí oka by odešel se svou rodinou na pole sedmikrásek. A když už mluvíme o očích, kdyby Lia znovu viděla - taky by byla pryč.

"Po pečlivém zvážení jsme si uvědomili, že nikdo z vás není oddaný ničemu jinému než sobě, proto jsme přešli k plánu B."

"Počkejte chvíli. Pojďme definovat práci." Vygooglil si ji a s potěšením zjistil, že má čtyři čárky. "Podle internetového slovníku: vykonávat pravidelně práci nebo plnit povinnosti za mzdu nebo plat. Pracoval jsem pro tebe bez nároku na odměnu. Kromě příslibu odměny. Měli jsme ústní dohodu.

"Nejsem si jistý podrobnostmi, jakou dohodu měl Alfred nebo Lia, ale vsadím se, že jim jejich andělé nabídli podobné pobídky. Já jsem svou část dohody dodržel a ty bys měla dodržet tu svou. Je mi třináct let a," vygooglil si to. "Ano, jak jsem si myslel, podle amerického ministerstva práce je čtrnáct let minimální věk pro práci."

Zasmála se a upravila si brýle. Všiml si, že má ruce od krve. Otřela si je o černý oděv. "Ranní zákony se nevztahují na anděly a archanděly. Je však naivní, že si myslíš, že by to tak bylo." Odmlčela se. "Jsme připraveni nabídnout ti dvě možnosti. Možnost číslo jedna: Zůstaneš zde v Lapači duší po zbytek svého života."

"Cože?"

Samotné základy jeho Lapače duší se otřásly. Z představy, že bude zaživa pohřben v této kovové schránce, se mu dělalo zle.

"Život, který budeš žít, protože tvé živé dýchající dny budou stráveny tak, jak ti slíbili ti imbecilní archandělé. S tvými rodiči. To znamená, že budeš znovu prožívat život se svými rodiči ode dne, kdy ses narodil, až přesně do okamžiku, kdy jejich život vypršel. Nikdy nebudeš na vozíčku a oni nikdy nezemřou." Odmlčela se. "Teď můžeš mluvit."

"Chceš říct, že budu znovu prožívat svůj život s rodiči, každý den, který jsme spolu prožili, po celou věčnost, znovu a znovu?"

"Ano."

"Jaká je možnost číslo dvě?"

"Neumíš hádat?" zeptala se se zubatým úsměvem.

Její úsměv byl neupřímný, že musel odvrátit zrak.

Čekal.

"Varianta dvě by znamenala, že se vrátíš a budeš žít svůj život se strýčkem Samem." Zaváhala a přistoupila blíž, takže E-Z. Už tak mu byla zima a teď ho každým mávnutím křídel ještě víc ochlazovala. Přikryl se dekou. Pokračovala. "Jak už jsi možná uhodl, ani při jedné z možností se nesetkáš a nikdy nesetkáš se svými rodiči. Znovu bychom vytvořili minulost. Bylo by to, jako bys žil v nějaké divadelní hře nebo televizním seriálu."

"Cože, s tím jsem přece nesouhlasil!" řekl jsem. E-Z vykřikl. "Chceš říct, že Hadz. Reiki, Eriel a Ofaniel mi lhali?" "Ne," odpověděl jsem.

"Lhal je silné slovo, ale ano. Podívej se na své okolí. Duše jsou uloženy v jednotlivých odděleních. Pro každou duši je předem připraveno jedno oddělení."

"Takže říkáš, že moji rodiče jsou každý v jedné z nich?" "Ne," odpověděl jsem.

"Ano, jejich duše tam jsou."

"A co se s nimi pak stane?"

"Proč, vznášejí se na nebesích."

"To je smutné. Vždycky jsem si myslel, že moji rodiče budou někde spolu. Vím, že to byla jediná věc, která Alfredovi poskytovala jakousi útěchu. Že jeho žena a děti jsou někde spolu. Nikdo nemá rád pomyšlení, že jeho milovaný umírá sám. Natož aby strávil věčnost v kovovém kontejneru, který pluje z místa na místo."

"Lidská sentimentalita. Duše pouze existují. Nežijí a nedýchají, nejedí, necítí přílišné horko ani přílišnou zimu. Lidé tento koncept nechápou."

Posmíval se.

"Nechci urážet váš druh. Ale když tělo zanikne, to, co po něm zůstane, duše, je těžký pojem, který se vám těžko chápe. Lidské mozky jsou prostě příliš malé na to, aby pochopily složitost vesmíru. Proto vznikají náboženské doktríny. Napsáno laicky. Snadno se dají naučit a následovat bez jakýchkoli důkazů."

"Protože duše jsou cennější než lidé jako já, jak bych mohl prožít zbytek života v jedné z těchto nádob?" "Ne," odpověděl jsem.

"Udělali jsme úpravy, jako teď a předtím. Když jsme tě sem přivezli, neměl jsi žádné problémy s existencí tady, teď ano?"

"Kromě klaustrofobie," řekl. "A chvíle, kdy mě potřebovali uklidnit tím levandulovým sprejem."

"Ach, ano. Opakování klaustrofobie bude samozřejmě záviset na tom, jakou možnost si vyberete. Pokud si zvolíte možnost číslo jedna, prostředí vás bude podporovat ve všech směrech, dokud nebude vaše duše připravena. Pak se můžeš své pozemské podoby zbavit. Lidé se přizpůsobí a vy si zvyknete. Navíc budeš se svými rodiči a budeš znovu prožívat vzpomínky. Tím se ti zkrátí čas. A teď si řekni, co chceš!"

"Počkej, a co moje křídla a křídla mého křesla? Co se s nimi stane?" Zaváhal: "A co Alfredovy a Liiny schopnosti? Když si vybereme možnost číslo jedna, vrátíme se do stavu, v jakém bychom byli? Tedy předtím, než jste se ty a ostatní archandělé zapojili do našich životů?"

"Samozřejmě, že vám nestrhneme křídla, milý chlapče, ani neodejmeme žádnou moc, kterou už kdokoli z vás dostal. Jsme archandělé, ne sadisté."

"To je dobře, že to víme, takže můžeme dál zůstat superhrdiny."

"Můžete, ale budete si muset vytvořit vlastní reklamu - protože až skončíme - skončíme nadobro."

"Prosím, zůstaňte sedět," řekl hlas ve stěně, ačkoli E-Z neměl v této věci moc na výběr.

Archanděl neřekl nic. Místo toho se rozptylovala tím, že si čistila brýle a pak si je zase nasadila.

"Ještě jedna věc," zeptala se E-Z, "týkající se Alfreda."

"Pokračuj, ale pospěš si. Další pojem, který lidé nechápou, je, že čas existuje v celém vesmíru. Mám ještě další místa, kde musím být, a další archanděly, které musím vidět."

"Dobře, pustím se do toho. Alfred je nyní v jiném lidském těle. Pokud duše zůstává s tělem, jsou v něm tedy dvě duše? Čeká lovec duší na dvě duše?" "Ano," odpověděl jsem.

Andělka se k němu otočila zády. Než promluvila, odkašlala si: "Já, my, jsme doufali, že se na to ptát nebudeš. Jsi chytřejší, než jsme předpokládali." Zavřela oči a přikývla: "Mhmmm." Její oči zůstaly zavřené. E-Z se podíval, jestli má špunty v uších, protože se zdálo, že někoho poslouchá. Nebo se mu to možná jen zdálo. Přikývla. "Souhlasím," řekla.

"Je tu s námi ještě někdo?" zeptal se.

Zevnitř se ozval nový hlas. Proč měli všichni archandělé tak hlasité hlasy?

"Já jsem Raziel, Strážce tajemství. E-Z Dickens musíš dbát mých slov. Jakmile je totiž jednou vyslovíš, nebudeš si je pamatovat. Ani to, že jsem tu byl. Lovci duší a jejich záměry se tě netýkají. Překročil jsi své hranice a my to nebudeme tolerovat! Velkoryse jsme ti dali dvě možnosti. Rozhodněte se TEĎ, nebo můj učený přítel rozhodne za vás."

E-Z začal mluvit, ale pak se mu zatmělo před očima. O čem to mluvili?

Archanděl znovu zavřel oči, vyřkl slova: "Děkuji," a Razielův hlas už nepromluvil.

✳✳✳

B YLO TO, JAKO BY čas skočil pozpátku. "Čekáš, že se rozhodnu na místě, aniž bych měl čas si to promyslet? Aniž bych si promluvil se strýčkem Samem nebo s přáteli? Když už jsme u toho, co Alfréd, bylo mu řečeno, že se shledá se svou rodinou? A Lia, té bylo řečeno, že se jí vrátí zrak."

"Vzhledem k tomu, že Alfred je pryč, bude tvé rozhodnutí - zda na Zemi přežije, nebo ne - jeho rozhodnutím. Jeho volba číslo jedna bude stejná jako tvoje. Chtěl by opakovaně prožít svůj život s rodinou? Když už je pryč, možná se mu o nich už teď zdají příjemné sny. Na druhou stranu, člověk nikdy neví, jaké triky dokáže mysl provádět. Možná se ocitl ve smyčce nočních můr a jen ty můžeš zachránit jeho i jeho rodinu tím, že pro něj učiníš správné rozhodnutí."

"Chceš říct, že se z toho nikdy nedostane? Definitivně?"

"To nemohu říct. Vím jen to, že lovec duší není připraven si jeho duši vyzvednout... zatím."

"A Lia?"

"Její lidské oči jsou v tomto životě pryč, stejně jako tvoje nohy. Může znovu prožít své dny, kdy viděla, ale možná by byla raději, kdyby sis vybral i pro ni. Koneckonců neměla čas vyrůst a dospět jako normální dítě. Už přišla o tři roky života a u téhle epizody stárnutí si nejsme jistí, jestli je to jednorázová záležitost, nebo jestli se to bude opakovat."

"Chceš říct, že taky nevíš, co se s ní stane?" "Ne.

"Ne, nevíme. Kromě toho ještě spí."

"Nemůžu to rozhodnout, pro nás všechny tři v časovém limitu. Je to velké rozhodnutí a já potřebuju čas."

"Tak ho budeš mít." Objevily se hodiny odpočítávající šedesát minut. "Tvůj čas začíná právě teď. Odpovězte mi dřív, než padne nula. Jinak bude všechno, o čem jsme mluvili, neplatné. A vy se ocitnete zpátky v hotelu s mrtvým tělem svého přítele." Křídla jí mávala a ona se vznášela výš a výš.

"Počkej, než odejdeš," zvolal.

"O co jde teď?"

"Jsou tu ještě další, myslím další děti jako my?"

"Bylo hezké tě poznat," řekla.

"Ten pocit rozhodně není vzájemný," odpověděl.

KAPITOLA 26

J AK MINUTY UBÍHALY, E-Z si procházel vše, co mu bylo právě řečeno. Přál si, aby bylo silo dostatečně široké a mohl se v něm více pohybovat. Alespoň že na svém vozíku seděl pohodlně. Společně byli jako dynamické duo.

"Dáte si něco k jídlu?" zeptal se hlas ze stěny.

"Určitě bych si dal," řekl. "Jablko, nějaký popcorn - sýrová příchuť by byla dobrá a láhev vody."

"Hned to bude," řekl hlas, když se štěrbinou ve stěně protlačil kovový stůl, kterého si předtím nevšiml. Zastavil se před ním. Ze štěrbiny vyjel hák, který nesl nejprve láhev s vodou. Pak druhý hák nesoucí sklenici. Následoval třetí hák s jablkem. Než ho hák položil na zem, vyleštil ho ručníkem. Pak se vynořil čtvrtý hák, který nesl misku s popcornem.

"Děkuji," řekl, když mu čtyři chápavé háčky zamávaly a zmizely zpátky ve zdi.

"Není zač."

"Ehm, je nějaká šance, že byste mi mohli přinést můj počítač? Byl zničen při požáru. Určitě bych si rád mohl udělat seznam věcí, abych se mohl rozhodnout."

"Jasná věc. Jen mi dejte minutku nebo dvě."

Zatímco dojídal jablko a přemýšlel o popcornu, z dalšího otvoru na protější stěně se objevil jeho notebook. Háček ho držel ve výšce a čekal, až E-Z přesune ostatní předměty, aby se na něj vešel. Když tak neučinil, objevily se háčky z druhé strany. Jeden z nich zvedl jádřinec jablka a zmizel zpět ve stěně. Další nalil do sklenice zbývající vodu. Pak vzal prázdnou láhev zpět štěrbinou ve zdi. Protože si chtěl nechat popcorn a sklenici s vodou, odstranil je ze stolu. Háček odložil notebook a pak se vrátil štěrbinou ve zdi.

E-Z si myslel, že háčky jsou skvělé doplňky. Mohl by je klidně prodat velkému švédskému řetězci.

Teď, když byly všechny háčky pryč, zvedl víko notebooku a cvakl na něj. Nejprve zkontroloval svůj soubor Tattoo Angel, všechno tam stále bylo! Byl tak šťastný; rozplakal by se, kdyby hodiny neodtikávaly čas.

"Moc ti děkuju," řekl a nacpal si do pusy hrst sýrového popcornu. A pak začal psát. Rozhodl se myslet na sebe jako na třetího. Nejdřív si sepsal klady a zápory ohledně Alfreda. Hned věděl, že Alfredovi by nevadilo opakovaně prožívat svou minulost s rodinou. Pro tuto možnost by se rozhodl okamžitě.

"Přesto se E-Z zdálo, že to není možnost, kterou by jeho rodina chtěla, aby přijal. Protože by znovu prožíval to, co už bylo, a ne se posouval dál. V životě se má člověk posouvat vpřed. Aby se dál učil a rostl.

Čím víc o tom přemýšlel, tím víc si uvědomoval, že by to bylo jako přehrávání svého životního příběhu. Představte si svůj život čtyřiadvacetkrát sedmkrát v permanentní smyčce. Nikdy nevíte, kdy skončí. Nebo jestli vůbec někdy skončí. To by se mohlo proměnit v jiný druh pekla. Takové, na které nesnesl pomyšlení.

Kromě toho, že kdyby věděl jistě, že Alfred bude navždy v kómatu. Na což archanděl narážel. Pak by pro něj volba zaplašila všechny zlé sny a noční můry. Alfred by byl navždy se svou rodinou. I když to nebylo to pravé... mohlo by to stačit. Rozhodl by se pro ni?

Podíval se na čas, zbývalo padesát minut. Začal přemýšlet o Liaině případu. Její sen stát se slavnou baletkou byl přerušen. Chtěla by znovu prožít dětství s vědomím, že se jí ten sen nikdy nesplní? Pro ni by stálo za to riskovat budoucnost. Oči v dlaních ji činily výjimečnou, jedinečnou... a byla sympatická. Dokonce by mohla být nejnovější verzí zázračné ženy, kdyby dokázala využít všechny schopnosti.

"E-Z?" Lia se zeptala. "Slyším, jak přemýšlíš, ale kde jsi?"

Ale ne! Teď byla vzhůru, musel by jí všechno vysvětlit, a to by zabralo čas a ten se krátil. Bude to muset udělat, a to rychle. "Poslouchej, Lio," začal, "musím ti vyprávět dlouhý příběh, prosím, nezastavuj mě, dokud ten příběh nedokončím. Dochází nám čas." Všechno vysvětlil, trvalo mu to deset minut. Dalších deset minut bylo pryč. Zbývalo čtyřicet minut.

"Dobře, E-Z, ty mysli na sebe a já budu myslet na sebe. Dáme si pět minut pauzu a pak si zase promluvíme. Čas začíná právě teď."

"Dobrý plán."

O pět minut později a hodiny ukazovaly zbývajících třicet pět minut. E-Z se Lii zeptal, jestli už se rozhodla.

"Rozhodla," řekla. "A co ty?"

"Já taky," řekl. "Ty první, za pět minut nebo méně, jestli můžeš."

"Pro mě je to docela snadné rozhodnutí, E-Z. Nechci v tomhle zůstat a žít tu svůj život. Až mě sem Lovec duší přivede, až budu mrtvý. To je v pořádku. Ale nechci být násilně uzavřená v tomto prostoru. Ne, když bych mohla být venku, cítit teplo slunečních paprsků, poslouchat ptáky, s větrem ve vlasech. Nemluvě o tom, že bych trávila čas s mámou, se strýčkem Samem a snad i s tebou. Život je příliš krátký na to, abychom ho promarnili, a já mám své nové oči většinou ráda." Zasmála se.

"Souhlasím a na tvém místě bych udělala totéž."

"Díky, E-Z. Kolik času zbývá teď?"

"Ještě pětadvacet minut," potvrdil. "A teď tady je moje přemýšlení, snad za méně než pět minut. Tady mi to nevadí, není to o moc jiné než být venku. Naučil jsem se, že na vozíku není konec světa. Vlastně jsem si na to docela zvykl. Můžu dělat věci, které jsem dřív dělal, třeba hrát baseball, a nejsem v tom úplně na nic. Sakra, na paralympiádě ho dokonce hrají.

"Rodiče by nechtěli, abych promarnil život životem v minulosti. Ani strýček Sam by to neudělal. Nejsem ochotný vzdát se všeho jen proto, že mi ti pitomí archandělé dali pár nemístných slibů. Takže s tebou souhlasím. Vypadneme z těch Lovců duší. Budeme žít své životy, dokud neskončíme. A pak si pro nás může pořádně přijít a chytit nás. Po letech, až snad budeme lidstvu prospěšní a povedeme dobrý život. Mohli bychom najít další, jako jsme my. Mohli bychom založit superhrdinskou horkou linku a spolupracovat po celém světě. Mohli bychom využít své schopnosti, abychom udělali svět lepším. Mohli bychom žít naplno; vytvořit inspirativní životy, na které bychom byli hrdí, a naše rodiny také."

"Bravo!" Lia vykřikla. "Ale jsou tu i jiní, jako my?"

"Zeptala jsem se anděla, který mi všechno vysvětlil, ale neodpověděl. To mě nutí myslet si, že existují." Podíval se na hodiny. "Zbývá už jen dvacet jedna minut."

"A co Alfred? Probudí se někdy?"

"Andělka říkala, že neví, to ví jenom lovec duší… ale říkala, že by mohl mít noční můry. Jestli je tu šance, že je v pekle, tak ho radši necháme jít. Varianta číslo jedna, že bude znovu prožívat život se svou rodinou ve smyčce, je pro něj ta pravá?"

"S tím nesouhlasím. Nikdo z nás neví jistě, kdy si pro nás lovec duší přijde. Alfred by tu nechtěl chátrat, protože by si ho mohly najít zlé sny. Ne tam, kde je šance, že by mohl někomu pomoci nebo někoho inspirovat. Přišli jsme sem společně a měli bychom odsud společně odejít. Podle mého názoru je to tak."

Čtrnáct minut a tiká.

Šla na Alfrédův problém jedinečným způsobem Měla pravdu? Chtěl by se Alfred v tomto scénáři skutečně vzdát své rodiny kvůli neznámé budoucnosti? Neexistujeme snad všichni v nezmapovaném světě? Změna kurzu, úskok a potápění. Otevíráme okna, zavíráme dveře. Necháváme se vést emocemi na scestí a pak zase zpět. Všechno je to o životě. Ano, Lia měla pravdu. Byla to hotová věc.

Na hodinách zbývalo osm minut.

"Myslím, že máš pravdu, Lio. Je to všechno za jednoho a jeden za všechny," řekl E-Z. "Archanděl mi řekl, že ta slova musím vyslovit, než vyprší čas. Pak bychom se všichni ocitli zpátky v hotelu… jako by se tohle intermezzo s Lovcem duší nikdy nestalo."

"Ale myslíš, že si na Lovce duší ještě vzpomeneme? Je to pro nás důležitá věc, abychom se z téhle zkušenosti poučili. I kdybychom se o ni nepodělili. Měj na paměti, že to rozmetalo všechno, co víme o nebi a posmrtném životě."

Zbývá pět minut.

"To ano, ale pojďme to probrat na druhou stranu." Zatnul pěsti, když hodiny odbily čtyři minuty. "Rozhodli jsme se!" vykřikl. "Dostaňte nás všechny tři z těchhle, z těchhle lapačů duší - TEĎ!"

Stěny sila E-Z se začaly otřásat. "Jsi v pořádku, Lio?" vykřikl. Neodpověděla. Zdálo se, že země pod jeho nohama chrastí a duní. Pak se začala otáčet, nejdřív po směru hodinových ručiček, pak proti směru a pak zase po směru hodinových ručiček.

Uvnitř se mu zkroutil žaludek. Vyvrhl sýrový popcorn a všude rozžvýkal kousky červeného jablka.

Byly to jediné památky, které po něm Lovec duší mohl mít. Doufejme, že na strašně dlouhou dobu.

Poděkování

Vážení čtenáři,

Děkujeme vám za přečtení první a druhé knihy ze série E-Z Dickens. Doufám, že se vám přírůstek nových postav líbí a jste zvědaví, co se bude dít dál.

Další knihy z této série by pro vás měly být k dispozici již brzy!

Ještě jednou děkuji svým beta čtenářům, korektorům a redaktorům. Vaše rady a povzbuzení mě udržely na cestě k tomuto projektu a vaše příspěvky byly/jsou vždy ceněny.

Děkuji také rodině a přátelům za to, že tu pro mě vždy byli.

A jako vždy, šťastné čtení!

Cathy

O autorovi

Cathy McGough žije a píše v kanadském Ontariu.
se svým manželem, synem, dvěma kočkami a jedním psem.

Také by:

FICTION
YA
E-Z DICKENS SUPERHRDINA KNIHA TŘETÍ: ČERVENÝ POKOJ
E-Z DICKENS SUPERHRDINA KNIHA ČTYŘI: NA LEDĚ
NON-FICTION
103 NÁPADŮ NA FUNDRAISING PRO RODIČE
DOBROVOLNÍKY VE ŠKOLÁCH A TÝMECH (3.
MÍSTO NEJLEPŠÍ REFERENCE 2016 NAKLADATELSTVÍ
METAMORPH)

www.ingramcontent.com/pod-product-compliance
Lightning Source LLC
Chambersburg PA
CBHW030120010826
48973CB00002B/344